D0486317

WITHDRAWN
Damaged, Obsolete, or Surplus
Library Services

WITHDRAWN
Damaged, Obsolete, or Surplus

Jackson County Library Services

La mujer que tú quieras

La mujer que tú quieras

CARRIE BLAKE

Traducción de Aurora Echevarría

Papel certificado por el Forest Stewardship Council®

MIXTO
Papel procedente de
fuentes responsables
FSC® C117695
www.fsc.org

Título original: *The Woman Before You*
Primera edición: abril de 2019

© 2018 by Seven Acres, LLC
© 2019, Penguin Random House Grupo Editorial, S. A. U.
Travessera de Gràcia, 47-49. 08021 Barcelona
© 2019, Aurora Echevarría Perez, por la traducción

Penguin Random House Grupo Editorial apoya la protección del *copyright*.
El *copyright* estimula la creatividad, defiende la diversidad en el ámbito de las ideas
y el conocimiento, promueve la libre expresión y favorece una cultura viva.
Gracias por comprar una edición autorizada de este libro y por respetar las leyes del *copyright*
al no reproducir, escanear ni distribuir ninguna parte de esta obra por ningún medio sin permiso.
Al hacerlo está respaldando a los autores y permitiendo que PRHGE continúe publicando libros
para todos los lectores. Diríjase a CEDRO (Centro Español de Derechos Reprográficos,
http://www.cedro.org) si necesita fotocopiar o escanear algún fragmento de esta obra.

Printed in Spain – Impreso en España

ISBN: 978-84-666-6575-9
Depósito legal: B-5.322-2019

Compuesto en Infillibres S. L.

Impreso en Black Print CPI Ibérica
Sant Andreu de la Barca
(Barcelona)

BS 6 5 7 5 9

Penguin
Random House
Grupo Editorial

El día que por fin me lo pidió, lo sabía. A eso había estado abocado todo. No le pregunté: «¿Y ahora qué?». No pregunté: «¿Por qué yo? ¿Qué esperas que haga? ¿Cómo de mala tendré que ser? ¿Cómo de perversa?».

Esperé a que hablara.

Él me sonrió desde el otro lado de la mesa del restaurante donde acababa de enseñarme algo que lo cambiaba todo. Algo que ponía bajo una perspectiva totalmente nueva y diferente el último período de mi vida, o más bien lo que había sido mi vida hasta entonces y mi futuro inmediato.

No tuvo que decir nada. No tuvo que explicar lo que yo acababa de ver. Me tomó la mano y me acarició la palma con delicadeza. Su mano era suave y fría. Fría como la del diablo, pensé.

—Eres perfecta —fue todo lo que dijo—. *Perfecta.*

Isabel

Siempre es una sorpresa desagradable descubrir que lo que considerabas tu yo más profundo, tu centro más íntimo, no era más que la superficie. Aún más sorprendente es comprobar lo deprisa que esta superficie limpia y pura puede resquebrajarse, dejando ver la oscuridad y la suciedad que hay debajo.

En apariencia yo era una buena chica, la chica con la que querrías ir a tomar un café tras la clase de yoga, sobre cuyo hombro llorar después de un fracaso o a la que llamar para que te cuide a los niños cuando en el último minuto te falla la canguro.

En mi último año de instituto nos hicieron un test para ver lo compasivos que éramos. La mujer del director daba clases en el departamento de psicología de la universidad y todos decían que esa prueba era parte del trabajo de investigación que estaba realizando. Sabíamos que el Consejo de Educación de Iowa probablemente no lo aprobaría, pero nadie protestó. Si alguien se negaba a hacer el test, carecía de compasión. No era buena persona. Había fallado.

El señor Chambers, el orientador académico del instituto, nos llevó uno a uno a un pequeño cuarto contiguo al gimnasio, un cubículo sin ventanas que apestaba a desinfectante y a zapatillas de deporte viejas. Hizo muchas preguntas. Yo sobresalí en el test sin proponérmelo. ¿Pondría en peligro mi vida para salvar a alguien? Claro. Si ganara la lotería, ¿cuánto donaría a obras de beneficencia? La mitad. ¿Daba por hecho que las personas mentían o decían la verdad? Dependía de la persona, pero tendía a creer que decían la verdad.

El señor Chambers me puso una mano en la rodilla. Gotas de sudor aparecieron en su frente. Me miraba fijamente a los ojos. Los suyos eran líquidos, cubiertos de gruesas lágrimas bajo sus pobladas cejas oscuras.

Ignoré la mano que me subía lentamente por la pierna. Fingí que no me daba cuenta.

Respondí las preguntas con sinceridad. Le dije lo que pensaba. No tuve que reflexionar. No mencioné el hecho de que, durante todo el test, su mano había ido subiendo por mi pierna. ¿Creía que con ello se mostraba alentador y tranquilizador? ¿Afectuoso y amable?

Al final le aparté la mano de un manotazo, como si fuera un mosquito engorroso. La levantó y la sacudió de un lado a otro, como si me dijera adiós. Al cabo de unos minutos la posó de nuevo sobre mi pierna. Yo quería decir algo, gritarle, chillar. Pero no hice nada. Me quedé allí sentada, respondiendo sus preguntas.

La verdad es que nunca pasó del muslo. Y tal vez ese fue el *verdadero* test de compasión, el que había debajo del simulado. Pregunta: ¿Creía que el señor Chambers era un pervertido repugnante al que deberían encerrar el resto de su vida o un hombre enfermo que necesitaba ayuda? Respuesta: Creía que era un pervertido repugnante que necesitaba ayuda.

Mis amigas y yo nunca hablamos de lo ocurrido en ese cubículo, y creo que de todo ello aprendí algo, aunque no habría podido decir qué era. Al menos no entonces. Aún no.

Cuando todo hubo pasado, recordé ese día. Y creí saber la lección que había extraído: «Ten cuidado. No te fíes de nadie». Nunca sabes la razón secreta que hay detrás de lo que parecer estar sucediendo. Y cuando la averiguas, si es que la averiguas, suele ser más siniestra de lo que podrías haber imaginado.

Yo siempre confiaba en la palabra de la gente. Una vez comí una cucharada gigante de pimienta de cayena porque una niña mala me dijo que eran caramelitos de canela. O me tiré a un estanque limoso porque un niño guapo me dijo que estaba limpio, y todos se rieron cuando saqué la cabeza para respirar, cubierta de algas y barro.

Durante años me tomaron el pelo por cosas así. Pero lo que me salvó fue que, de alguna manera, siempre sabía lo que la gente pensaba y sentía. No era nada misterioso, como la telepatía, la percepción extrasensorial o algo similar. Aunque había algo de eso. Miraba a una persona y lo sabía. Podía percibir lo que sentía.

Era extraño, pero casi podía *ver* lo que había en su corazón y en su mente. Era como si se abriera una nueva ventana en un aparato electrónico, una tableta o un móvil. Allí estaba esa otra persona en un rincón de mi mente.

En las fiestas me sentaba con el chico que necesitaba hablar con alguien. Defendía a los que sufrían acoso. Consolaba a los que tenían problemas en casa. No tenía miedo de hacer lo correcto, aunque no siempre sabía qué era. Hasta llegué a gustar a los populares de la clase por eso mismo. Yo era como la voz de la conciencia para ellos, de modo que no necesitaban tener una. Hacer lo correcto era un servicio que yo les prestaba a cambio de su amistad.

Nunca le confesé a mi estupendo novio del instituto que nuestro fogoso idilio me aburría. ¿Por qué herirlo en sus sentimientos diciéndole lo a menudo que me sorprendía con la mente muy lejos —en una película que había visto, en lo que mi madre cocinaría para cenar— cuando nos enrollábamos en su habitación después de clase mientras sus padres estaban fuera trabajando? Siempre era un alivio oír el divertido resoplido que hacía al correrse. Eso significaba que la parte de sexo había terminado y podía quedarme tumbada con la cabeza sobre su pecho pensando en mis cosas, que era algo que me gustaba. Por el momento se me daba bien hacer el papel de chica enamorada.

Después del instituto él se fue a Oberlin. Yo también podría haber ido, pues me aceptaron en todas las universidades en las que solicité plaza. Pero decidí ir a Nueva York para ser actriz pese a las objeciones y los temores de mi madre, que creía que era una ciudad aterradora y peligrosa. El teatro era el único lugar donde me sentía a gusto. Pero eso no encajaba con la clase de chica que se suponía que era, la que iba a la universidad para estudiar con empeño y luego estudiaba el posgrado con aún más empeño hasta que se convertía en abogada, psicóloga o directora de marketing de una empresa emergente. Por fortuna, mi madre me había educado para ser una persona independiente, para creer en mí misma, ser fuerte y no dejar que nadie tomara las decisiones por mí. Mi padre había muerto en un accidente automovilístico cuando yo tenía cuatro años, y ella había salido adelante sin la ayuda de un hombre. Y ahora tenía que ser fiel a sus propios principios, aunque estuviera preocupada por mí.

Mi novio y yo fingimos que nos entristecía mucho separarnos por circunstancias que se escapaban a nuestro control. Yo notaba que lo que él sentía era ante todo alivio... y la alegría de irse de esa pequeña ciudad para empezar en otro lugar. Tal vez encontrara a una chica que sinceramente lo viera interesante y sexy. Lo dejamos con un beso largo y un abrazo. Éramos del Medio Oeste y nos portábamos de forma civilizada.

El día que conocí al Cliente, ese lado civilizado empezó a desmoronarse. Esa conciencia de hacer lo correcto empezó a desprenderse, como cuando uno se quema con el sol y se pela, y no puede dejar de arrancarse la piel porque le da gusto. Cuando esa superficie pura y limpia se vio arrasada por el sexo, la necesidad y el deseo, me quedé con mi verdadero yo: todo cuerpo, todo piel, todo tacto, un ser sin alma, lujurioso, depravado y corrupto.

Isabel

Yo siempre quise ser actriz. Era actuando cuando podía utilizar mi habilidad para percibir lo que los demás sentían o pensaban, y lograr que una multitud de desconocidos también lo percibieran. Incluso lo sintieran. Era como un superpoder. No había límite en lo que era capaz de hacer en esos mundos simulados. Eso debería haberme servido de advertencia, pues lo simulado nunca está tan lejos de la realidad. Pero no supe verlo. Me encantaba la sensación de no ser yo, de ser otra persona. Me encantaba ser el centro de las miradas. Me encantó que todo el instituto llorara cuando pronuncié el monólogo «Adiós, mundo» de Emily en *Nuestra ciudad* al final de mi último año.

Mientras yo estaba en el instituto, mi madre acabó sus estudios (se había pagado la universidad trabajando de camarera) y consiguió un empleo que realmente le gustaba como auxiliar administrativa en el departamento de lengua y literatura inglesas de la universidad de nuestra ciudad. Yo podría haber estudiado gratis allí. Pero necesitaba irme. Quería mucho esa pequeña ciudad de Iowa donde parecía conocer a todos y donde todos me conocían. Pero esa era otra razón por la que había llegado el momento de marcharme.

Cuando me fui a vivir a Nueva York tenía unos seiscientos

dólares que había ahorrado trabajando todos los veranos cuidando a los niños del vecindario. Y mi madre me había dado en un pago único parte del dinero que habría gastado enviándome a la universidad (y que yo sabía que en realidad no tenía). Yo soñaba con ensayos hasta entrada la noche, descansos para fumar en las escaleras de incendios y guiones amontonados sobre las polvorientas alfombras turcas de mi ático bohemio. Un sinfín de desayunos tardíos y cenas hasta el amanecer con los otros miembros del reparto. *Mi* nombre en letras de neón. Una fulgurante carrera en el cine y el teatro.

Acudí a unas pocas audiciones. Bastaron un par de semanas para hacerme comprender que ya no estaba en el instituto. Dejé las audiciones y tomé clases de interpretación en la Escuela de Teatro de Nueva York, donde conocí a mis dos mejores amigos de Nueva York; de hecho, mis únicos amigos en Nueva York, Marcy y Luke.

Probé suerte en un par de audiciones más. De nuevo renuncié. Todos eran mejores que yo. Los oía a través de las paredes mientras esperaba en el pasillo a que me llamaran. Y cuando cruzaba la puerta, veía cómo la mirada de los directores de casting se volvía vidriosa. Era guapa, pero no lo suficiente. No era lo suficiente *eso* o lo suficiente *aquello*. Era como millones de chicas que habían acudido a la ciudad con las mismas ilusiones y aspiraciones. Y, desde luego, *no* tenían ningún interés en oírme pronunciar el trágico monólogo de *Nuestra ciudad*.

Gracias. Te llamaremos. ¡Siguiente!

Me estaba gastando el dinero más rápido de lo que había previsto. Si quería quedarme en Nueva York tendría que hacer unos cuantos cambios en mi vida. No fue fácil renunciar a mis sueños. Y cuando finalmente llamé a mi madre en Iowa para decirle que, después de todo, tal vez no quería ser actriz, fue como si de algún modo lo hiciera oficial. Aunque me constaba que ella me quería y creía en mí, y que solo deseaba lo mejor para mí, me puse furiosa cuando le oí decir que siempre había pensado que las posibilidades que tenía eran remotas, casi ridículas.

—Tal vez deberías plantearte hacer algo diferente, cariño —dijo—. Podrías estudiar psicología. Se te da bien el trato con la gente, tienes sensibilidad, y eres muy intuitiva y cariñosa.

—Gracias, mamá —respondí—. Pensaré en ello.

Esa noche lloré hasta que me quedé dormida. ¿Tan fácil podía ser renunciar a una parte tan importante de mi vida?

Quizá vi algo de eso en El Cliente.

Me dio la oportunidad de actuar, de fingir que era otra persona, alguien más sexy y seductor que la buena chica que siempre había sido. Aunque él sabía que yo no fingía.

Y él *creyó* en mí. Creyó que podía convertirme en alguien más, que podía hacer algo más. Y me dejó que se lo demostrara.

La misma semana que llegué a Nueva York encontré un piso en Greenpoint, Brooklyn, un estudio que estaba tirado de precio porque era diminuto, casi no tenía luz natural y todo el mundo sabía que estaba justo encima de un gran vertedero tóxico que nunca se había limpiado como era debido. No me importó. No pensaba quedarme en él tanto tiempo como para que se resintiera mi salud. Compré un cactus y lo llamé Alfred, no sé por qué.

El cactus se marchitó y murió, supongo que por la falta de luz.

Conseguí empleos que estaban pésimamente pagados pero que agradecí. En Staples ayudé a los clientes a manejar las fotocopiadoras hasta que empezaron a dolerme los ojos con el parpadeo de las máquinas y tuve miedo de dañarme la vista, y pasé a ser recepcionista en un salón de uñas. Las chicas coreanas eran agradables y encantadoras, y admiré su coraje en medio de su vida dura, pero de lo único que hablaban era de la forma y la longitud de las uñas y de los esmaltes, y me sentí más sola de lo que ya me sentía.

Supongo que fue así como acabé vendiendo colchones en Doctor Sleep.

El local debía su nombre a la mejor novela de Stephen King según Steve, mi jefe. Me prestó un ejemplar manoseado y me pidió que lo leyera. Leí las doscientas primeras páginas, pero daba demasiado miedo. Me causaba insomnio y, cuando por fin me quedaba dormida, tenía pesadillas. Me pareció extraño que una tienda concebida para ayudar a los clientes a dormir mejor hubiera tomado su nombre de una novela que los mantendría despiertos. Le di las gracias por el libro y le dije que también era mi nueva novela favorita.

Evidentemente, nunca me había propuesto ser lo que Steve describía como «profesional de los colchones». Creedme, nunca pensé: Lo que daría por saber todo lo relacionado con viscoelásticos, sobrecapas y resortes. Lo que daría por trabajar para un tipo llamado Steve que parece una marmota avejentada, tiene hábitos secretos e inquietantes, y un modelo de negocio patético, y siempre se acerca demasiado a mí cuando me habla. Aunque, a decir verdad, nunca me había tocado excepto para estrecharme la mano el día que me contrató.

Sabía lo que Steve pensaba y sentía. Observé que se veía a sí mismo como el rey de un enorme imperio de colchones con sucursales por toda la ciudad y los barrios periféricos.

Decidí que era inofensivo, lo que no quitaba que fuera un tanto inquietante oírlo explicar en mi primer día de trabajo su teoría: el insomnio no es un problema psicológico sino una enfermedad real que solo puede curar el colchón apropiado.

La sala de exposición de la tienda tenía toques concebidos para evocar su fantasía enfermiza de un quirófano o un hospital: paredes revestidas de baldosas blancas, una extraña máquina que parpadeaba y pitaba como un monitor cardíaco, y, a un lado, una camilla en la que se amontonaban edredones elegantes que nadie había comprado nunca. Él incluso llevaba una bata blanca. Al principio insistió en que yo también debía vestir igual y me prestó una de las suyas, que olía a colonia y a sudor, y en cuyo bolsillo se leía su nombre. Pero al cabo de una semana dijo que era un desperdicio esconder mis bonitas piernas bajo un uniforme.

De modo que me dio una bata blanca que solo me llegaba hasta las caderas, como la que llevaría una prostituta a domicilio contratada para hacer de Enfermera Traviesa.

Tal vez por eso El Cliente se llevó una idea equivocada. Solo que no era equivocada, y salió mal, muy mal.

En el bolsillo de la bata corta estaba bordado mi nombre. «Isabel.»

Me entraron ganas de llorar cuando lo vi. Era como una amenaza. Trabajaré aquí eternamente o al menos durante mucho tiempo. Pero veía que Steve se sentía orgulloso de ella. Ese pequeño rincón de mi mente que albergaba los sentimientos de Steve se iluminó como un árbol de Navidad. Se le veía feliz cuando me la dio.

—Gracias, Steve —le dije sonriendo.

—Lo pasaré como gasto comercial. Mejora la imagen del establecimiento —señaló él.

¿Se suponía que debía darle las gracias por eso?

Marcy, mi amiga de las clases de interpretación que había trabajado unas pocas semanas en Doctor Sleep, me comentó que era más fácil que servir mesas y que el horario era mejor. Pero ella prefería trabajar de camarera. Me pregunté si lo había dejado por Steve, pero no podía preguntarle a una amiga, por poco que la viera ahora que había dejado la escuela de teatro, si al pasarme el empleo me había puesto en manos de un baboso total. No me gustó cómo Steve me miró cuando me probé la bata blanca almidonada.

El segundo día de trabajo mi jefe anunció que su matrimonio era abierto pero que las aventuras amorosas en el lugar de trabajo estaban estrictamente prohibidas, por motivos profesionales. Como yo era la única persona con la que él podía tener una aventura, supuse que me estaba diciendo algo. Sentí alivio. Como digo, nunca me puso un dedo encima ni hizo nada pervertido. Si quería conservar el empleo, me parecía desaconsejable pedirle que se apartara un poco cuando habláramos. No me habría sorprendido que se lo tomara mal. De modo que callé y dejé que me echara su aliento caliente a la cara.

Siempre que Steve salía para comer lo hacía con aire furtivo, como si se escabullera. Por la cristalera del escaparate lo veía alejarse a toda prisa. Siempre tenía la impresión de que iba a encontrarse con una dominatriz. Pero, por extraño que parezca, la parte de mi cerebro que me informaba de lo que experimentaban los demás permanecía vacía: no había imagen ni sonido cuando Steve salía. Siempre había tenido una empatía casi telepática, pero comprendí que era una tontería dar por hecho cualquier don o creer que era algo permanente.

Me dije que no era justo echar la culpa a Steve de ser como era.

El día que me contrató era viernes y me dio un gran fajo de hojas de la Asociación Internacional de Minoristas de Colchones. Me pidió que las estudiara durante el fin de semana. El lunes me haría un examen.

Tuve un mal presentimiento acerca de ese «examen», pero estudié por si era cierto y no un simple eufemismo para meterme mano, como el «test de compasión» del instituto. Así fue como aprendí sobre la ciencia del sueño y las sutilezas de la fabricación de un colchón. Había incluso un apartado sobre *feng shui*, el antiguo sistema chino que indicaba dónde y cómo colocar la cama en un dormitorio para dormir profundamente y gozar de una salud perfecta.

El manual instaba a ser afable, atento y profesional, como un médico; de ahí debía de haber sacado Steve la idea del nombre de la tienda. El manual también me señalaba que iba a tratar con uno de los aspectos más íntimos de la vida de mis clientes. Era preciso tenerlo en cuenta cuando les preguntara en qué posición dormían, si tenían problemas de espalda o les costaba conciliar el sueño, o qué pedían de un colchón.

El lunes Steve me entregó un examen tipo test y me pidió que lo rellenara en su escritorio. Saqué la máxima puntuación.

—Así me gusta, Marcy.

—Me llamo Isabel.

—Ya —respondió él—. Marcy fue la última dependienta.

—Mi amiga Marcy —señalé.

—Exacto. La pelirroja. Tú eres la rubia.

Seguí las recomendaciones de los expertos en colchones. Me mostraba atenta, afable y profesional como un médico de familia. Guiaba a los clientes hacia el colchón más caro que creía que podían permitirse pagar murmurando por qué era perfecto para ellos. Incluso hablaba de *feng shui* si creía que podía interesarles. Pero nunca intenté vender a ningún cliente algo que pareciera estar por encima de sus posibilidades.

En la mayoría de los casos, los clientes querían probar el colchón. Entonces cambiaba mi papel de experta en diagnósticos por el de enfermera con tacto que sale de la habitación o se vuelve mientras un paciente se desviste.

Era sorprendente ver cuántos hombres se tumbaban como si fueran cadáveres, de espaldas y con los brazos cruzados. Hasta las parejas jóvenes y enamoradas yacían como estatuas sobre una tumba. Mirando al techo, hablaban del colchón.

¿Muy duro? ¿Demasiado blando? Uno jamás sospecharía que pudieran tener relaciones sexuales sobre ese colchón. Viéndolos, ni se te pasaba por la imaginación.

Conocí al Cliente una de esas tardes extrañamente cálidas y húmedas de septiembre. Últimamente no había mucho movimiento en la tienda, a pesar de que, según Steve, ese mes solía ser el mejor, pues era cuando los estudiantes de la NYU se instalaban en sus residencias y convencían a sus padres ricos de que necesitaban un colchón mejor que el que proporcionaba la universidad. Podía percibir el pesimismo y la decepción que sentía mi jefe. Había dejado de hablar sobre la idea de abrir una sucursal en el East Village.

Steve me había conseguido un pequeño escritorio barato, y allí sentada veía pasar por delante del escaparate a transeúntes cuya vida era más divertida y emocionante que la mía. Todos tenían un lugar adonde ir, alguien con quien reunirse, compras que hacer. Algún día yo podría ser uno de ellos. Uno de los afortunados. Estaba resuelta a no caer en la autocompasión. A no perder la esperanza, pasara lo que pasase.

Una madre con un cochecito entró y me preguntó si vendíamos colchones para cuna. Steve mostró cierta impaciencia cuando le sugirió que probara en Babies "R" Us. Aunque no había visto realmente al niño bajo la visera de plástico blancuzco, cuando ella pasó por mi lado le dirigí una sonrisa que esperaba que dijera: «Qué monada».

Intenté concentrarme en mi libro, una antología de poemas basados en la mitología griega. Estaba obsesionada con Orfeo, cómo podría haber conseguido sacar a su amada Eurídice del infierno si no se hubiera vuelto para asegurarse de que estaba allí. ¿De qué hablaba esa historia? ¿De confianza? ¿De amor? ¿De miedo? ¿De hombres necios e incrédulos que lo estropeaban todo en un instante si algo los inquietaba o asustaba? ¿O de mujeres que creen que pueden vencer el destino y acaban atrapadas para siempre?

Leí los poemas hasta que me pareció que los entendía, aunque nunca llegué a hacerlo.

Pero supongo que esos poemas me prepararon para lo que sentiría acerca del Cliente. El puro pánico de volverme... y que no estuviera allí.

Saqué el móvil y eché un vistazo a una carpeta de aplicaciones que había llamado «audiciones». No me había resultado fácil renunciar a ser actriz. Pero la verdad es que había encontrado una pequeña solución alternativa, al menos por el momento. Una noche de borrachera, Marcy, Luke y yo nos descargamos Tinder en nuestros teléfonos. Empezó como una broma. Cada uno acudiría a su respectiva cita y luego nos contaríamos cómo habían ido. «Vamos, guapa, únete al mundo moderno —me dijo Luke—. Ya no estás en Iowa.» Nos pasamos el resto de la noche dándole al «me gusta» y «no me gusta», riéndonos y gritándonos cada vez que uno era correspondido. Mentiría si dijera que no me sentía bien cuando me correspondía un tipo cachondo. Luego nos pasamos a la cerveza, y bebíamos un sorbo cada vez que dábamos con una foto de un chico con un cachorro de perro o una guitarra. Al día siguiente todos estábamos resacosos.

Me sorprendió lo poco que costaba encontrar una pareja «compatible». Pero cuando empecé a chatear con una entendí a un nivel totalmente diferente la vieja metáfora «De peces está lleno el mar»: el mar era enorme y estaba lleno de peces repulsivos. El primer tipo bromeó diciendo que las fotos de pollas eran horteras y que a él le iba más darle por detrás, y luego me envió una foto de su polla. Luego estaba el tío que me envió una foto de un remo y me preguntó qué quería hacer con él. O el que empezó la conversación preguntando: «te gusta q te ahoguen?». Al final di con un chico que acababa de llegar de Connecticut para trabajar en marketing en alguna compañía de tarjetas de felicitación de la periferia. Echaba de menos a su madre, tenía un perro (adoptado en una protectora, salía en su perfil de Tinder) y vivía a unas manzanas de mi casa. Bastante convencional. Pero después de tantas conversaciones con tipos rudos sobre el tamaño de mis pechos y eufemismos para referirse a sus penes, pensé que no me iría mal una primera cita con un tipo convencional.

Fue una cita bastante sencilla. Quedamos en el bar de la esquina de Williamsburg, la calle donde vivía, pues acababa de abrir y tenía ganas de probarlo. Admitían perros, de modo que podría haberse llevado al suyo, me dijo, pero no quería «ir demasiado rápido». Yo llevaba un vestido amarillo hasta las rodillas y él una camisa con botones en el cuello y unos pantalones cortos caqui. Me fijé en que se había cortado el pelo para la ocasión.

Hablamos de su ciudad natal de West Orange, de lo que estudió en la universidad y de sus programas de televisión favoritos. Pero cuando empezó a preguntarme por mi vida sucedió algo extraño. Le respondí que había crecido en Ohio, y que tenía dos hermanos y dos padres locos de amor. Mi padre era historiador y mi madre, abogada. Papá era muy romántico y mi madre, una auténtica superheroína. Tenía una abuela a la que estaba muy unida (en realidad era tía abuela, pero la llamaba Nana: «Es una larga historia», añadí) y que había muerto el año pasado. El mejor regalo de Navidad que me habían hecho nunca era una mezcla de labrador llamado Juno, cuando tenía nueve años. Conocí a mi mejor amiga cuando íbamos a la guardería y ahora vivía con ella.

Vi cómo se le iluminaban los ojos a medida que yo iba desplegando el *atrezzo* de mi personaje. Noté lo emocionado que estaba de conocerme: esa chica con tanto potencial que sabía de dónde venía y adónde iba. Yo había cambiado el guion de mi papel. Me convertí en la chica a la que él querría volver a ver, alguien a quien presentaría a su perro, a su madre, a sus mejores amigos de la infancia.

Después de un casto beso en la esquina regresé a casa sola. Borré nuestra conversación de la aplicación de mi móvil. No quería una segunda cita. Quería inmortalizar ese momento. La cara que había puesto cuando creyó conocerme y me convertí en la chica perfecta. Era casi como actuar, pero aún mejor. No solo memorizaba frases, también las escribía. Y todo era a tiempo real, para un público de una sola persona.

Quería volver a experimentar esa sensación. Conocer a un chico, adivinar quién era y qué buscaba, y convertirme en la persona que él quería, y a partir de entonces observar cómo se enamoraba. Ahora era yo quien no devolvía las llamadas. Admito que era agradable tener por fin algún poder. Cuando Tinder empezó a parecerme rancio y plagado de pervertidos, abrí perfiles en Bumble, Thrinder (un reto aún mayor), Ok-Cupid, CoffeeMeetsBagel; cada uno con un personaje un poco diferente. En Bumble era Riley de Portland, Maine. En Thrinder era Lorrie de la Bay Area, y en OkCupid, Amanda de Manhattan. Lo único que tenía que hacer era crear una nueva dirección de correo electrónico y un nuevo perfil de Facebook (entonces era fácil hacerlo). Nunca iba más allá de una primera cita, y nunca daba más de un dulce beso de buenas noches en la mejilla. Seguía siendo una buena chica del Medio Oeste, después de todo, y una sola cita no llegaba a hacer daño a nadie. Lo veía más bien como un juego de estudio de caracteres siempre cambiante. Me encantaba tener todos los guiones en la cabeza a la vez, recordando en qué aplicación había conocido a fulano y qué historia utilizar.

Aquel día tenía una cita en una cafetería con un tal Matthew de Bumble. Entré en la aplicación y repasé sus fotos. Por lo que veía, era alto, ancho de espaldas y moreno. No había fotos de cachorros. Allí estaba Matthew en la playa, con una camiseta sin mangas y pantalones cortos con la bandera de Estados Unidos, todo pecho cuadrado y cuádriceps marcados y bronceados, sentado en el centro de un grupo de chicos, rodeando con los brazos los hombros de los dos que tenía más cerca. Pero la foto que la seguía al deslizar hacia atrás era una de él en un muelle, con la puesta de sol detrás enmarcando su rostro. Tenía la cabeza vuelta hacia el cielo y los ojos cerrados, como en mitad de una gran carcajada. Era la mejor mandíbula que había visto nunca.

Cogí mis cosas y me preparé para ir a comer con mi cita. «Que te diviertas», me dijo Steve cuando salía por la puerta. Mientras caminaba hacia la cafetería para reunirme con Matthew, no paré de pensar en esa carcajada y esa mandíbula. No sé por qué, pero algo en esa cita hizo que quisiera cruzar la línea y tal vez mostrar un poco más de la «verdadera» Isabel. El reto de un nuevo personaje, o eso pensé.

En cuanto entré en la cafetería, lo vi. Nuestras miradas se cruzaron y los dos sonreímos, reflejando el deleite mutuo. Cuando llegué a su mesa, se levantó y me besó en la mejilla. Olía caro —a sándalo y vetiver— y se me doblaron las rodillas intentando recordar el nombre con que me conocía él.

—Es emocionante conocerte, Riley —me dijo, observándome mientras me sentaba.

Me reí y respondí algo así como «el placer es mío». Ese era un nuevo rol para mí, la chica cohibida que no es capaz de pronunciar las palabras en el orden adecuado. Cada vez que me fijaba en su sonrisa, me ponía colorada y tenía que desviar la mirada.

Él echó un vistazo a su reloj y comentó algo sobre que tenía que volver a la oficina por la tarde para una reunión, y me preguntó a qué me dedicaba. Abrí la boca para empezar a hablarle del barco para la pesca de langostas de mi tío atracado en la costa, pero no me vi capaz. Tuve la extraña sensación de que si le decía a Matthew quién era realmente le gustaría aún más.

—Está bien, no me llamo Riley y no soy de Maine —respondí.

Él sonrió, pero no dijo nada. Yo sí. Le conté que había crecido en Iowa y que me fui a vivir a Nueva York para ser actriz, pero no había conseguido serlo, luego le expliqué cómo «jugaba a actuar» con las aplicaciones de citas, y finalmente le hablé de mi triste vida trabajando para el baboso Steve de Doctor Sleep, al otro lado de la calle.

Me reí al terminar el monólogo de mi confesión, y me recosté en la silla, esperando que reaccionara.

Él guardó silencio un instante, pero tenía los ojos brillantes y trataban de abarcarme.

—¿Eso es todo? ¿Algún asesinato en serie de exnovios reciente? ¿O alguna manía que quieras confesar?

Me reí.

—No, no. Eso puede esperar a una segunda cita.

—Bien —respondió él, sonriendo, mientras se inclinaba más hacia mí—. Ha sido emocionante conocerte, Isabel.

Era liberador que alguien más supiera mi juego secreto. Había tenido el presentimiento de que él llevaría bien la confesión, pero aun así me sorprendió que no solo la llevara bien, sino que pareciera encantado con ella. Yo me estaba esforzando para hacerme la dura, pero pronunció mi nombre de tal modo que me costó mantener la calma.

—Ahora te toca a ti —le dije—. ¿Tu verdadero nombre es Matthew?

—No, no. Eso puede esperar a una segunda cita.

Los dos nos reímos.

Él miró su reloj. Yo miré mi móvil. Mi hora de descanso había terminado y tenía que volver en unos minutos a Doctor Sleep.

Antes de que tuviera oportunidad de hablar, Matthew dijo:

—Eh, tengo una propuesta disparatada.

—Adelante.

—Seguro que me dices que tienes que volver al trabajo. Pero yo siento que no he hecho más que conocerte, Isabel-Riley. Y la verdad es que no quiero separarme aún de ti.

Yo flotaba. Tampoco tenía ganas de dejarlo a él.

—¿Qué sugieres que hagamos?

—Bueno, creo que no es justo despojar a los pobres compradores de colchones de su dependienta favorita. ¿Qué te parece si voy a Sleep Doctor contigo y finjo que soy un cliente? Esperaré un minuto antes de entrar para que tu jefe no sospeche.

Sonreí y me encogí de hombros.

—Claro. ¿Por qué no?

De todos modos, sabía que Steve saldría a comer en cuanto yo regresara. Esa era probablemente la primera vez que estaba impaciente por volver a la tienda.

Cuando regresé, todo mi cuerpo zumbaba.

—Salgo a comer —anunció Steve.

El momento no podía ser más oportuno. Me pregunté qué hacía cuando se marchaba. Yo nunca se lo había preguntado y no me quejaba, aunque sus descansos eran cada vez más largos y más frecuentes.

—De acuerdo —respondí—. Tómeselo con calma.

Lo cierto era que normalmente odiaba estar allí sola, a la vista de cualquier transeúnte loco que pudiera pensar: ¡Mira! ¡Una chica sola con una caja registradora y un montón de colchones! Pero ese día me emocioné. Ese día quería que se lo tomara con calma.

Sonó el timbre con su falso repicar de campanillas. Levanté la vista. Matthew —o debería decir El Cliente— estaba en la puerta, iluminado por detrás. Alto, delgado, ancho de hombros.

Mientras me acercaba a él me metí en el papel, acogedora y afable, pero sin mostrarme apremiante, ávida o agresiva. Eso era lo que recomendaba el manual de instrucciones para profesionales de los colchones.

De cerca era tan guapo que tuve que volver la cara, pero no sin antes fijarme en su pelo moreno y brillante, en sus ojos oscuros, con pestañas más largas que las mías. En sus facciones cinceladas. Una mezcla de Gary Cooper y Robert Mitchum, como las estrellas de cine de la vieja escuela antes de que los actores empezaran a tener el aspecto del vecino de al lado, que en cuanto cumpla cuarenta años engordará, perderá el pelo y tendrá papada.

En otras palabras, era sexy.

—¿Puedo ayudarle en algo? —pregunté.

—Eso espero. Voy a mudarme y no le veo sentido a traerme mi viejo colchón.

Si me hubieran dado diez dólares por cada vez que había oído a alguien pronunciar exactamente esas palabras, podría haber presentado mi renuncia y vivido del dinero durante los seis meses que me habría llevado buscar un empleo mejor. Pero el sexo y la belleza pueden dar la vuelta a una conversación, y lo que había oído un millón de veces de pronto sonaba interesante, novedoso y refrescante.

Quería saber. ¿Dónde vivía? ¿Por qué se estaba mudando? ¿Quién dormiría en el nuevo colchón? Me encantaba esta adaptación de mi juego, para dos jugadores en lugar de para uno.

—¿Qué clase de colchón está buscando?

Él sonrió. Se encogió de hombros. Tenía una bonita sonrisa y un encantador gesto de indiferencia.

—Uno cómodo.

—De acuerdo. Conteste mis preguntas. —Eso estaba en el guion—: ¿Le gusta el colchón en el que duerme ahora?

—Mi colchón tiene diez años. ¿Qué entiende por «gustar»?
—Sonrió de nuevo.

Le devolví la sonrisa. Así estábamos entonces.

Le hice las típicas preguntas: «¿Duerme de lado? ¿De espaldas? ¿Tiene problemas de columna? ¿Dificultades para dormir?». Dormía como un niño. Cerraba los ojos y perdía el conocimiento, y no se despertaba hasta la mañana siguiente. Quería tumbarme a su lado y apoyar la cabeza en su hombro.

Nunca había sentido nada parecido, y menos por un cliente de la tienda de colchones. Me dejó sin guion.

—Qué suerte tiene.

Él no respondió. No iba a ahorrarme ningún paso.

—Creo que sé lo que le conviene. Tenemos uno expuesto. Si me acompaña, se lo mostraré.

—Gracias.

Recorrí los pasillos bordeados de colchones volviéndome de vez en cuando para asegurarme de que él todavía me seguía. Pensé en Orfeo —¡no mires atrás!— sobre todo como una forma para no pensar en lo cortada que estaba, lo consciente que era de que un hombre me seguía, me miraba la espalda, el culo. A ratos me preguntaba qué impresión debía de causar a un cliente la extraña decoración médica de Steve, pero en ese momento deseé que El Cliente reparara en la camilla, en el extraño material médico, en todo menos en mí.

Me detuve a los pies del colchón más caro y lujoso que teníamos, doce mil dólares de algodón orgánico alemán, capas de lana francesa y botones de sujeción cosidos a mano. El colchón de las estrellas de cine, el modelo Ejecutivo de Lujo con Sobrecubierta Pillow Top Natural. Steve nunca había vendido ninguno, que yo supiera, pero insistía en tenerlo expuesto. Decía que mejoraba la imagen del «establecimiento», supongo que como la bata blanca que me hacía llevar.

Podía leer lo bastante bien la mente del Cliente para saber que ese era el colchón que querría, aunque, evidentemente, también sabía que no iba a comprarlo. En realidad, no tenía ni idea de lo que pensaba. Era como si esos circuitos —la ventana que mostraba el pensamiento— se me hubieran atascado viendo lo sexy y guapo que era.

—¿Es el mejor que tiene?

—Creo que sí —dije—. Quiero decir, sí, es el mejor. ¿Le gustaría probarlo?

—No. Usted. Quiero que usted lo pruebe. Se lo agradecería mucho. Si no le importa echarse un momento.

No era la primera vez que alguien me pedía que me tumbara en el colchón. Pero solía ocurrir con personas de cierta edad o con alguna discapacidad física que venían con su cuidador. No podían o no querían correr el riesgo de montar un número esforzándose por tumbarse. O simplemente no podían hacerlo sin ayuda. En ese caso, a veces me pedían que me tumbara para ver si parecía cómodo. «Por supuesto», respondía yo siempre, aunque no podía sentirme más incómoda. En los diez meses que llevaba trabajando en Doctor Sleep, ningún chico joven, guapo y sexy —¡ni uno solo!— me había pedido que probara un colchón por él.

En realidad, sí que me importaba. Estaba nerviosa y cortada, y quería decirle que ese no era mi trabajo.

Podía ver que él no habría insistido. Era demasiado educado. Pero yo era una buena chica del Medio Oeste. Lo último que quería era ser grosera con un cliente...

Además, me apetecía hacerlo.

—Túmbate —dijo él—. Por favor. Déjame ver.

Ese «por favor» funcionó.

—De acuerdo. —No podía mirarlo.

Me senté en el colchón. La bata corta se me subió. Tuve que levantar el culo para desplazar la costura del vestido. Durante todo ese tiempo fui consciente de cómo me observaba él. Me vi con sus ojos. El rincón de mi cerebro que mostraba el pensamiento brillaba: rojo.

Al verme con sus ojos, me di cuenta de que toda yo temblaba.

Me tumbé como lo hacían todos los clientes, de espaldas y con los brazos cruzados, como una momia.

Estaba tan nerviosa que empecé a balbucear.

—¿Sabe algo de *feng shui*? Es una antigua... no sé... ciencia, supongo que podría llamarla así, que nos ha llegado de Asia. Lo importante no es solo el tipo de colchón, sino cómo y dónde se coloca en la habitación. Afecta a la calidad del sueño y a la salud. Hay directrices, pautas...

Me interrumpí. Sonaba como una idiota. Él no parecía escuchar, y no me extrañaba. ¿Por qué le soltaba ese rollo a la última persona del mundo a la que podía interesarle? Me quedé allí tumbada mirando el techo.

—Nadie duerme como te has tumbado tú —señaló él—. De espaldas y con los brazos cruzados.

—No —respondí hacia el techo.

—Pues enséñame cómo duermes en realidad. —Hablaba en voz baja y suave, pero firme e insistente.

Me volví hacia un lado. Alargué una mano por detrás y me bajé la falda. Él rodeó la cama para mirarme de frente.

¿Estaba avergonzada? Me avergonzaba pensar que jamás habría hecho eso si El Cliente no hubiera sido tan guapo. Qué superficial eres, Isabel, me dije.

—¿Cómo te sientes? —me preguntó El Cliente.

—Cómoda —respondí automáticamente.

—No lo creo. No me parece que estés cómoda.

—Bueno, no mucho.

—No tienes por qué mentir —repuso él. ¿Cómo lo sabía? Yo era la que leía el pensamiento a los demás.

—Me siento rara —dije—, pero en el buen sentido.

—Eso es un paso en la dirección correcta.

Se quedó allí de pie, observándome. Yo oía mi propia respiración algo entrecortada. Le ordené que se acompasara, pero no quiso. Respiré más deprisa.

—Muy bien. Ahora túmbate de espaldas.

Me tumbé de espaldas.

—Levántate la bata.

Lo intenté. Fue un gesto torpe y violento.

—Eres muy guapa, ¿lo sabes?

—Gracias. —Qué estúpida sonaba.

—Ahora separa las piernas, solo un poco. —Hablaba sin alterar la voz, con mucha serenidad, teniendo en cuenta lo que me pedía.

Separé las piernas, apenas unos centímetros.

—Muy bien. Ahora quiero que hagas una última cosa por mí. Quiero que te quites las bragas —me dijo.

No pensé: ¿Cómo? No pensé: ¿Quién es este psicópata y a qué juego morboso quiere jugar?

Lo que pensé fue: ¿Qué bragas llevo?

No lo recordaba. No pude evitar llevarme una mano a la falda. Palpé una tira de encaje. Menos mal.

—No, espera. Detente. Deja la mano donde está —dijo él—. Desliza un dedo por debajo de la tira de encaje, justo por debajo...

—No puedo.

—¿Por qué? —preguntó en tono inexpresivo—. Sé que puedes. Por favor, no me digas que no puedes. —Ahora casi susurrábamos. Se inclinó sobre mí, para oír.

—Steve podría volver en cualquier momento. Es mi jefe.

No dije: «No quiero». No dije: «¿Estás loco? ¿Cómo puedes pedirme algo así?». No dije: «Vete a la mierda, pervertido». Lo que dije fue: «Steve podría volver en cualquier momento».

—Solo un poco —dijo él, aún más flojito—. Levanta las rodillas y sepáralas un poco. Y tócate.

Cerré los ojos. Era la única manera de hacerlo. No podía mirarlo. Sentí que me ardían las mejillas. Quería oír su voz con los ojos cerrados.

—Por favor. —Su voz sonó extraña; no era exactamente suplicante, pero casi.

Doblé las rodillas a medio camino del pecho y las separé muy despacio. Me notaba el cuerpo caliente y extrañamente soñoliento, como si soñara o hubiera perdido toda capacidad de resistencia.

No me importaba que Steve regresara. No me importaba lo que pasara. Fue ese pasotismo lo que me llevó a decir:

—¿No quieres venir conmigo?

Nunca había dicho algo así en toda mi vida.

Aunque la mayoría de los hombres con los que había salido en Nueva York los había conocido por internet (sin sexo, solo los castos besos de buenas noches de la primera cita), había tenido bastantes rollos esporádicos y creía contar con cierta experiencia; sin duda tenía experiencia desnudándome delante de un desconocido, que, en mi opinión, es una de las cosas que más le cuesta a la gente cuando tiene relaciones sexuales. Podía contar los tíos con los que me había acostado: siete. Pero ninguno de ellos me había hecho sentir como me sentía ahora en mitad de un lugar público, una tienda de colchones, tumbada sola en una cama con toda la ropa puesta.

Incluso entonces supe que haría lo que me pidiera El Cliente. Quería sentir eternamente el puro placer eléctrico que recorría todos mis nervios. Exhibicionismo, voyeurismo, consentimiento, acoso. No había palabras para describir lo que estaba haciendo, lo que me estaba sucediendo. Era solamente una sensación.

—Siéntate —dijo él de repente, con brusquedad.

Me incorporé justo a tiempo para ver a Steve fuera, deslizándose por el marco del escaparate. Me sorprendí al borde de las lágrimas. ¿De qué iba todo eso?

Me levanté de un salto, ligeramente mareada. La sangre estaba tardando un poco en subirme de la entrepierna al cerebro. A mi lado, El Cliente miraba el colchón. Los dos lo mirábamos. Para todo el que observara —empezando por Steve—, éramos una profesional de los colchones y su cliente, enfrascados en una simple transacción comercial que podía ocurrir o no.

Levanté una mano hacia Steve, como diciendo: No intervengas. Pero él no pudo contenerse. Ese cliente, ese colchón. Era como enseñar miel a un oso. Ese era el gran pez que siempre había soñado con atrapar.

—¿Ya sabe lo que quiere? —le pregunté. Quería conservar el empleo, así que incluí a Steve en nuestra conversación—. ¿Cree que podría interesarle efectuar la compra hoy?

—No —respondió El Cliente—. Aún no. Solo estoy mirando. Necesito pensarlo. ¿Puede darme una tarjeta?

Steve se regodeaba, triunfal. Había insistido en imprimir tarjetas comerciales con mi nombre y obligarme a llevarlas en el bolsillo de mi pequeña bata blanca. Yo no quería que los desconocidos tuvieran mi nombre y el teléfono de la tienda, y me había resistido, pero él se había salido con la suya.

Ahora me alegraba de haber perdido. Saqué una tarjeta del bolsillo. Se me resbaló de los dedos, y Steve y El Cliente observaron cómo me agachaba para recogerla del suelo. Noté cómo el vestido corto se me levantaba por detrás y me lo estiré hacia abajo. Delante de Steve ya nada era sexy, solo patético y torpe.

—Gracias —nos dijo El Cliente a Steve y a mí, con la mirada fija en un punto entre ambos—. Llamaré cuando haya tomado una decisión.

—Tal vez podría interesarle algo que suponga un compromiso financiero... menor —ofreció Steve.

—No, no me interesa —respondió El Cliente.

Y con esas palabras Matthew salió de la tienda.

Empezó a lloviznar, un adelanto del invierno frío y acuoso que teníamos por delante. Sentada ante mi escritorio de Doctor Sleep, leía mi novela de zombis. A veces miraba por la cristalera, más allá de las gruesas gotas frías que volvían borroso el mundo exterior.

Lamentaba haber conocido a Matthew.

Hasta el día que entró en la tienda yo había hecho las paces con la vida. No tenía novio, ni un empleo propiamente dicho, ni trayectoria profesional, solo un piso cutre sin ascensor en Greenpoint contiguo al del casero, que le gritaba a su mujer durante toda la noche. Pero aun así no tenía grandes quejas. «Confía —me decía siempre mi madre—. Mira el lado positivo. Algo llegará.»

Ahora que *había* llegado algo, había dejado que se me escabullera de los dedos. Debería haber hecho cualquier locura de maníaco sexual que me pidiera. Debería haberle arrancado la promesa de que me llamaría. Debería haberme humillado delante de Steve suplicándole que se quedara.

Los días se alargaban interminablemente. Apenas podía dedicar una sonrisa forzada a los pocos clientes que entraban. Una vez casi cabeceé en mitad de una venta.

—¡Isabel! ¡Espabila! —me siseó Steve.

¿Espabila? ¿Acaso era muy espabilado él?

Trabajé el sábado y el domingo lo tuve libre. Dormí hasta las once, luego me senté a leer con un café, como hacía en la tienda. De vez en cuando pensaba: Nadie está más solo que yo en Nueva York.

Estaba a punto de telefonear a mi madre a Iowa cuando recibí un mensaje de texto de ella. «Comida de profesores. Uf. Hablamos luego.» Hasta mi madre tenía algo mejor que hacer que hablar conmigo.

A las cinco quedé con mi amigo Luke para tomar mojitos en Cielito Lindo, el restaurante mexicano del East Village donde Marcy trabajaba. Si llegábamos pronto y nos marchábamos pronto, ella nos dejaba las copas a mitad de precio. Se sentaba con nosotros unos minutos y tomaba sorbos de nuestros vasos cuando nadie la miraba. Pero hacia las seis y media aquello empezaba a llenarse y al cabo de un rato nos lanzaba una mirada que decía: Más vale que os larguéis.

Luke seguía yendo a audiciones. Se había adelgazado tanto y llevaba el pelo teñido de un rubio platino tan llamativo que el número de papeles a los que podía aspirar era reducido. Pero eso no podía decírselo yo. No me correspondía.

Nos sentábamos en Cielito Lindo con la postrera luz de la tarde filtrándose por las ventanas y un ritmo de salsa repiqueteando, y todo se iba animando para alcanzar el disfrute y la diversión máxima.

Pero justo cuando empezaban a ponerse bien las cosas, Luke y yo teníamos que ceder nuestro sitio a los que podían pagar de verdad.

—Audrey me consiguió una audición para hacer de hermano mayor en un anuncio de cereales —me contó Luke cuando iba por su segundo mojito—, pero no me han llamado. Supongo que porque adivinaron que doblo la edad del chico de los cereales.

La triplicas, pensé, pero me callé.

—¿Qué edad me echas? —me preguntó.

—Cuesta decirlo. —Era una mentira piadosa. Tenía veintiséis, un año más que yo. Y tan pronto aparentaba quince como treinta. Estaba fatal.

¿Cuántos años me echaba Matthew? Me gustaba tener un secreto. Luke, ¿puedo contarte algo? Prométeme que no lo dirás. Jugué a extraños juegos sexuales con un desconocido en la tienda cuando Steve salió a comer.

—Eh, ¿estás enamorada o algo parecido? —me preguntó—. Se te ve... radiante. Prométeme que no estás embarazada.

—Te lo prometo. Soy la misma de siempre. —Pero me encantó que Luke notara algo diferente en mí. Me hizo sentir casi esperanzada. Tal vez eran los mojitos que se me estaban subiendo a la cabeza, pero de pronto pensé: «Matthew sabe dónde trabajo. Podría pasar por la tienda, tal vez lo haga...».

—¿Tienes hambre? —me preguntó Luke—. Conozco un tailandés bastante bueno cerca de aquí. —«Un tailandés bastante bueno» era su forma no tan velada de decir «aún más barato que Cielito Lindo».

—Estoy bien. —Se me revolvió el estómago solo de pensar en probar el grasiento *pad thai* gomoso y apelmazado que Luke querría compartir. Quería irme a casa y pensar en El Cliente, y en lo que habíamos hecho, y hacerme una paja y dormirme—. La próxima vez, ¿vale? No sé por qué estoy tan cansada. Creo que pediré algo en el chino y veré la televisión hasta quedarme dormida.

Al caminar hacia el metro sentí cómo el efecto de los mojitos se apagaba y volvía la tristeza. ¿Por qué era tan estúpida? ¿Por qué no podía enviarle un mensaje a Matthew? Pero no debía tomar la iniciativa. De nuevo en mi piso llamé a mi madre, que ya debía de haber vuelto de su picnic con los profesores.

—Cariño, ¿pasa algo? Te noto la voz rara.

—No. De verdad, estoy bien. He salido con mis amigos y me he tomado un par de mojitos, tal vez por eso la notas rara.

—Mientras te diviertas... —respondió ella.

—Lo hago, desde luego.

Qué mentirosa me estaba volviendo. Y las mentiras solo estaban comenzando...

El martes sonó el teléfono de la tienda. Contestó Steve. No había clientes y puso el altavoz.

Oí la voz de Matthew desde el otro extremo. La habría reconocido en cualquier lugar. Cerré los ojos. Luego me acerqué más al teléfono.

—Llamaba para encargar el colchón que estuve mirando en su tienda hace unos días —le escuché decir—. Me atendió esa amable joven... Isabel, ¿no es cierto?

Estaba llevando el juego de roles a un nuevo nivel.

Steve levantó el pulgar hacia mí. Quitó el altavoz, se puso los cascos y empezó a teclear en el ordenador. Aparecieron cifras en pantallas que se disolvían en otras pantallas.

—Por supuesto. Lo tendrá mañana. Gracias por confiar en Doctor Sleep. Sí, desde luego, se lo diré. Adiós.

—¿Decir qué?

—Nada —respondió Steve—. No me acuerdo.

Podría haberlo torturado para averiguarlo. Luego se acercó tanto a mí que casi me pisó los dedos de los pies. Me encogí.

—Buen trabajo, Isabel. Era tu amigo de la semana pasada. Se ha decidido por el Ejecutivo de Lujo. Ha dicho que el modelo expuesto ya le sirve, si es el único que tenemos. Creo que está loco por ti; si no, no tiene sentido. Un tipo así le pide a su secretaria que lo encargue, no se ocupa él personalmente de estos incordios. ¿Sabes lo que creo? Creo que esperaba que tú contestaras el teléfono. Apuesto a que a ti también te habría gustado hablar con él.

Quise pegarle. Pero tenía razón. ¿Por qué no me mandaba un mensaje? Quizás había perdido mi número y esa era la única forma que tenía de contactar conmigo. Tal vez esa era mi última oportunidad. Nunca tendría otra.

—¿Tengo razón? Dime, ¿tengo razón sobre ese tipo y tú? ¿Hay algo... raro? Me refiero a un jueguecito raro. Tuve claramente esa sensación cuando entré en la tienda el otro día y lo encontré aquí.

Que Steve se diera cuenta me hizo sonrojar y sentir extrañamente feliz. Hice un gran esfuerzo para no preguntarle qué le hacía pensar que pasaba algo *raro*. Quería tener pruebas de que lo que fuera que estaba ocurriendo entre Matthew y yo no sucedía enteramente en mi imaginación.

—No tengo ni idea de qué está hablando. Tal vez solo quería comprar el colchón. Tal vez está tan forrado de dinero que no sabe qué hacer con él.

¿Con quién estaba enfadada? ¿Con Steve? ¿Con Matthew? ¿Qué había hecho Matthew aparte de divertirse un poco y dejarme más infeliz de como estaba antes de conocerlo? Yo misma había hecho lo mismo con un montón de tíos antes de conocerlo a él.

—Tanto da —respondió él—. Y, para tu información, *nadie* tiene tanto dinero que no sabe qué hacer con él. La gente que tiene tanto dinero sabe qué hacer con él.

—Yo no sabría.

—Supongo que no —replicó Steve.

Al día siguiente, los empleados de la compañía de reparto acudieron a buscar el colchón. Se lo llevaron.

En la sala de ventas había un hueco enorme. Steve lo dejó así un tiempo para recordar la asombrosa compra que había conseguido (ya se atribuía el mérito). Yo no podía soportar mirar el espacio vacío, la única prueba de mis cinco minutos ardientes con El Cliente Guapo. Ahora envejecería y vendería colchones hasta que me jubilara y me muriera.

Busqué el pedido de Matthew en el ordenador de la tienda. No había dejado el nombre, solo una dirección en Brooklyn Heights, y había cargado el gasto en una tarjeta Amex de la Prairie Foundation. En una nota (escrita con la letra de Steve) se leía: «Contacto: asistente».

Al día siguiente sonó el teléfono. Supe que era para mí antes de que Steve contestara.

—¿Isabel? —Tapó con una mano el auricular—. Tu novio rico.

Por alguna razón yo había sabido que era él. Mis amigos nunca me llamaban al teléfono de la tienda. Nadie tenía ese número. Mi madre me habría llamado al móvil.

—Isabel, soy yo.

No tuve que preguntar quién era «yo». No podía hablar. Ni respirar.

—El colchón ya está instalado, y me preguntaba si podrías venir para comprobar el *feng shui*. No soportaría colocarlo mal. —Se rio, dando a entender que era y no era una broma. La parte de *feng shui* era una broma, pero la petición de que fuera a su casa no lo era. Después de todo, había algo entre nosotros. Éramos algo más que amigos.

—Sí.

—¿Isabel? —repitió. Me encantaba cómo pronunciaba mi nombre—. Disculpa. Creo que falla la conexión.

—Sí que podría —respondí. Tal vez había susurrado, o solo quería oírselo decir de nuevo. La conexión era buena.

Sentí algo caliente, húmedo y desagradable en la nuca. Solo entonces me di cuenta de lo cerca que estaba Steve.

—¿Cuándo? ¿Dónde?

—¿Mañana sería demasiado pronto? —preguntó él.

Debería haber dicho: Sí, demasiado. Debería haber inventado compromisos a los que no podía faltar. Un novio con el que había quedado. Pero ¿y si era mi última oportunidad? Al día siguiente por la tarde no tenía nada que hacer. De haber tenido algo, lo habría anulado, fuera lo que fuese.

—Mañana por la tarde me va bien.

—¿A qué hora acabas de trabajar?

—¿A las seis? —¿Por qué lo dije como si fuera una pregunta? ¿Por qué se lo pregunté a él? Probablemente podría haber salido a cualquier hora si le hubiera dicho a Steve adónde iba. Pero al día siguiente Steve intentaría sonsacarme todo lo que habíamos hecho.

—Perfecto. Ven directamente —dijo Matthew—. Podremos ver la puesta de sol.

—Estupendo. ¿Puedes enviarme la dirección? A mi móvil.

—No hace falta. Está en el sistema de la tienda.

De pronto era como si oyera la voz de mi madre. Cuelga. No vuelvas a hablar con ese hombre. No vayas allí mañana por la noche.

Perdona, mamá, pensé. No tengo elección. Después de la muerte de mi padre ella no se había vuelto a casar, ni siquiera (que yo supiera) había salido con alguien. De modo que había muchas cosas que mi madre no sabía sobre el mundo moderno. De todas formas, tampoco la habría escuchado, aunque hubiera estado a mi lado. El deseo hacía que todos los demás se desvanecieran.

—No puedes recibir llamadas personales en el teléfono de la tienda —dijo Steve cuando colgué.

—Era algo relacionado con el negocio.

Nunca había creído tener poder para pedirle que se apartara. Pero algo —una nueva nota— en mi voz hizo que él retrocediera un gran paso. Algo en mí había cambiado solo por haber hablado con Matthew.

Debería haberlo tomado como una advertencia: un indicio de los cambios que se avecinaban.

No pegué ojo en toda la noche. Me obsesioné con qué me pondría. Sexy, pero no tanto que llamara la atención en la tienda y diera el mensaje equivocado, primero a Steve y luego a Matthew. Pero ¿qué mensaje era demasiado sexy después de lo que había hecho encima del colchón?

Me compré ropa interior nueva, de encaje negro con una

fina cinta roja ensartada en el sujetador y las bragas. Me puse una minifalda tejana y una camiseta negra, y me llevé una cazadora, por si acaso. El tiempo estaba cambiante, nubes bajas y viento. Tiempo de tormenta. No me maquillé mucho. Al final del día me maquillaría un poco más en el cuarto de las escobas que Steve llamaba la «sala para el personal».

—Estás guapa —me dijo cuando llegué al trabajo—. Más guapa que de costumbre. ¿Vas a alguna parte?

No respondí. Él lo sabía.

Tal vez tendría que arreglarme más cada día. El negocio estaba en auge, para variar. En los dormitorios de la Universidad de Nueva York había cundido el pánico de que había chinches, y la tienda se llenaba de estudiantes que utilizaban la tarjeta de crédito de sus padres con la esperanza (ja, ja) de solucionar el problema. Compraban los colchones más baratos, pero ¿y qué? Estábamos «moviendo el producto» (como decía Steve). La mayoría de los estudiantes me caían bien. Sus necesidades eran simples, y las decisiones de compra se reducían al precio. Ninguno quería hacer el tonto probando un colchón mientras un desconocido (yo) observaba. «Perfecto. Me lo quedo», decían.

Steve parecía satisfecho con la jornada, y cuando le pregunté si podía salir antes, me respondió que no había problema si llegaba temprano un par de mañanas de la siguiente semana y abría yo la tienda. Me pareció justo. Habría aceptado cualquier cosa.

Me retoqué el maquillaje, y mientras Steve estaba en el aseo, me puse los zapatos de tacón y salí.

Gasté una parte considerable del sueldo de una semana en la carrera del taxi hasta el apartamento de Matthew en Brooklyn Heights. Había visto en Google Maps que se encontraba a varias manzanas de la estación de metro y los tacones eran demasiado altos para caminar tanto. Además, estaba impaciente por llegar.

Llevaba cuatro condones en el bolso, por si acaso. Era una buena chica del Medio Oeste, pero no tan buena. Eh, estábamos en Nueva York en 2016.

Supe cuál era su edificio entre todos los de la manzana: el rascacielos lujoso diseñado por un arquitecto famoso. Había habido una batalla entre la Comisión para la Conservación de Lugares de Interés y el arquitecto y la promotora inmobiliaria, aunque nunca hubo ninguna duda acerca de quién iba a ganarla. La estructura era un dedo corazón de veinticuatro pisos levantado hacia la ciudad.

Allí era donde vivía Matthew, en el edificio de los destructores del barrio. Aunque (para ser sincera) sabía que yo también viviría allí si alguien me ofreciera un apartamento.

El mostrador de recepción del vestíbulo estaba elevado como un trono. Visto desde abajo aumentaba la estatura, el tamaño y la posición de los dos conserjes corpulentos, ambos con uniforme verde aceituna. ¿Y si me preguntaban el apellido de Matthew? No lo sabía.

Les di el número del apartamento. ¿Podían llamar al ático tercera, por favor? Estaba pidiendo que llamaran a alguien que no sabía cómo se apellidaba.

—¿De parte?

—De Isabel. Isabel Archer. —Apenas reconocía mi propio nombre. Sonaba como dos palabras sin sentido. ¿Qué significaban siquiera? Parte de mí había abandonado mi cuerpo. La Isabel buena, la cauta, intentaba comprender por qué esa nueva Isabel imprudente estaba allí, haciendo eso.

El conserje colgó el teléfono de recepción.

—Puede subir —me dijo—. El ascensor llega al décimo, donde hay otro mostrador para los pisos principales. Allí le indicarán lo que debe hacer.

Doble estrato de conserjes.

El ascensor me lanzó a través de una columna de aire y me dejó diez plantas más arriba, donde dos nuevos conserjes me señalaron otro ascensor. Pulsé el botón del At3. Ese ascensor tenía los laterales acristalados y veía los tejados de Brooklyn a mis pies.

Solo había un apartamento en la planta. Llamé al timbre.

Abrió la puerta un ama de llaves de mediana edad que me tomó la cazadora.

—El *señor* está fuera en la terraza —me dijo, usando el español para referirse a Matthew.

¿Deseaba un cóctel? Sí. *Bueno*. Ya estaba servido. Un joven, también hispano e igual de afable, me llevó un martini en una bandeja. Con la copa —llena hasta el borde de un líquido naranja dorado— en las manos, seguí a la doncella a través de un salón enorme que parecía un museo de arte moderno, con sofás blancos, suelos de mármol blanco y paredes cuya perfecta blancura solo era profanada por la violenta energía de los grandes cuadros abstractos. ¿Era auténtico ese Kooning?

La cristalera de la terraza estaba abierta. El Cliente se encontraba de espaldas y miraba por encima del borde. Me bebí de un trago media copa.

—Gracias, María —dijo él, sin volverse.

—¿Se encuentra bien, *señora*? —me preguntó la criada, María. Pensé en cuántas chicas debía de haber visto pararse en seco, sin apenas poder dar un paso.

Él no se volvió ni dio muestras de advertir de algún modo mi presencia. Me acerqué hasta detenerme a su lado. Iba con tejanos y una camisa blanca recién planchada, abierta por el cuello. Estaba aún más guapo que en la tienda. Me agarré del borde del muro bajo de ladrillo y no lo solté. Me sentía mareada, no sé si de ver las vistas o por su proximidad. O tal vez solo era el cóctel. Todo era muy confuso, pero fascinante. Los últimos rayos de luz del día que se reflejaban en las ventanas, el gigante balón rojo del sol rebotando sobre el agua.

Ahora sabía qué significaba sentirse dueño de la ciudad. Los edificios de Manhattan recortados contra el horizonte se extendían ante nosotros, yacían a nuestros pies, suplicando a los que mandábamos que les dijéramos qué hacer. Aunque quizá volvía a estar confusa. Quizás era así como me sentía *yo*. Como una reina.

Bebí otro sorbo del cóctel. Estaba delicioso. Tequila, pensé. Con un toque de chili y un sabor afrutado pero agrio.

—Flor de hibisco —dijo El Cliente.

La bebida era tan fuerte que se me subió directamente a la cabeza, sobre todo porque no había comido nada al mediodía. Había estado demasiado nerviosa. Pero seguí bebiendo hasta que me la acabé. Nunca había probado nada tan asombroso. Me sentía achispada, asustada y feliz.

El sol se sumergía en el río. Matthew se acercó más a mí y, distraídamente, como un acto reflejo o una ocurrencia tardía, apoyó una mano en mi culo.

—Es precioso, ¿verdad?

—Sí. —Eso fue todo lo que fui capaz de responder. Pero ¿qué era precioso? ¿La puesta de sol o el calor que desprendía su mano?

—Ven a echar un vistazo a la cama.

Sonrió cuando retrocedió para dejarme pasar. Me cogió del brazo y me condujo por un largo pasillo bordeado de pequeñas vitrinas empotradas en la pared en las que había estatuas clásicas griegas y egipcias. Me detuve frente a una figura humana con cabeza de perro.

—Anubis. El señor de los muertos y del más allá.

Yo había estado leyendo poemas del más allá, pero temí parecer pretenciosa si se lo decía. Y había salido con suficientes hombres para saber que mucha charla nerviosa podía eliminar el zumbido sexual. Y el zumbido estaba allí.

El dormitorio era tan elegante como el resto del apartamento. Tres paredes eran de cristal, de modo que parecía suspendido como el nido de un águila sobre la ciudad. ¿Podías hacer algo en una habitación como esa sin pensar en todos los desconocidos que podían estar mirando? ¿O quizá formaba parte de la diversión, de la emoción?

¿Era realmente yo la que estaba pensando eso? Era tímida con mi cuerpo. Siempre había preferido hacer el amor con las luces apagadas. Pero ahora estaba dispuesta a hacerlo de cualquier manera, en cualquier lugar...

En mitad de la habitación estaba la cama: el colchón de nuestra tienda. Aunque no hubiera reconocido el algodón orgánico ni los botones de sujeción cubiertos bajo una sencilla pero bonita colcha de seda azul y media docena de cojines a juego. ¿Estaba casado? ¿Un hombre soltero tendría una cama como esa?

Tal vez era así como vivían los hombres ricos, hombres que nunca se hacen la cama. Me avergoncé al pensar en mi habitación, una maraña de sábanas y mantas bajo un montón de libros y, en estos momentos, toda la ropa del armario que me había probado la noche anterior.

¿Por qué me había molestado? No es que pudiera leerle bien el pensamiento, pero tuve la clara sensación de que no se estaba preparando para arrojarme sobre el colchón. Ni siquiera iba a pedirme que repitiera lo que había hecho en la tienda. Nos quedamos parados en el umbral, mirando el dormitorio. Él seguía asiéndome el brazo.

—¿Les digo que la muevan?

—¿Perdón?

—El *feng shui* —me recordó—. ¿Funciona?

¿Hablaba en serio? No lo conocía lo bastante bien para preguntárselo. Estaba dispuesta a acostarme con él, pero me incomodaba averiguar si bromeaba.

Desde una perspectiva estricta del *feng shui*, la cama debería estar colocada en diagonal respecto a la puerta, y no lo estaba. Pero no iba a decirlo. No había otra forma de situar la cama en la habitación.

—Está bien. Perfecto. —Si tenía mala suerte o se enfermaba o sufría insomnio, sería por mi culpa. Pero yo ni siquiera creía en el *feng shui*. Era solo una estrategia para vender colchones.

—Es curioso... Tenía la impresión de que la cama debía estar en diagonal a la puerta y mirando en la otra dirección.

Me ardió la cara de vergüenza.

—Puede... Puede que tengas razón. —Entonces ¿por qué me lo preguntaba a mí?

—Pero creo que la dejaré donde está. Vivir peligrosamente, ¿no?

—Exacto, eso es.

De pie a mi lado, me deslizó la mano por debajo de la camiseta, sobre la piel desnuda de la espalda, justo por encima de la cintura. Se me aceleró la respiración. No hacía falta gran cosa para conseguirlo. Él podía notarlo.

—¿Y ahora qué? —pregunté. Dependía de él. Haría lo que él quisiera.

Sacó la mano de debajo de mi camiseta.

—Gracias. No sabes cuánto te lo agradezco.

—Pero... —no pude evitar decir. Todavía podía pasar algo.

¿O había suspendido la prueba al mentir acerca del *feng shui*?

Solo después me enteraría de que había pasado el test al mentir.

—Estoy deseando conocerte mejor, Isabel.

¿Quería hacerse de rogar? Si hubiera sabido cómo suplicar sexo a un hombre sin humillarme, quizá lo habría hecho. Estaba lista para humillarme, pero no creía que funcionara.

—¿Puedo hacerte una pregunta? —le dije.

—Pregunta lo que quieras —respondió él. Pero noté que se ponía tenso. ¿Qué era lo que no quería que le preguntara? ¿Qué escondía?

—Bueno. Supongo que podríamos llamar a esto nuestra

segunda cita. Y no has confesado ningún otro nombre. Pero ¿cuál es tu apellido? Estaba aterrada de que el conserje me lo preguntara al subir aquí.

Él se echó a reír.

—Creía que lo sabías.

—Pues no.

—Frazier. Matthew Frazier.

—Encantada de conocerle, señor Frazier —dije tendiéndole la mano.

Él bajó la vista hacia mi mano, pero no me la estrechó. Dejé caer el brazo al costado.

Me condujo de nuevo por el pasillo y a través del salón en dirección al recibidor. A medio camino me dejó con María, quien me dio mi cazadora y abrió la puerta.

—Gracias —dije—. Adiós.

Me quedé un buen rato fuera en el pasillo, aunque estaba bastante segura de que me vigilaba una cámara de seguridad. Que me vieran. No podía dar un paso. ¿Por qué me había hecho ir hasta allí El Cliente, Matthew? ¿Qué quería de mí? ¿Por qué había telefoneado siquiera? ¿Quería hablar en serio del *feng shui* y al pillarme en un embuste...? No lo conocía lo suficiente para saber si mi mentirijilla piadosa había roto el pacto.

Bueno, lo mejor es que todo se acabe aquí, me dije. Soy una persona confiada. No necesito una relación con un hombre con el que ya empecé a mentir aun antes de conocerlo.

Los días que siguieron hasta Steve notó que estaba deprimida por algo. Parecía extrañamente satisfecho con ello. Luke y Marcy me trataban como a una persona con una enfermedad altamente mortal que no quiere hablar de ello.

Cuando el domingo quedamos en Cielito Lindo a la hora acostumbrada, Marcy se aseguró de que las copas que me servía fueran el doble de fuertes y de buenas. Pero eso solo me recordó el cóctel que había tomado en el piso de Matthew. Nada volvería a saber tan maravillosamente. Nada me subiría a la cabeza del mismo modo. Me habían ofrecido magia, y yo había mentido y lo había estropeado todo. Debería haberle pedido que moviera la cama. Tal vez ahora estaría en ella. ¿Pensaba alguna vez en mí cuando se tumbaba sobre ese colchón?

Tras varios días de no tener noticias de él y de no pensar en nada más, una noche soñé con que le regalaba algo. En el sueño no quedaba claro qué era el regalo, pero me desperté y recordé su sonrisa, cómo me abrazaba, y lo arropada y feliz que me había sentido en el sueño.

Es una señal, pensé. Le enviaré algo. Un pequeño detalle de agradecimiento. Gracias por la agradable copa. Gracias por comprar el colchón (no hacía falta que dijera «más caro»). Los hombres de negocios eran muy dados a enviar tarjetas. Como muestra de agradecimiento. Así se construía la fidelidad del cliente de la que tanto hablaba Steve, aunque nadie había efectuado nunca dos compras en nuestra tienda. ¿En qué consistía entonces esa fidelidad?

Pero ¿qué podía regalarle al Cliente? ¿A Matthew? ¿Qué necesitaba un hombre como él? ¿Cómo iba a basar una decisión así en una conversación en una cafetería, un juego sexual en una tienda y una casta copa en su terraza? Por no hablar de un sueño que solo recordaba a medias.

Cada día, mientras caminaba de la boca del metro a Doctor Sleep, me paraba en todos los escaparates. Estaba yendo de compras para El Cliente, pensé. Para Matthew. Pero nada me parecía adecuado.

Una tarde calurosa en que iba a reunirme con Luke para picar algo rápido en Tompkins Square Park, pasé por delante de una pequeña tienda, un híbrido entre tienda de artículos de broma y juguetería, la clase de establecimiento que ya casi no se ve en Nueva York como no sea en el East Village. En el escaparate había uno de esos juegos de cartas mexicanos; Lotería, lo llaman. Era como un bingo pero con bonitas ilustraciones antiguas del mundo, el sol, el músico, la jarra, el cactus, el árbol, el corazón, y palabras en español en las cartas y en el tablero.

La carta que llamó mi atención fue El Melón. Un melón cantalupo de un naranja rosado, jugoso y lleno de semillas, abierto por la mitad. Una imagen de sexo.

Compré toda la serie y envié la carta al ático de Matthew en un sobre dirigido a su nombre. Esperaba que la abriera él mismo en lugar del asistente que había mencionado en el recibo de su compra —a quien no había conocido— o el ama de llaves.

No pasó nada. No hubo respuesta. Lo imaginé tirando mi carta a la basura. Qué estúpido regalo había escogido. ¿Por qué iba a querer un chico rico y sexy que tomaba cócteles en la terraza una vieja ilustración de un melón cantalupo?

Una semana después me devolvieron el paquete. En el sobre maltrecho se indicaba que en esa dirección no vivía nadie con ese nombre. ¿Por qué lo había hecho? ¿No quería volver a saber de mí? ¿Por qué había ido tan lejos como para fingir que no vivía allí?

Mientras tanto no podía dejar de pensar en él. Sus manos, su cuerpo, cómo me sonreía desde el otro lado de la mesa de la cafetería, su voz mientras estaba tumbada en el colchón de la tienda. Me interesé en el sexo como nunca me había interesado; podría decirse que me obsesioné.

Ahora, cuando Steve salía para hacer lo que fuera que hacía a la hora de comer, veía porno en mi ordenador. Había encontrado un videoclip en el que un tío que se parecía a Matthew entrevistaba a una chica para un trabajo y de algún modo la persuadía (lo veía sin sonido) para follar sobre su escritorio en distintas posturas. Me corría cada vez que pensaba en la voz de Matthew diciendo: «Túmbate. Por favor. Déjame ver».

Matthew

Tarde o temprano todos queremos una segunda oportunidad. Más pronto que tarde llega un momento en el que todos decimos: Está bien, rebobinad. Intentemos algo distinto. Empezad de nuevo. Cambiad el desenlace.

Sobre todo, si eres como yo. Si tu vida, como la mía, dio un giro a peor al principio de todo y nada puede devolverte al lugar donde estabas antes de que ocurriera.

Tenía dinero y comodidades, y grandes expectativas. Todas las ventajas, como dicen. Había crecido en la costa sur, al sur de Boston. En una gran casa cerca del mar, no en la misma playa, pero lo bastante cerca para oírlo desde mi habitación.

Había cometido un error. Había caído. Quería volver a levantarme. Lo deseaba tanto como quien echa de menos el hogar de su niñez.

El hogar donde yo crecí era confortable. Mi padre tenía un cargo ejecutivo en un banco y era fotógrafo aficionado. Tomaba muchas fotos artísticas a mi atractiva madre, que no trabajaba y a quien de vez en cuando había que enviar a alguna parte por motivos misteriosos. Solo después (cuando los dos ya estaban muertos) deduje que mi madre tenía un pequeño problema con el alcohol y las pastillas, y cada tanto ingresaba en un centro de rehabilitación.

El verano anterior a mi ingreso en la universidad, mi hermano pequeño Ansel y yo robamos el coche de nuestro vecino. No era un coche cualquiera. Era un Mercedes descapotable. Nuestro vecino no merecía tener un vehículo así. Y no era un vecino cualquiera. Era el doctor Graves: Graves era su verdadero nombre, decía yo siempre que contaba esa historia. Y era un capullo en toda regla. Había llamado dos veces a la policía para denunciarnos a mi hermano y a mí porque habíamos pisado sin querer el borde de su césped con el coche. ¿Qué problema tenía? Solo éramos unos chavales que estaban aprendiendo a conducir.

Para infundirnos el valor suficiente, mi hermano y yo nos emborrachamos con una bebida alcohólica dulzona que mezclamos de forma selectiva en el mueble bar de nuestros padres. Cortamos agujeros en unos calcetines tipo media sin talón y nos los deslizamos por la cabeza, y le dijimos al doctor Graves que íbamos armados. Él sabía que éramos los chicos de la casa de al lado, pero los periódicos estaban llenos de adolescentes psicóticos de barrios residenciales pudientes que cometían asesinatos. Podía ver el titular sobre los jóvenes de colegio privado asesinos. ¿Cómo podía saber que no éramos como ellos? Nos entregó las llaves.

Mentiría si dijera que no fue una sensación genial conducir el coche por la autopista. Conocíamos las carreteras secundarias mejor que los policías y les llevábamos mucha ventaja. Aparcamos cerca de la playa. Mi hermano se recostó en el asiento y buscó a tientas debajo del respaldo, y de pronto soltó: «Mierda, ¿qué hace el doctor Graves con una pistola? ¿Para qué la necesita?». Tal vez veía necesario tener una para proteger su Mercedes de macarras como nosotros, como resultó ser.

Aun borracho como estaba, yo era el hermano mayor. Le arrebaté el arma y esta se disparó. La bala rozó la mano de mi hermano. Un rasguño. Pero me asusté tanto que llamé al 911.

Llegaron las ambulancias y los coches de policía con las sirenas a todo trapo. La cosa debió de parecer muy grave porque había mucha sangre en el asiento delantero.

Los dos sabíamos que había sido un accidente. Ansel se recobró totalmente y solo le quedó un daño leve en los nervios de esa mano.

Pero no ha vuelto a dirigirme la palabra en los quince años que han transcurrido desde el accidente. Tal vez vio algo en mis ojos cuando el arma se disparó. Tal vez sabía que yo siempre había creído que nuestros padres lo querían más a él.

Ansel ha sido el triunfador de la familia, el triunfador que se suponía que iba a ser yo. O quizá siempre dieron por hecho que triunfaría él. Lo último que supe fue que era arquitecto y que se ganaba muy bien la vida diseñando viviendas en el este de Long Island. Un primo que se pone en contacto conmigo cada dos años (la última vez buscaba unos datos genealógicos) me contó que Ansel había tenido unas cuantas relaciones serias, pero que aún no se había casado. No tenía mujer ni hijos. Cabía preguntarse por qué; tal vez por lo poco inspirador que era el modelo de felicidad conyugal de mamá y papá.

Fuera como fuese, cuando tuvimos el pequeño... accidente, acepté la responsabilidad por el error cometido por mi hermano. Mis padres contaban con excelentes abogados que rebajaron los cargos de hurto mayor conmutándolos por libertad provisional, una importante multa y un delito grave de clase B en mi historial permanente. El orientador universitario del Saint Andrews se quejó de que lo molestaran en mitad de las vacaciones de verano justo cuando creía que todo el follón de las solicitudes se había acabado. Telefoneó a Dartmouth, donde yo había solicitado plaza, para preguntar si era un problema tener antecedentes por un delito grave. Sí, era un problema. Un problema gigantesco, de hecho.

Ese fue el comienzo de la caída. Mis amigos fueron a la

universidad. Mis padres me sugirieron que me apuntara en algún centro de estudios superiores, el único lugar donde me admitirían, pero decidí irme a Nueva York y vivir por mi cuenta en la ciudad más cara del mundo, lo que significaba un empleo en el mostrador de un local de pollo frito gourmet a domicilio y un piso sin ascensor en una manzana del barrio de Crown Heights antes de que se aburguesara. Me habría ido realmente a pique si no hubiera tenido la suerte de liarme brevemente con una serie de mujeres mayores y generosas.

Fue Ansel quien a los pocos años consiguió ir a Dartmouth. Tener como hermano mayor a un mal chico no mancilló *su* historial permanente.

Mis amigos del instituto se licenciaron en buenas universidades y obtuvieron empleos en Wall Street. Contra todo pronóstico, mantuvimos la amistad.

Un viernes por la noche esos amigos y yo tomábamos copas en un antro del centro que nos gustaba pese a su aire chic hípster recién adquirido. Varios de ellos tenían novia y se encaminaban hacia vidas de adulto diferentes, y la noche se había vuelto más intensa, tal vez más desesperada, al percatarnos de que los años de trasnochar estaban tocando a su fin.

Esa noche vimos a Val Morton sentado a una mesa en el otro extremo del bar.

Mirábamos e intentábamos no mirar, y mirábamos de nuevo. ¿Era o no era él? No era fácil confundir esas facciones afiladas y rasuradas, esa fría confianza, esa autoridad, ese físico tan impresionante en un hombre de casi sesenta años. Aun así... Cuando por fin decidimos que era él y no alguien que se le parecía mucho, sentimos en el aire esa descarga, esa vibración efervescente que causa en la atmósfera de una habitación la presencia de una celebridad.

Era Valentine Morton, la curtida estrella de cine convertido en político que había llegado a ser gobernador de Nueva York durante un mandato, y que no había salido reelegido cuando los periódicos publicaron la noticia de que él y su mujer nunca estaban en Albany. Pasaban allí cuatro días al mes, como mucho.

Val estaba sentado con unos cuantos tipos de mi edad y con su mujer, Heidi, una exsupermodelo de gran estatura que con veintitantos años se había dedicado a ver cómo las estrellas de rock con las que salía esnifaban coca y destrozaban habitaciones de hotel. Luego maduró, redujo sus apariciones en la pasarela, actuó en un par de películas distribuidas directamente para vídeo, se casó con Val y sentó la cabeza. Había cambiado la emoción de ver lanzar pantallas planas por las ventanas de los hoteles por la comodidad (y la emoción) de viajar por el mundo en el avión privado de Val Morton.

¿A qué se dedicaban los Morton ahora? En los últimos años él se había convertido en un promotor inmobiliario prominente en Manhattan. Su nombre aparecía con bastante frecuencia en los periódicos, la mayoría de las veces en relación con alguna batalla que su inmobiliaria (que se llamaba The Prairie Foundation, como si fuera algún grupo de interés público dedicado a ayudar a granjeros del Medio Oeste) estaba librando con el ayuntamiento, la Comisión para la Conservación de Lugares de Interés o los vecinos del barrio que sus proyectos tenían previsto destruir. Y llevaba bastante tiempo luchando para urbanizar un enorme tramo del frente marítimo de Long Island City con vistas de la silueta de Manhattan recortada contra el horizonte. Val Morton tenía muchos detractores y muchas personas intentaban pararle los pies, pero él siempre ganaba. La Prairie Foundation tenía abogados más que suficientes, además de tiempo y dinero para vencer a las asociaciones de vecinos locales. Y él parecía disfrutar con esas peleas; es decir, le gustaba ganar.

Cuando no estaba demasiado ocupado arrasando edificios o hundiendo comercialmente manzanas de negocios familiares, él y Heidi asistían a fiestas. Aparecían en *People* y en otras revistas de famosos. Si ibas a cortarte el pelo o al supermercado, los veías codeándose con estrellas de Hollywood y con los Clinton. La Prairie Foundation colaboraba con algunas causas liberales respetables como la alfabetización, las librerías públicas, los derechos de los presos o la reconstrucción de lugares asolados por catástrofes. Cada tantos años Val actuaba en una película, sobre todo en secuelas de producciones que había hecho en su juventud. No importaba si la película era taquillera o no, el estatus de celebridad que había alcanzado era para toda la vida.

En el antro cada vez hacía más calor y había más luz. Sentada frente a Val, que entretenía a su cortejo de jóvenes trajeados, Heidi miraba el móvil, y de vez en cuando detenía a un camarero que pasaba por su lado y lo atraía hacia sí para pedirle una copa al oído.

Solo hablaba Val. Su camarilla de jóvenes se reía a carcajadas de todo lo que decía.

Mientras tanto, no paraba de mirar en mi dirección como lo haría con una chica en un bar. ¿Era gay? Corrían rumores en ese sentido de todos los actores, pero yo nunca los había oído acerca de él. Otros tíos habían intentado ligar conmigo antes, pero no parecía ser el caso.

—Creo que le has gustado al gobernador, Matthew —me comentó mi amigo Simon.

—Exgobernador —repliqué yo.

Uno de nuestro grupo pasó junto a la mesa de Val al ir a los aseos y, cuando regresó, nos confirmó que era él.

Su físico era inconfundible: el guerrero avejentado, atractivo y ligeramente vicioso de Hollywood. Y no me quitaba los ojos de encima.

Por mí, ningún problema. Yo era hetero. Había tenido dos novias serias y perdido la cuenta de las no tan serias. Me había acostado con todas mis amigas. Todas se habían acostado con los novios de todas. Pero soy un hombre práctico y abierto de miras. Buscarme un amante viejo y rico cuando todavía era joven parecía preferible a tomar nota de pedidos en Fries and Thighs. No me apetecía mucho que me follaran por el culo, pero eso ya lo arreglaríamos.

Val Morton era atractivo y rico.

Me levanté y fui derecho a su mesa. Él vio cómo cruzaba la sala.

—Señor Morton, siento molestarle. Sé lo cutre que es que le diga que soy su admirador número uno, pero... —Dejé la frase inacabada y me eché a reír.

Él no se rio. Había oído esas palabras antes. Yo no podía hacer otra cosa que continuar. Él escuchaba.

—Soy un gran admirador suyo. He visto todas sus películas. Le voté como gobernador. —Esa última parte no era cierta. No había votado en esas elecciones.

—Dejadnos un momento, amigos.

Su camarilla se levantó obediente y se fue. Él puso una mano en el brazo de Heidi, como diciéndole que se quedara. Por alguna razón, ella podía escuchar. Estaba estudiando minuciosamente la carta de cócteles y ni siquiera me miró.

Luego me indicó con un ademán que me sentara, pero sin ponerme *demasiado* cómodo.

—¿Sabes que lo primero que ha salido de tu boca ha sido una disculpa? No empieces disculpándote, ¿de acuerdo? Ni conmigo ni con nadie.

—Está bien. Lo siento. —Me reí. Él no lo hizo. También había oído eso antes.

—Valentin Morton. —Me tendió la mano.

—Walker Frazier —respondí.

—¿Qué clase de padres llaman a su hijo Walker?

—Un aficionado a la fotografía y su mujer maltratada —respondí. Él me observó mientras decidía no preguntarle qué clase de padres llamaban a su hijo Valentine.

—Adivina en qué fiesta de los enamorados del mes de febrero nací yo —dijo él, respondiendo a mi pregunta tácita—. ¿Y cómo te llaman tus amigos? ¿Walk?

—Matthew. Es mi segundo nombre. Mis amigos me llaman por mi segundo nombre.

—Ah, sí. Tus amigos. Los veo desde aquí. Deja que te describa tu noche... Matthew. Beberás unas cuantas copas más con tus amigos, y cuando uno pague o dividáis la cuenta, tú no pondrás la tarjeta de crédito con las de los demás. ¿Es así, más o menos?

—Más o menos. —Vete a la mierda, pensé.

—Más —respondió él—. Más que menos. Pero eso no es un problema, como mínimo para mí. Tal como yo lo veo, es lo contrario a un problema. En realidad, es una ventaja. Estoy buscando a alguien como tú.

—¿Para hacer qué? —De algún modo intuí que se trataba de negocios, no de sexo. Si fuera algo sexual, Heidi me habría echado un vistazo como mínimo.

—¿Qué crees que quiero de ti? ¿Que me la chupes? Por amor de Dios, no te hagas ilusiones. ¿Crees que eres más sexy que Heidi?

Al oír su nombre ella levantó la vista, luego volvió a concentrarse en la carta.

—Para trabajar para mí. Hacer ciertas cosas.

—¿Cosas?

—Una *variedad* de cosas. Por las que se te pagará en efectivo, si es posible. Nada de seguridad social y deducción de impuestos. Es demasiado aburrido. Tampoco quedará registrado que has trabajado para mí. Si con el tiempo decidimos separarnos, no habrá una efusiva carta de recomendación. Ni un punto positivo en tu currículum. ¿Qué tal suena eso?

Sonaba genial, pero continué esperando a que me dijera algo más..., alguna pista más sobre las «cosas» raras por las que me pagaría.

—En pocas palabras, ¿qué te parece ciento cincuenta al año?

—Increíble —respondí, sorprendido—. Pero ¿por qué yo? No me conoce. No sabe nada de mí.

—Os he estado observando a ti y a tus amigos. Eres el más ávido de la mesa.

Hizo señas a su cortejo para que volviera. Me dijo que le diera mis datos a un tipo alto y moldeado por el gimnasio con un traje gris pálido, que los tecleó a toda velocidad en su móvil.

—Alguien de mi oficina se pondrá en contacto contigo —me dijo Morton—. Que te diviertas.

Regresé a mi mesa.

—¿De qué iba todo *eso*? —me preguntaron.

—Solo le he dicho lo mucho que me gustan sus películas.

Faltaban dos días para mi entrevista con Val Morton y los pasé navegando por internet. Leí artículos extensos que daban bombo a las buenas obras que estaba llevando a cabo la Prairie Foundation, y otros más cortos, sobre todo de sitios web de política, que contrastaban el hecho de que Val Morton estuviera contribuyendo a arruinar la ciudad de Nueva York con el dato de que había construido casas en el distrito 9 después del huracán Katrina.

Leí sobre sus disputas con la Comisión para la Conservación de Lugares de Interés y otras agencias municipales en torno a sus planes de convertir en bloques de pisos algunas de las estructuras más antiguas y hermosas de Manhattan, como la contaduría que había junto al Battery o un auditorio en Ellis Island. La postura de Val Morton era preservar esos lugares que el ayuntamiento estaba dejando que se derrumbaran por falta de recursos.

Por supuesto, me pregunté por qué Val me había contratado. Había pronunciado la palabra «ávido» de un modo que me asustó, en parte porque era cierto. ¿Y a qué se refería por «cosas»? Si el empleo no estaba relacionado con el sexo, entonces ¿con qué? Quería que fuera su matón a sueldo. Que asistiera a las reuniones de las comunidades de vecinos y los amenazara. Que la encantadora ancianita que había declarado que la vivienda de Val le había obstruido las vistas del río deseara haberse callado y haberle dejado hacer lo que quisiera.

Leí sobre su edificio del paseo marítimo de Brooklyn Heights que había dado pie a una batalla. Cómo la comunidad de propietarios estaba furiosa con sus planes de combinar dos apartamentos del Upper East Side y doblar así el tamaño del palacio de Park Avenue de preguerra en el que Heidi y él vivían. Y sobre la guerra que actualmente estaba librando para sacar adelante sus planes de ocupar Long Island City.

En la oficina de Prairie Foundation, en el piso treinta y seis de un rascacielos de Tribeca, tuve que vérmelas con una barrera de guardias de seguridad, recepcionistas y secretarias antes de que uno de ellos me diera por fin un formulario para que lo rellenara. En él había varias decenas de preguntas, sobre todo acerca de mis estudios, mi salud, mi procedencia y mi empleo anterior.

Era la clase de situación que me hacía percatar de lo desastroso que era mi currículum. ¡Trabajaba en una tienda de pollo frito! La última pregunta del cuestionario era si tenía antecedentes penales. Me planteé mentir. ¿Por un error cometido en la adolescencia iba a pasarme el resto de mi vida preguntando pechuga o muslo? Pero algo en mi conversación con Val Morton me hizo pensar que ese podía ser un caso excepcional: un empleo para el que un currículum vago en realidad podía jugar a mi favor.

Val no se molestó en recibirme.

—Está contratado, señor Walker —me dijo una secretaria.

—Matthew —respondí—. Matthew Frazier.

—Sí —respondió ella—. Puede empezar el lunes.

El trabajo nunca era aburrido, aunque no siempre sabía qué hacía o por qué. Me pagaban lo suficiente para tener un bonito piso de una habitación cerca de Central Park, donde salía a correr antes o después del trabajo. No hacía muchas preguntas. Más tarde averigüé las respuestas, si es que lo hice. A veces me sentía como un chico de los recados bien remunerado, de alto nivel. Una vez entregué en mano un ordenador portátil en un bufete de Kansas City. Se suponía que no debía mirar lo que había en él. Era una especie de asistente personal de Val, aunque (al menos eso me decía) el trabajo era un poco más exigente y desafiante que eso. Nunca he entendido las reglas en blanco y negro para ser un «buen tipo». Me gustaba trabajar para Val porque para él todo es gris.

Yo era el supervisor de los apartamentos que Morton y Heidi tenían en Brooklyn Heights y en el Upper East Side, para que pudieran dormir en el que se encontrara más cerca de dondequiera que pasaran la tarde. Trabajaba con la decoradora de Val, Charisse, para arreglar el piso de Brooklyn Heights.

Charisse y yo confiábamos el uno en el otro. Cuando le dije que Val necesitaba un colchón nuevo, aunque ya tenía uno, dejó que yo lo escogiera.

La verdadera explicación era que había conocido a Isabel, y ella trabajaba en la tienda de colchones.

Pero ese era un secreto entre Val y yo. Charisse no tenía por qué saberlo.

Poco después de que empezara a trabajar para Val Morton, me llamó un día a su oficina. Estaba sentado frente a un enorme ventanal a prueba de explosiones de modo que la estatua de la Libertad parecía flotar en el aire detrás de él. Siempre daba unos momentos a todo el que entraba para que admirara la vista antes de ir al grano.

—Necesito que hagas algo que puede que no entiendas, al menos al principio. Pero hay que hacerlo. Necesitarás una compañera. Una cómplice, por así decir. Una mujer. Una mujer joven. Guapa pero no demasiado. Sexy pero no demasiado. Que no parezca ridícula. Una chica lista que no esté zumbada pero que haga *todo* lo que tú le digas. Una Bonnie para tu Clyde. El personaje de Sissie Spacek para el personaje Charlie Sheen. Relájate, tío. No te estoy pidiendo que robes bancos ni cometas asesinatos en serie.

Miré por encima de su hombro el helicóptero que sobrevolaba el Hudson.

—¿Habrá sexo de por medio?

—Conmigo no —respondió Val—. Ni siquiera quiero mirar. Tengo a Heidi, ¿recuerdas?

Por lo que yo sabía, Val y Heidi eran más o menos felices en su matrimonio. Unos días antes él me había llevado a comer al Michael, donde pidió la ensalada Cobb, como siempre. «No sé si lo sabes, Matthew, pero he estado casado tres veces —me contó—. Debo de creer en la institución. Tengo cuatro hijos, dos de cada matrimonio anterior. Entre ellos se llevan bien y se quieren. No me opondría a tener un hijo más, pero no entra en los planes de Heidi. De modo que, por el momento, estamos bien.» Dio unos golpecitos en la mesa y me dedicó una versión de la sonrisa que lo había convertido en estrella de cine.

—No seas imbécil, Matthew —me decía ahora en su oficina—. No se trata de la película porno de tus sueños. Del apartado «sexo con la... cómplice» te encargarás tú. No necesito recordarte que el sexo es una de las formas más seguras de controlar la mente de alguien. Y es particularmente útil con las mujeres jóvenes.

Era un comentario curioso viniendo de un tipo entrado en años como mi jefe. ¿Estaba diciendo que Heidi era su esclava sexual personal a la que controlaba mentalmente? Había supuesto que lo que los unía era el dinero y el poder de Morton. Si el poder era el mayor afrodisíaco, el dinero y las propiedades no le iban a la zaga.

—Eso no ha sonado muy feminista —señalé—. Más bien retro.

—*Mea culpa* —respondió él—. Por favor, tómatelo con calma. Se supone que tiene que ser divertido. Te van a pagar por seducir a una chica guapa de tu elección. Dame las gracias. No hay prisa. Te doy hasta final de otoño. Encuentra a la chica adecuada. Prepárala. No tengas prisa en tirártela. Hazla esperar. Hazte de rogar. Y mantenme informado. Ve diciéndome cómo va. Avísame cuando esté preparada para hacer lo que necesitamos. Lo que necesito. Entonces te diré el siguiente paso.

En realidad, sonaba intrigante. Era un encargo guay. Lo único que tenía que hacer era buscar a una chica dispuesta a hacer todo lo que yo deseara. Podía tirármela si quería, pero no tenía por qué hacerlo. Y sería divertido hacerla esperar. Val tenía razón: me iban a pagar por algo por lo que la mayoría de los tíos pagarían. Y, por alguna razón, eso mismo me capacitaba curiosamente para hacerlo. Era un trabajo. Comparado con los empleos que tenía a mi alcance, ese era mucho más agradable. Yo me mostraría encantador con la chica, la cortejaría, le tomaría ligeramente el pelo. Ella no tendría por qué enterarse. Y, al menos que yo supiera, nadie saldría mal parado.

Me sentía un poco culpable por no decir la verdad a una mujer, pero, afrontémoslo, no sería la primera vez. Era algo que los tíos hacíamos continuamente, incluso los casados. Sobre todo los casados.

Yo había tenido varias relaciones y siempre habían terminado mal. ¿Qué quieren las mujeres?, preguntó Freud. Yo podría haberle respondido: Sea lo que sea lo que quieren, es más de lo que tú quieres dar.

Val Morton lo convirtió en un desafío. Una misión. Empecé a mirar a las mujeres de otra manera. De un modo más... especializado. Más... práctico.

Las aplicaciones de citas lo hacían muy fácil. Probé en Bumble, donde chicas encantadoras que pretenden sentirse poderosas llevando la iniciativa se apuntan para conocer a chicos que supuestamente quieren algo más que una sola noche de diversión. Por primera vez quizá yo sabía lo que buscaba. Y ahora lo único que tenía que hacer era darle al «me gusta» y esperar a que ella diera el primer paso. Así fue como la encontré.

Isabel.

Más tarde, *demasiado tarde*, me pregunté: ¿Por qué ella? Nunca lo averigüé. Supongo que sabemos ciertas cosas unos de otros. Las captamos con nuestro radar. Intuimos lo lejos que irá una persona.

No sé cómo, pero yo lo supe de Isabel. Incluso cuando creía que se llamaba Riley.

Hubo un factor añadido, algo que de algún modo la hacía aún más perfecta. Enseguida lo noté entre nosotros. El fuego. Cuando entró en la cafetería y me confesó su pequeño juego. Cuando aceptó mi propio juego. Cuando le pedí que se tumbara sobre ese colchón extracaro que fingía venderme. Bien por ella. Fue pura inspiración. Divertido y sensual. Cuando salí de la tienda de colchones sabía que había encontrado a mi cómplice, a mi compañera en el crimen. A mi criatura.

Quién sabe lo lejos que habríamos ido si el baboso de su

jefe no hubiera aparecido en ese momento en la tienda. O quizá ya habíamos ido suficientemente lejos. Por el momento.

Esa noche, solo en la cama, me hice una paja pensando en ella. Esperaba que ella hiciera lo mismo. Me habría gustado llamarla al día siguiente. Pero era sensato. La haría —me haría— esperar.

Isabel

Una mañana de poco movimiento en la tienda, levanté la vista de mi libro y vi un sobre blanco en el suelo justo al lado de la puerta. Me levanté de un salto antes de que Steve lo hiciera. Tenía un presentimiento.

El grueso sobre color crema de aspecto caro iba dirigido a mí. En el interior había una invitación impresa con letras en relieve en una elegante y anticuada cursiva.

Está usted cordialmente invitado a un cóctel

en la residencia de Valentine y Heidi Morton.

¿Val y Heidi Morton? ¿Yo? ¿Por qué estaba mi nombre en el sobre? Alguien debía de haberse equivocado.

Dentro del sobre había algo más. Al sacarlo vi que era una carta de Lotería. «El Mundo.» Un dibujo del mundo, y en el reverso, en pulcras letras mayúsculas: «NOS VEMOS ALLÍ A LAS SIETE». No podía ser una coincidencia. Sabía que era de Matthew. Pero ¿por qué me habían devuelto entonces mi sobre con la carta del melón? ¿Lo había abierto y lo había vuelto a cerrar para devolvérselo al cartero? ¿Por qué querría alguien hacer algo así?

Lo averiguaría (o no). Iba a encontrarme con él en una

fiesta en el apartamento de Val y Heidi Morton del Upper East Side.

¿Cómo vas vestida a un elegante cóctel en el Upper East Side cuando eres una actriz fracasada y profesional de los colchones que vive en un tóxico agujero húmedo de Greenpoint? Fui a una de las últimas tiendas de ropa *vintage* del East Village y le pregunté a Melinda, que era la dueña desde hacía años, qué podía llevar a un cóctel de un famoso actor y político entrado en años (no quise dar nombres) en el Upper East Side.

—Ah, Val Morton —respondió ella.

—¿Cómo lo sabes?

—Ha estado viniendo gente toda la semana para buscar algo que ponerse en esa fiesta. Una pensaría que los invitados irían de compras a Bergdorf, pero todo el mundo parece querer Balenciaga o Chanel de segunda mano. Veamos. ¿Cuánto puedes permitirte pagar?

La verdad era que *nada*. Pero había conseguido un adelanto de Steve.

Me gasté todo mi dinero en el perfecto vestido negro de los años sesenta que me sentaba tan bien que hasta me serené. Un poco.

—Fabuloso —dijo Melinda—. De todos modos, no importa mucho. Serás unos diez años más joven que cualquiera de los asistentes. Sangre fresca en una fiesta de vampiros.

Telefoneé a la tienda para decir que me encontraba mal (Steve no se quedó nada contento) y me pasé el día entero preparándome. Vi en mi portátil el videoclip porno, el del chico que se parecía a Matthew, y me corrí cuando en mitad de la entrevista le pedía a la futura secretaria que se tumbara. Quería estar satisfecha antes de ir, al menos sexualmente. Eso quizá me ayudara a actuar y a reaccionar con más sentido común y control del que había demostrado con Matthew hasta entonces.

Tomé un Lyft de Brooklyn al Upper East Side, aunque a esas alturas ya no podía permitírmelo realmente. Me inventaría algo antes de que la factura de la tarjeta de crédito me llegara y empezara a acumular enormes intereses. Aunque siempre existía la posibilidad, por remota que fuera, de no tener que pagar para que alguien me llevara a casa. Tal vez volviera con Matthew...

En el vestíbulo había tres chicas —más o menos de mi edad, vestidas más o menos igual que yo, más guapas y con empleos mejores que el mío— con sendos portafolios. Parecía imposible que mi nombre estuviera en su lista. Pero estaba. Una de ellas se llevó mi abrigo y me dio el resguardo del guardarropa.

La puerta estaba abierta, y todo lo que alcanzaba a ver en el interior del apartamento brillaba: como oro, como cristal, como piel, pelo y dientes perfectos. Había ventanas por todas partes, y las luces de la ciudad brillaban como estrellas en el cielo oscuro. Titubeé en el umbral. Entrar en esa estancia era lo más duro que jamás tendría que hacer.

Las habitaciones eran espaciosas, las paredes estaban revestidas de seda brocada, dorado y espejos. Parecía la sala de recepción del palacio de un rey francés antes que el salón de una antigua estrella de cine y de una modelo. Intenté no pensar en mi piso, en lo pequeño y oscuro que era. Dolía imaginar el aspecto y la atmósfera de ese lugar por las mañanas cuando Val y Heidi Morton se deslizaran —pausadamente, sin prisas— de una soleada habitación a otra con una taza de café en la mano.

Melinda tenía razón; sin contar con las chicas de los portafolios, yo era la más joven de la fiesta con una diferencia de diez o quince años. Muchas de las mujeres eran guapas, y daban la impresión de haber invertido todo su tiempo libre y su dinero en esa belleza. Pero yo tenía la piel, el brío y, debajo de mi escuálido vestido negro, unos pechos bonitos y perfectos.

No hacía falta gastar. Los hombres me miraban, incluso los que intentaban no hacerlo o los gais. Yo tenía la sensación de esforzarme por mantener la cabeza por encima del agua, de luchar por pura supervivencia con las armas que tenía. La juventud, una buena piel, unos buenos pechos, lo que fuera.

Un desconocido que me excitaba y aterraba a la vez había quedado en reunirse conmigo en ese excitante y aterrador lugar. Y yo había accedido.

En todas partes había espejos que multiplicaban todo infinitas veces. Aturdían y desorientaban. Aun así, vi a Matthew claramente en el otro extremo de la estancia. Combatí la sensación de flojera en las rodillas, a la que siguió una oleada de adrenalina.

Matthew estaba apoyado contra una pared verde y dorada, bebiendo una copa de vino. Me miró por encima del borde de la copa y me dedicó su sonrisa radiante. Antes de que yo hubiera cruzado la sala él ya tenía en la mano —como por arte de magia— otra copa de vino blanco, que me tendió. Me besó ligeramente en la mejilla. Reconocí ese aroma a sándalo y vetiver de nuestro primer encuentro. Caro. Exquisito.

Noté que todas las miradas estaban puestas en nosotros. No parecía importar que yo fuera la persona más pobre, la menos famosa y la menos poderosa de la estancia. No sabía qué posición ocupaba Matthew en ese grupo en términos de poder y dinero. Pero nosotros teníamos algo de lo que ellos carecían. El aura del sexo, su promesa. Incluso los invitados más viejos e importantes lo percibían.

Matthew me asió del codo y se inclinó hacia mi oído.

—Me alegro de que hayas venido, Isabel.

Nada parecía real. Ni Matthew, ni el vino, ni la fiesta, ni los otros invitados que intentaban no mirarnos. Había pasado mucho tiempo imaginándomelo. ¿Cómo podía estar haciéndose realidad?

Me incliné también hacia él.

—¿Quiénes son estas personas? Reconozco a algunos de las noticias y las revistas, pero...

—Me lo imaginé. Supuse que buscarías en Google la fundación y deducirías lo demás. Trabajo para Val Morton. Es una fiesta para recaudar fondos para la fundación. Aquí es donde viven Val y Heidi.

No pude contenerme.

—Me devolvieron la carta que te envié.

—¿Qué carta?

—La que te envié al piso de Brooklyn Heights. Donde tomamos una copa en la terraza. El atardecer, el colchón..., tu piso. ¿Te acuerdas?

—Bueno, como ves, tú no eres la única que sabe hacerse pasar por otra persona durante un par de minutos. La verdad es que era el piso de Val. Parte de mi trabajo es ocuparme de que no conste en los papeles. Porque cuando hubo todo ese problema, vendieron la moto de que no lo estaba construyendo para él... Pero pensé que lo pillarías. Es muy cómico, en realidad.

—Pensé que era tuyo... —Intentaba recordar si había dicho algo que diera a entender que era su piso.

—¿Qué te hizo pensarlo?

—¿No dijiste que ibas a mudarte y que no querías llevarte contigo tu colchón viejo? —¿Me estaba haciendo un lío entre Matthew El Cliente y el verdadero Matthew?

—Y era cierto —respondió él—. Y al final no me lo he llevado. Pero no era el mismo colchón. Ese lo compré para Val y Heidi. El piso era de ellos. ¿No lo dejé claro?

Algo seguía sin cuadrarme. Él tenía que haber recibido mi sobre con la carta del melón si me había enviado a su vez una del mundo. Y, sin embargo, cuando le preguntaba por ello se negaba a responder o prefería pasarlo por alto. ¿Intentaba confundirme? No pude evitar pensarlo. No me gustaba el desliz, ni las preguntas que de pronto acudieron a mi mente sobre lo que era real y lo que no, lo que era verdad y lo que era mentira. Por un instante todo pareció un juego mental en un thriller... y luego me calmé. Al fin y al cabo, solo era algo peculiar e interesante. Divertido.

No me extrañaba que él no hubiera querido hacer el amor en el colchón de otra persona.

—Es increíble los malentendidos que pueden surgir entre dos personas. ¿No te parece, Isabel?

Me encantaba cómo pronunciaba mi nombre. Pero no creía que hubiera habido un malentendido ni en lo ocurrido sobre el colchón de la tienda, ni en la mano que me había deslizado por debajo de la camiseta mientras mirábamos una cama que no era nuestra en un piso que no era nuestro.

—Deja que te presente —dijo, y me llevó hasta Val Morton, que estaba rodeado de un grupo de hombres de más edad, con buenos cortes de pelo y esposas mucho más jóvenes.

Por alguna razón se apartaron para hacernos sitio.

—Permita que le presente a mi amiga, Isabel Archer.

Val Morton esbozó su famosa sonrisa y me miró de arriba abajo.

—Bonito nombre —respondió—. ¿Es así como te llamas en realidad? Un momento. No me lo digas. *Retrato de una dama*. Con Nicole Kidman de joven. Malkovich estuvo asombroso.

—Mi madre era una gran admiradora de Henry James —respondí.

—¿Lo veis? ¿No os lo decía? Dadme alguna credibilidad.

Sus amigos hicieron gestos y ruiditos de admiración.

—¿Estás segura de que no es tu nombre profesional? Eres actriz, ¿no?

Una actriz fracasada, pensé. Mierda. ¿Tan obvio era?

—Se nota enseguida. He pasado los mejores años de mi vida en la industria. Hay algo en tu forma de moverte, de mirar el mundo. Te veo calculando lo que sienten los demás, lo que puedes robar. ¿O debería decir *tomar prestado*?

—Es mi verdadero nombre —respondí—. Y gracias.

—Es perfecta —le dijo Val Morton a Matthew. Luego se volvió hacia mí y añadió—: Encantado de conocerte, Isabel.

La atención de Morton volvió a los hombres de su corrillo.

—¿Perfecta para qué? —le pregunté cuando nos alejábamos.

—¿Cómo?

—Te ha dicho que soy perfecta, como si tuviera algo en mente. ¿Perfecta para qué?

—Perfecta —respondió Matthew—. Eres perfecta. ¿Cuántas cosas significa «perfecta»?

Un camarero nos puso una copa de vino en las manos y me bebí la mía en un par de sorbos.

Estaba sucediendo. Me encontraba allí con él. Intentaría ser lo que él quisiera, si lograba averiguar lo que era. No parecía esperar que dijera gran cosa cuando me llevó por los grupos de invitados y me presentó, sobre todo a los jóvenes que en su mayoría parecían trabajar para Val. Yo sonreía. Encantada de conocerte. Ninguno de ellos era tan guapo ni tan sexy como Matthew. Caminamos alrededor de los círculos, rodeando a los actores, los políticos y las personalidades cuyas caras eran tan famosas que hasta yo las reconocía.

En la mano de Matthew había continuamente una copa de vino, que él no paraba de pasarme y yo no paraba de beber. Contribuía a que viera borroso el resto de la habitación, que ya era borrosa de por sí, y me concentrara en él y solo en él. Al cabo de un rato era lo único que podía ver.

—¿Nos vamos? —me preguntó.

¿Juntos? Había hablado en plural. Casi no pude controlar mi voz cuando respondí con un graznido agudo que ni siquiera sonó como mío.

—¡Claro!

—Estupendo —dijo él—. ¡Larguémonos de aquí!

—Necesito ir al lavabo.

—Yo también. Deja que te acompañe. Este lugar es un laberinto.

Había un aseo en el piso de abajo, junto al salón. Matthew intentó abrir la puerta.

—Ocupado —gritó alguien.

—Está bien. Sígueme.

Sabía moverse por el laberinto, y me hizo cruzar una de las puertas cerradas al final del pasillo y recorrer otro pasillo corto donde había tres escalones que conducían al ala privada. ¿Cómo era que se sentía tan cómodo en el especio privado de su jefe?

Me cogía la mano de forma amistosa pero neutral, como quien coge la mano de un niño al cruzar la calle.

—Adivina cuántos cuartos de baño hay en esta casa.

—¿Cinco?

—Multiplícalo por dos.

—¿Para qué necesita alguien diez cuartos de baño? —La pregunta no le interesó. Lamenté haberla hecho.

—Te enseñaré el mejor —dijo—. El más rocambolesco. Ya que estamos aquí, ¿por qué no?

Debería haber sabido que para llegar al «mejor» cuarto de baño, tendríamos que pasar por todo el esplendor del dormitorio de Morton y Heidi. No sé qué se suponía que era. Un palacio veneciano renacentista de Las Vegas estilo burdel francés con todas las comodidades modernas. La cueva del sexo de un multimillonario. Nos detuvimos en la puerta, como habíamos hecho en el apartamento de Brooklyn Heights que había resultado ser de los Morton. Parecía que se nos iba mucho tiempo en mirar las habitaciones de otras personas.

De nuevo me pregunté cómo sabía tanto del dormitorio y

el cuarto de baño privados de su jefe. ¿Había estado allí con Heidi? ¿O con Morton? ¿Le daba órdenes desde la cama?

—Entre mis tareas está el mantenimiento de los dos apartamentos, o mejor dicho, supervisar a las personas que están a cargo del mantenimiento —explicó él—. No es la parte más emocionante, pero la responsabilidad recae en mí. Y los dos pueden ser monstruos. Si a Morton se le acaba el papel higiénico, es capaz de despedir a todos los empleados de la cadena alimentaria, empezando por mí.

No quería imaginar a Morton y a Heidi en esa bonita cama. Pero no me habría importado tumbarme. Estaba cansada, excitada y borracha.

Pero primero... el cuarto de baño.

Era tan grande como todo mi apartamento, un baño romano de un blanco deslumbrante con grifería de oro y baldosas de mármol. El inodoro, la bañera y la ducha de vapor estaban en habitaciones aparte.

Matthew me mostró la del inodoro. Me sorprendí cuando entró detrás de mí y echó el cerrojo de la puerta. Pero estaba tan achispada que parecía tener cierto sentido.

Debería haberme alarmado o tal vez avergonzado. Pero todo parecía divertido. Matthew no iba a violarme en el cuarto de baño de Val Morton. Si le pedía que abriera la puerta, la abriría. Pero no se lo pedí, no quería.

Se quedó allí de pie con la espalda contra la puerta. Frente al inodoro y el bidé de mármol blanco había un lavabo también de mármol blanco, y detrás, una pared de espejos. ¿A Morton le gustaba verse en el inodoro? Matthew decía que era capaz de despedir a alguien si se quedaba sin papel higiénico. Intenté no pensar en ello.

—Adelante. Tú primero —me dijo Matthew.

—Está bien —respondí.

El vino lo puso más fácil, pero no estaba tan borracha como para no saber lo que hacía. Me levanté mi pequeño vestido negro, me bajé las bragas de encaje negro con cintas rojas que me habían costado la mitad de mi sueldo, y me senté en el inodoro. Cerré los ojos y esperé lo que me pareció una eternidad hasta que oí el chorrito debajo de mí.

—Te toca —dije.

Empecé a subirme la ropa interior.

—Estoy bien —me respondió—. Puedo esperar.

Hice ademán de levantarme.

—No vuelvas a subirte las bragas. Quítatelas y dámelas.

Así lo hice. No me dio vergüenza. Nunca había hecho algo así. Estaba convirtiéndome en otra persona. Desde luego no era ninguno de los personajes que había interpretado en cualquiera de mis citas por internet. E, indudablemente, no era yo.

Él dobló mis bragas y se las guardó en el bolsillo.

—Ahora levántate la falda hasta la cintura. Inclínate sobre el lavabo.

Se acercó por detrás. Me besó en la nuca. Se lo tomó con calma.

—Has sido muy mala en la fiesta —dijo por fin—. Te gustaba cómo te miraban esos viejos, ¿verdad?

¿Me gustaba? No podía pensar.

Deslizó una mano por el muslo y, al llegar arriba, la apartó. Me dio un delicado cachete en las nalgas.

Yo nunca había hecho nada parecido. Bajé la cabeza y gemí.

Aprendía muy despacio. No lo pillaba. Si le daba a entender que algo me producía placer, pararía. Paró.

Retrocedió, cerró la tapa del inodoro y se sentó.

—Ven aquí. Siéntate en mis rodillas. No, aquí. Súbete más el vestido.

Me senté en su regazo, los dos vueltos hacia el espejo. Era agradable el roce de la tela de su traje en mis nalgas y mis muslos desnudos. Me agarró por las caderas y me movió de forma que pudiera sentir dentro de sus pantalones que estaba empalmado. Bajé la mano y lo toqué a través de estos. Era una sensación agradable, casi triunfal.

—Abre las piernas.

Así lo hice. Después de todo, ya había abierto las piernas para él en la tienda. Al menos allí estábamos en la intimidad, detrás de una puerta cerrada.

—Échate hacia atrás.

Arqueé la espalda y dejé que mis hombros se apoyaran en su pecho.

—Ahora tócate.

Los dos nos concentramos en mi reflejo en el espejo. Al cabo de un rato cerré los ojos.

—Mantén los ojos abiertos y no se te ocurra correrte.

—No podría aunque quisiera —dije, a pesar de que era una verdad a medias.

—Bien.

Me toqueteé un rato. Me sentía genial. Los dos jadeábamos audiblemente.

—¿Quieres ver algo increíble? —me susurró al oído. Noté que sonreía.

—Sí —respondí sin aliento.

—¿Qué dices?

—Sí —repetí.

Cogió un mando a distancia que había en una mesa baja junto al inodoro. Apretó un botón y el espejo que teníamos delante se desvaneció y se convirtió en una pantalla del tamaño de toda la pared. En la pantalla se proyectaba una película de gente en una habitación. No, un momento. Era una cámara en vivo.

Era la fiesta del piso de abajo. Vi a los invitados que había conocido; habían llegado aún más personas. Distinguí a Val y a Heidi, y a las caras famosas. No sabían que los veíamos. Sin duda no sabían qué hacíamos mientras los veíamos.

Intenté juntar las piernas, pero allí estaba la mano de Matthew. Se cerraron alrededor de ella, y no quise hablar y estropear esa sensación tan agradable.

Dejé de tocarme, pero me notaba a punto de correrme, con la mano de Matthew abriéndose camino por mi muslo.

—¿Val Morton viene aquí para cagar sin dejar la fiesta? —pregunté al final.

Matthew se rio.

—No sé qué hace aquí. No quiero saberlo. No hago preguntas. Cuando me enseñó la casa me explicó cómo funciona la cámara. Me pareció divertido. En ese momento no había nadie abajo.

Me apretó contra su pecho.

—Bájame la bragueta.

Yo temblaba, pero obedecí. Él me ayudó a bajársela y a sacar su polla. Estaba muy dura. Tenía la piel suave como terciopelo. Me deslizó un dedo dentro.

—Tócame —me dijo. Así lo hice.

Al cabo de un rato cambió de postura para poner su polla entre mis muslos.

—Tengo un condón en el bolso. —Me sorprendí de mi propio atrevimiento. Me quedé muy quieta, esperando su respuesta.

—¿Por qué tanta prisa? Tomémoslo con calma. Conozcámonos. Tenemos todo el tiempo del mundo.

Nos quedamos un rato allí sentados, con su polla entre mis piernas, apretada contra mí, su dedo acariciándome por dentro mientras los invitados de la fiesta bebían y charlaban, sin sospechar que los observábamos... o en qué estábamos entretenidos.

Me mordí el labio para no correrme. Era una sensación increíble. Seguíamos acariciándonos mutuamente, hipnotizados por el placer, cuando él dijo:

—Deberíamos irnos. Probablemente no pase nada por estar aquí. A Val también le parecería divertido. Pero nunca sabes qué puede provocar un incidente.

Me levanté de su regazo y me bajé el vestido. Lo último que quería era un incidente. Y no estaba segura de si quería que una famosa estrella de cine se enterara.

—Por favor, no se lo digas a nadie.

—Por supuesto que no.

Cuando nos íbamos, dijo:

—Espera.

Me apoyé contra la puerta y vi cómo orinaba. Luego nos arreglamos la ropa y nos echamos un último vistazo en el espejo.

—Una cosa más —dijo él—. Abre ese armario botiquín de la pared.

—¿Hablas en serio?

—El frasco grueso de color ámbar lleno de pastillas rosas. Cógelo y métetelo en el bolso.

—No puedo hacer eso.

—Sí puedes. Val y Heidi tienen más. Tienen muchas. No salen de casa sin ellas. Me lo agradecerás.

—¿Qué son?

—Felicidad en un bote. Un regalo que te hago. Una al día. No te pases.

Regresamos a la fiesta y nos abrimos paso entre la multitud, cogidos del brazo.

Sigo sin saber casi nada de él, pensé. No habíamos tenido relaciones sexuales de verdad, pero por el momento me sentía casi tan cómoda como si lleváramos meses siendo amantes. Cualquiera que nos viera pensaría que éramos pareja.

Le di mi resguardo y él pidió mi abrigo a las chicas del guardarropa. No las miré a los ojos. El conserje abrió la puerta, y Matthew y yo salimos. Me dejó pasar primero, muy atento y sereno para ser un tipo que acababa de meterme el dedo en el cuarto de baño del anfitrión y haberme obligado a robarle las drogas.

La noche era fría y despejada. Matthew detuvo un taxi y me hizo subir, y me pareció que le daba al taxista dinero más que suficiente para llevarme de vuelta a Greenpoint, propina incluida.

—Lo siento, pero no puedo irme. Tengo que quedarme hasta el final. Es mi trabajo. —Me besó en la frente—. Un trabajo extraño, ¿no?

Solo después averiguaría lo extraño que había sido su empleo.

Yo me habría quedado con él hasta el final de la fiesta. Pero él no me lo había pedido. ¿Me había echado del apartamento de Val Morton? ¿O me había protegido de algo para lo que no estaba preparada?

Matthew

El nuevo cardiólogo superestrella de Val Morton le recomendó que redujera el consumo de puros a uno a la semana, y como él se consideraba un fumador social y no quería beber solo, y Heidi siempre andaba ocupada en sus obras benéficas, me enviaba un mensaje para que fuera a verlo, y me servía brandy, encendía un puro y se explayaba sobre sus temas preferidos.

Uno de esos temas era que siempre había querido dirigir. No le importaba dónde ni cómo, si era cine, televisión, teatro o un videoclip musical, pero quería ser él quien decidiera la trama y tomara decisiones que no fueran únicamente monetarias. Yo siempre quería preguntarle por qué, con su fortuna personal, no podía simplemente buscar un proyecto que le gustara y financiarlo. Pero me callaba, porque sabía la respuesta: quería que alguien, a poder ser un pez gordo de Hollywood o del panorama teatral de Nueva York, le pidiera que dirigiera. Todo el mundo desea algo que no puede tener, pensé.

Una noche —era evidente que Val había empezado a beber un poco antes de que yo llegara— volvió a tocar el tema de dirigir.

—De momento, lo más que puedo hacer es poner en escena pequeños dramas sobre gente corriente. Llámalos funciones o *reality shows* televisivos sin televisión, me da igual el nombre. Y aquí es donde entras tú en parte, facilitando y demás...

De nuevo supe qué quería decir. Estaba dirigiendo el pequeño drama de la vida real protagonizado por Isabel y por mí.

Cuando Val Morton conoció a Isabel en la fiesta, convino conmigo en que era perfecta para hacer —o ser— lo que necesitábamos, aunque todavía no me había dicho exactamente qué.

Fue idea mía, y no suya, jugar con ella en su cuarto de baño. Él se había mostrado más insistente en que esperara un tiempo antes de tirármela, y yo estaba dispuesto a seguirle la corriente. Una pequeña espera nunca fallaba. Lo sentía por Isabel, pero trabajaba para Val. De todos modos, ella no estaba sufriendo. Ninguno de los dos lo hacía. Nos divertíamos. Me habría gustado tirármela, pero me pagaban para representar la historia que mi jefe quisiera contar.

La obra que estaba dirigiendo.

Hacia el final de esa fiesta en casa de Val, seguía empalmado por lo ocurrido en el cuarto de baño. Pero mientras nos íbamos, él me indicó por señas que me deshiciera de ella y que me quedara. Sentí tener que dejarla en un taxi.

Cuando todos los invitados se hubieron marchado, y Heidi se hubo retirado, Val me pidió que fuera a su gabinete, una especie de atrio de cristal construido sobre el tejado, como una galería victoriana, desoyendo de nuevo todas las protestas de la Comisión para la Conservación de Lugares de Interés, y, en ese caso, de su propia comunidad de propietarios.

Lo encontré sentado ante su escritorio, en realidad el de J. P. Morgan, y me quedé de pie delante de él.

—Siéntate. Ponte cómodo.

Me senté.

—¿Las tienes? —Tendió la mano.

Saqué del bolsillo de mi americana las bragas de Isabel. Era algo que habíamos acordado. Se las llevaría, ya fuera esa noche o más adelante.

Noté que me empalmaba pensando en lo sexy que estaba Isabel con la ropa interior de encaje negro, cómo le había pedido que se la quitara, la redondez de sus nalgas cuando se había inclinado sobre el lavabo.

Le di a Val las bragas de encaje negro con las cintas rojas arrugadas. Él se las llevó a la cara e inhaló, y se las guardó en el bolsillo.

Fue un momento muy extraño. En todo el mundo encontrarás a personas inteligentes y capaces cobrando peajes, recogiendo basura o trabajando en Starbucks, me dije. Si tienen suerte. O matándose a trabajar en minas de diamantes si no la tienen. ¿Cuál era exactamente la descripción de mi empleo? Estaba seduciendo a una mujer guapa e induciéndola a hacer cosas por alguna razón misteriosa que mi jefe con el tiempo me comunicaría.

Sabía que debía guardar silencio. Pero pregunté:

—¿Qué va a hacer con ellas?

—¿Con qué?

Quería obligarme a pronunciar las palabras.

—Con la ropa interior de Isabel.

—Se la voy a dar a Heidi. Y ella se la pondrá, tal como está. Me gusta pensar en ello. ¿A ti no?

No lo sabía.

—¿Qué dice ella al respecto?

Aun mientras lo decía, pensé: Este es mi trabajo. Conseguir las bragas de una chica para mi jefe y que luego él me pida que me imagine a su bonita mujer con ellas puestas.

Pero Val no se molestó en lo más mínimo con mi pregunta.

—Créeme, mi mujer no tiene ningún reparo. Heidi es una persona muy agradable y comprensiva. Gracias por todo, Matthew.

—De nada —respondí.

—Oye, ¿por qué no vamos de caza?

—¿Cómo?

—Solo para hacer prácticas de tiro. Hay un lugar en el Flatiron. En el sótano. Puedes utilizar prácticamente el arma que quieras y limitarte a acribillar los blancos a balazos. Si los avisas con tiempo y les envías una foto de una persona, la pondrán en las dianas para que parezca que la estás disparando. Tu enemigo, tu rival en la empresa, tu exmujer. Puedes pasarte el día entero disparándola, siempre y cuando estés dispuesto a pagar. Invito yo. Será muy divertido. ¿Qué dices, Matthew? ¿Nos lanzamos?

Incluso en su embriaguez, Val pudo ver que yo estaba disgustado.

—Creo que no. No me gustan mucho las armas. No son lo mío.

Pensé en mi hermano, en la sangre en el coche, en el hecho de que Ansel hacía años que no me hablaba. Y todo por un arma. Tenía un hermano y dejé de tenerlo. Y él seguía vivo, viviendo su vida a pocas horas de distancia y seguramente echándome la culpa por algo que nunca fue culpa mía.

—Entendido. Tomo nota —dijo, y entonces supe que había hablado demasiado, que le había dado información sobre mí que habría preferido (demasiado tarde) que no tuviera—. Eso es todo.

Parecía que nuestra reunión se había acabado. Me levanté para marcharme.

—Ah, por cierto —dijo Val—. Lo de las pastillas...

Me puse tenso.

—Disfrutadlas. Le encantarán. Y a ti también.

¿Ya había advertido que faltaban? ¿Había querido que me

las llevara? ¿Sabía que nos habíamos encerrado en su cuarto de baño y lo que habíamos hecho en él? Con frecuencia me preguntaba qué sabía o cuáles eran sus fuentes de información.

Y, con la misma frecuencia, me asustaba.

Isabel

El domingo por la tarde quedé en Cielito Lindo con Luke y Marcy. Necesité tres mojitos para reunir el coraje necesario y decir:

—Ahí va una pregunta extraña. ¿Alguna vez habéis tenido una relación con un tipo que evita el acto sexual, o que prefiere esperar y hacer todo lo demás antes, o en vez de...? No lo sé.

—Continuamente —dijo Marcy—. Me pasa continuamente. Basándome en mi propia experiencia, los tíos siempre lo evitan.

—Nunca —respondió Luke—. No me ha pasado nunca. Los tíos con los que quedo quieren hacerlo todo el tiempo.

—¡La relación que describes suena a instituto! —exclamó Marcy—. Enfermiza.

—¿Es gay? —preguntó Luke.

—No —respondí yo.

—¿Estás segura de que no es gay? —insistió Marcy.

—A lo mejor es un extraterrestre —señaló Luke.

—Puede que lo sea —repuse—. Esa es la explicación más lógica.

Eso era todo lo que estaba dispuesta a decir. Matthew pertenecía a mi vida secreta, la vida real por debajo de la fingida en la que no era actriz, salía con Marcy y Luke, y trabajaba en Doctor Sleep.

Busqué las pastillas en internet. Euforazil. No podía creer que no hubiera oído hablar de ellas hasta ahora. Qué vida más protegida había estado viviendo. El fármaco seguía suscitando polémica. Se había descubierto como un efecto secundario —no indicado en el prospecto— de un analgésico suave prescrito para pacientes odontológicos. Producía una sensación de felicidad y bienestar que duraba hasta seis horas. Estudios anteriores habían revelado que podía causar dependencia, pero no adicción en sentido estricto.

Las probé por primera vez yo sola un sábado por la mañana. Fui a McCarren Park y me senté en un banco. Me gustaron todos y todo: las madres con sus cochecitos, los jugadores de béisbol, los perros de diseño. Todo parecía encantador, interesante y divertido. Luego fui a casa. Nunca he disfrutado tanto restregando los fogones y limpiando la nevera. Vi las noticias: ningún problema por ahí. Todos los desastres que mencionaban parecían tener fácil solución. Matthew me pediría que me casara con él, yo dejaría mi empleo en Doctor Sleep y Val Morton —nuestro generoso padrino y benefactor— me daría muchos papeles en los que yo demostraría que tenía verdadero talento como actriz.

Sabía que no debía tomar las pastillas muy a menudo. ¿Por qué malgastar algo tan increíble un día corriente sentada en Doctor Sleep?

Pero a veces me tomaba una cuando me descubría obsesionada con Matthew. ¿Por qué no había telefoneado? ¿Por qué no se había puesto en contacto conmigo? ¿Por qué tenía su número bloqueado cuando yo le llamaba o mandaba un mensaje? Tomaba una pastilla de la felicidad (así era como empecé a pensar en ellas) y de nuevo empezaba a pensar que, de algún modo, todo se arreglaría.

Una de las cosas que me gustaban de Matthew era su secreta rebeldía. O al menos eso era lo que yo creía. Por debajo del tipo superorganizado, intensamente centrado y reservado que ayudaba a mantener en funcionamiento la complicada existencia de Val Morton, había un chico malo que hacía locuras solo para divertirse y por la emoción.

Un domingo por la tarde me telefoneó. ¿Quería dar una vuelta en coche? Sí. Me dijo que me recogería en media hora, que lo esperara fuera de mi casa.

Era un brillante día de octubre, fresco y ventoso en la sombra pero cálido al sol. Me quedé mirando cada coche que pasaba. Me pregunté qué clase de vehículo conduciría Matthew. Ni siquiera había sabido que tenía uno.

Había tantas cosas que no sabía de él...

Se detuvo al volante de un pequeño Miyata rojo, elegante pero no demasiado llamativo. Conducía con habilidad y pericia, rápido pero sin intimidar.

Fuimos en coche hasta Coney Island. En cuanto aparcamos nos dirigimos al Nathan, donde comimos unos perritos calientes deliciosos. Recorrimos el paseo entarimado y entramos en la casa del terror llamada la Cueva del Mal. Durante toda la atracción él mantuvo una mano entre mis piernas.

Todo parecía divertido. Me había dicho que me tomara una pastilla de la felicidad, que él también tomaría una. El algodón de azúcar era lo más gracioso que se había inventado. Cualquiera que nos hubiera visto nos habría tomado por una pareja normal que se estaba enamorando en su tercera o cuarta cita. Él condujo deprisa por la autopista de circunvalación Belt Parkway hasta el carrusel del barrio Dumbo, y nos quedamos sentados en el parque viendo a los niños dar vueltas en él.

Luego nos subimos de nuevo al coche y empezamos a recorrer calles sin rumbo fijo.

—¿No vas en dirección contraria a donde queremos ir? —le pregunté.

—Me gusta conducir. Eso significa que todas las direcciones son buenas. Además, tengo un plan.

Algo relacionado con la conducción —o tal vez con la pastilla— hizo que se mostrara un poco más abierto. Dijo que había cometido errores de joven. Un error, para ser exactos. Por el que todavía estaba pagando. Trabajar para Val Morton era mejor que cualquier empleo al que pudiera aspirar.

Yo intuía que había ocurrido algo en el pasado. Quise preguntarle cuál había sido ese «error», pero no pude. No me atreví. ¿A qué le tenía miedo? ¿O solo era timidez? En lugar de ello, le conté que había crecido en Iowa. Le conté que mi padre había muerto en un accidente de coche cuando yo tenía cuatro años, y que mi madre había trabajado de camarera en una cafetería para mantenernos y pagarse sus estudios en la universidad.

—Una cafetería —dijo Matthew—. Perfecto.

—Era una cafetería realmente anticuada. Una auténtica pieza de museo. Aunque allí todos la veían como una simple cafetería.

—Una infancia feliz —señaló él—. Pero aburrida, ¿no?

—No tener padre ni dinero la hizo un poco menos aburrida. —No había querido usar un tono amargo, pero me salió. ¿Por qué no podía tener la boca cerrada? A los hombres no les gustan las chicas amargadas.

—Lo siento —respondió él—. Tener un padre como el mío probablemente fue peor que no tener padre.

De nuevo quise preguntarle por qué. ¿Por qué era tan horrible tu padre? Pero tampoco me atreví.

Siguió un largo silencio, hasta que por fin lo rompió él:

—¿Sabes que me he divertido contigo todas las veces que hemos quedado, Isabel?

—¿Sí? Yo también. —No estaba segura de adónde quería ir a parar. ¿Quería confesar algo más o estaba a punto de romper? Intenté poner la expresión más neutral posible.

—No puedo dejar de pensar en lo que me excité fingiendo que era tu cliente —continuó— y lo sexy que estabas allí, siguiéndome la corriente.

—Lo sé. Fue muy excitante. —¿En serio? ¿Eso era todo lo que se me ocurría decir?

—También he estado pensando en tu carrera. Tus sueños de ser actriz... ¿Hay algún papel que no estarías dispuesta a interpretar? —Matthew tenía la vista clavada en la carretera, las dos manos en el volante. Yo ya no sabía adónde estaba llevando la conversación.

—Con franqueza, aceptaría cualquier cosa en este momento. —Y hasta ahí era cierto. Lo haría.

—Esperaba que dijeras eso. Así que he estado pensando.

Se volvió rápidamente hacia mí antes de mirar de nuevo la carretera, deslizando las manos arriba y abajo del volante mientras doblábamos la siguiente esquina.

—Trabajar para Val ha despertado mi curiosidad acerca de ser actor. Y, por extraño que parezca, él está intentando abrirse hueco en un proyecto teatral inmersivo. Quiere hacer algo que «alimente de nuevo su alma». —Apartó una mano del volante para dibujar comillas alrededor de «alma» antes de continuar—: Sé que es una posibilidad remota, pero por muy interesante que sea trabajar con él, no quiero ser el chico de los recados eternamente. Y al conocerte me di cuenta de lo genial que sería actuar, o incluso dirigir. Digamos que confío en que Val me meta en el primer proyecto que haga en ese espacio.

—Caramba, eso suena genial. Nunca he hecho teatro inmersivo, aunque siempre he querido.

Él sonrió, como si esperara que yo también lo dijera.

—Creo que serías buenísima. Lo admito, después de conocerte decidí volver e informarme sobre la «verdadera» Isabel Archer. Encontré un vídeo tuyo en el papel de Lady Macbeth, y lo vi una y otra vez. Lo bordas. Y me excité muchísimo.

Intenté volver la cara hacia la ventanilla para que no me viera sonreír y ponerme colorada. Recordaba esa producción. Me parecía increíble oír esa clase de elogios de nuevo.

—Isabel, ¿qué te parece si seguimos con los juegos de rol y los usamos como ejercicios de interpretación? ¿Harías cualquier papel que te diera?

Yo estaba escéptica. O al menos debería haberlo estado. ¿Hablaba en serio? Pero esa parte del cerebro que se iluminaba con la percepción del otro estaba obstruida por mi anhelo absoluto de decir «sí» a todo lo que Matthew me pidiera. También estaba el sueño imposible de reemprender la carrera de actriz. Y ahí estaba ese chico supercachondo que no solo quería (con suerte) acostarse conmigo, sino también *actuar* conmigo. Empecé a soñar con una vida de teatro y cine juntos. Era suficiente para distraerme de esa intuición acuciante que se suponía que tenía. Sería por mi carrera, me prometí. No podía trabajar eternamente en esa tienda de colchones.

—Sí —respondí riéndome—. Sí, lo haría.

Matthew apartó la vista de la carretera y me miró a los ojos.

—Estupendo.

Apartó una mano del volante y la puso en mi muslo, acariciándolo hasta arriba, subiéndome el vestido con ella y deslizando su dedo meñique justo por debajo.

Siguió conduciendo así durante un rato. Todo mi cuerpo zumbaba.

—¿Tienes hambre, Isabel? ¿Puedo prepararte algo para comer?

—Sí —contesté—. Me encantaría.

Ahora que teníamos un plan, cruzamos a toda velocidad Brooklyn hasta el supermercado All Foods de Gowanus.

Estaba abarrotado, pero nos abrimos paso hábilmente por los pasillos. Matthew llenó la cesta de patatas, espárragos, brócoli y grelos. Era un placer verlo elegir las verduras: las más frescas, verdes y firmes. Sabía lo que hacía, pero no se daba grandes aires de experto.

—¿Qué hay de las proteínas? —pregunté.

—Eso ya está resuelto. ¿No confías en mí, Isabel? —Había una nota de humor en su voz, casi... ofendida. Si no me hubiera tomado la pastilla de la felicidad, me habría preocupado más no haber estado acertada.

—¡Claro que sí! —respondí. ¿De qué hablábamos? ¿De carne, pescado o pollo?

Quizás él se refería a que ya tenía algo en casa. No le di más vueltas. Confiaba en él..., al menos lo suficiente para dejar que me preparara una comida. Iba a cocinar para mí.

Mientras esperábamos a que apareciera nuestro número en la pantalla, se arrodilló y se quedó unos minutos agachado cerca del suelo. De pronto noté que me deslizaban algo por debajo de la falda. Instintivamente alargué una mano para cogerlo. Parecía un buen trozo de carne, y aunque estaba bien envuelto, quise apartarme de un salto. Pero él me miraba sonriendo.

—Cógelo —me dijo, mirándome—. Sostenlo ahí. —Luego se levantó y susurró—: Esperas el bebé para marzo. Sujétate la barriga. Eso es. Te lo he pasado justo debajo de las cámaras de seguridad, en un mar de piernas. Solo finge que es nuestro hijo que aún no ha nacido...

—No sé... —respondí.

¿Se trataba de nuestro primer juego de rol? Me parecía demencial, peligroso... y todo sin una razón lógica. ¿Por qué debía exponerme a que me detuvieran y me encerraran por algo que Matthew podía permitirse pagar sin esfuerzo? Imaginé telefoneando a mi madre desde la cárcel y contándole lo que había pasado. Mamá, tengo malas noticias. Me han detenido por robar unos bistecs. Pero si esa era la única llamada telefónica que me dejaban hacer... Mamá no conocía a ningún abogado en Nueva York. ¿Se ocuparía Matthew de ello o dejaría que lo solucionara yo sola?

Concentré todas mis facultades en leerle el pensamiento, pero me quedé totalmente en blanco. Tal vez era la pastilla lo que me ofuscaba la mente.

—No te preocupes —dijo él—. El propietario de All Foods es amigo de Val, y le debe un favor o algo así. De todos modos, no pasará nada. ¿No has dicho que interpretarías cualquier papel por mí?

Mientras esperaba con Matthew en los cajeros a que apareciera un número en el plafón, recé para que nos atendiera alguien joven que no le importara ni se fijara en si una clienta —yo— estaba embarazada. Pero... quiso la suerte que nos atendiera una maternal mujer latina de mediana edad con el pelo rubio muy corto y rizado, que se fijó en la barriga antes que en mi cara... o nuestra compra.

—¿Cuándo sales de cuentas, *mami*?

Pensé rápidamente.

—Me faltan tres meses.

—¿Niño o niña? ¿O no lo sabemos? —Pensé en si la gente hacía esas preguntas entrometidas a las embarazadas todo el tiempo, o si era solo porque esperaba un bistec. ¿Acaso sospechaba algo?

—No queremos saberlo. Preferimos que sea sorpresa.

Eso pareció dejarla satisfecha.

—Siempre que salga sano.

—Exacto.

Pero el corazón me latía con fuerza mientras ella marcaba la compra.

—Buena suerte con el bebé —dijo—. Felicidades.

—Gracias.

A una manzana del súper, Matthew abrió la bolsa de la compra y la dejó en la acera.

—Acuclíllate sobre la bolsa y suelta la carne. Antes de que nadie nos vea.

Dejé que el paquete cayera en la bolsa. Ahora que habíamos salido impunes, la pastilla volvió a hacer efecto y todo parecía tronchante.

—Solomillo de ternera —dijo Matthew—. Madurado. Lo mejor de lo mejor.

Me pregunté por qué necesitaba robar una pieza de carne como esa, aunque fuera la mejor, si tenía dinero de sobra.

—All Foods es una gran empresa millonaria que paga a sus empleados por debajo del sueldo mínimo —añadió—. Sin extras. Y tienen unas prácticas de contratación de mierda. Pueden regalarnos unos bistecs.

—Genial —respondí.

Nunca había robado nada, ni siquiera cuando era adolescente y todos lo hacían. ¡Debería haberlo hecho hacía tiempo! Igual era el placer de actuar o simplemente experimentaba aún los efectos de la pastilla.

Felicidad, pura y simple.

El verdadero piso de Matthew estaba en la planta 23 de un rascacielos *art déco* del Upper West Side. La ventana del salón daba a una pequeña terraza con vistas a Central Park, y me quedé frente a ella, mirando los árboles rojos y naranjas sobre un fondo de césped todavía verde.

Todos los muebles —modernos, de mitad de siglo— eran perfectos, y todos los objetos —cestas africanas, fuentes provenzales, jarrones de cristal— habían sido elegidos con gran cuidado.

Matthew me observó mientras recorría el piso con la mirada.

—No puedo atribuirme todo el mérito —dijo—. Me ayudó la diseñadora de Val, Charisse.

—Hizo un gran trabajo.

—Siempre lo hace —repuso él.

Salimos a la terraza. Matthew llevó una botella de vino tinto y dos copas, y las llenó hasta arriba. Luego se perdió en el fondo del apartamento. Tardó tanto en volver que empecé a inquietarme.

Regresó con el solomillo en un plato, salpicado de sal y pimienta. Encendió la parrilla de gas y lo puso encima.

—¿Tienes frío? Estás tiritando.

Me dio su americana, aunque no era frío sino nervios lo que yo sentía. Luego desapareció de nuevo.

—¿Te ayudo en algo? —pregunté débilmente, aunque estaba segura de que diría que no.

—Vigila la carne —me respondió.

En el momento exacto regresó, sacó el solomillo y lo colocó de nuevo en la fuente.

Dentro, la mesa estaba bien puesta con flores, vajilla de porcelana y cristalería fina, y boles con las verduras cocinadas ligeramente al vapor. Cortó y sirvió los bistecs en panecillos gruesos con toda clase de salsas y encurtidos. Era delicioso y aparatoso de comer. Embarazosamente aparatoso. Debía de parecer una vampira, con la cara tan salpicada de la sangre del solomillo.

Lo único que faltaba eran servilletas. Pero no me atreví a pedir una. Era un hombre que no se olvidada de nada. Si no había puesto debía de ser por alguna razón.

—Me encanta ver cómo te caen los jugos de la carne por la barbilla —dijo al cabo de un rato, como si me leyera el pensamiento. Y dejé de sentir vergüenza, o casi—. ¿Quieres jugar a los vampiros?

—Claro.

Rodeó la mesa y me lamió la sangre de la barbilla.

—Delicioso —dijo, y los dos nos echamos a reír.

Di un gran sorbo de la copa de vino.

—¿De verdad es tu piso? —pregunté por fin.

Él se rio y levantó una mano en un gesto de «lo juro».

—El contrato está a mi nombre.

Más allá de él, en el otro extremo del salón, había un piano de cola.

—¿Quién toca?

—Yo.

—¿Tocarías...?

—No.

—Ya. ¿Hablamos de *tu* colchón? ¿Quieres que lo pruebe para ver si es cómodo? —Había bebido *mucho* más de lo que era consciente. Mucho más de lo debido.

Un mal paso. Lo supe al instante. Había cruzado una línea. La línea equivocada.

Carraspeó.

—Tal vez deberíamos dejarlo aquí —dijo—. Los dos tenemos que madrugar mañana. Val tiene muchas cosas entre manos. Seguiremos esta conversación otro día.

—De acuerdo.

Ni siquiera me había terminado el bocadillo.

Bajó conmigo en el ascensor y me hizo subir a un taxi. De nuevo dio instrucciones al taxista de llevarme a Greenpoint y le dio un fajo de billetes. La ciudad bailaba al otro lado de la ventanilla del taxi, como si fuera una pecera, y yo miraba los peces —los transeúntes, los coches— desde fuera.

¿Por qué cada vez que veía a Matthew acababa con la sensación de que lo había estropeado todo para siempre? ¿Como si no fuera a volver a verlo?

Una mala señal. Me pareció oír la voz de mi madre otra vez.

Una mala señal, repitió.

Pasaron dos días, tres. Yo ya empezaba a creer que mi pequeño y tórrido idilio había terminado. Hasta Steve lo notó y volvió a acercarse mucho a mí. Una vez prácticamente se arrastró hasta mi espalda y me susurró al oído:

—¿Pasa algo?

—¡No pasa nada! —siseé.

Pero sí pasaba algo y yo no podía fingir que no era así.

Al cabo de unos días, justo después del mediodía, un Miyata rojo aparcó en doble fila frente al escaparate. Matthew entró con prisas en la tienda.

—Disculpe, señor —dijo a Steve—. ¿Tengo permiso para sacar a la princesa de la torre para comer?

Como es natural, Steve respondió que sí. Se había puesto colorado como un tomate de satisfacción al oír que Matthew lo llamaba «señor» y le pedía autorización para hacer algo conmigo, sin consultármelo antes a mí. Como si yo fuera una princesa o, más probablemente, una esclava en las garras de ese dúo inverosímil.

Me alegraba tanto de volver a ver a Matthew que no me preocupó a quién preguntaba si podía invitarme a comer. ¡La respuesta era sí!

Steve me siguió hasta la trastienda donde había dejado mi cazadora.

—Tal vez podrías venderle otro colchón a tu novio rico, Isabel. Para su casa de la playa. Estoy seguro de que tiene una casa en la playa... En los Hamptons, ¿no es así?

—Se equivoca —dije.

Val y Heidi, probablemente sí, pero no era eso lo que Steve me preguntaba. Qué poco sabía él y qué pocas ganas tenía yo de hablarle de Matthew, Val y Heidi. Estaba obsesionado con las celebridades, como todos. Le habría impresionado saber que yo había estado en el mismo salón que los Morton, por no hablar de su cuarto de baño privado. Pero no quería darle la satisfacción ni sufrir la envidia que mis «amigos famosos» desatarían en Steve, pues sabía que encontraría la manera de echármelo en cara.

—Entonces... ¿puedo tomarme un descanso? —Él ya había respondido que sí a Matthew, pero ¿no tenía que consultármelo antes a mí? No había clientes en la tienda. No había entrado ninguno en todo el día.

—Una hora —respondió él—. Una hora y media como máximo. A partir de ahí te lo descontaré del sueldo. Nunca se sabe cuándo puede haber movimiento...

—Estaré de vuelta antes de eso. —¿Movimiento? Steve estaba soñando. Pero estaba dispuesta a fingir que su sueño era real si con ello conseguía salir de la tienda—. ¡Hasta dentro de una hora! —grité por encima de mi hombro.

Matthew me llevó al extremo oeste de la ciudad y aparcamos delante de... una cafetería. Había estado un par de veces en ese local cuando llevaba poco tiempo en Nueva York. Estaba abierto las veinticuatro horas. Pero hacía mucho de eso, y me sorprendió que siguiera allí, cuando otros muchos edificios y pequeños negocios antiguos y bonitos habían sido derribados para dejar espacio a... bloques de pisos. La clase de bloque en el que Val Morton vivía en Brooklyn Heights. La clase de bloque que él construía.

Luego lo entendí: ¡una cafetería! Le había contado a Matthew que mi madre trabajaba en una. Y él había querido llevarme allí porque pensó que tal vez me gustaría, por si me traía de vuelta recuerdos de mi niñez. Había pensado en mí y había intentado buscar un local que me gustara.

Una camarera corpulenta de mediana edad, con el pelo hasta los hombros teñido de un negro mate, se acercó a nuestra mesa. Tenía los párpados hinchados y muy rojos, y una gran verruga en la punta de la nariz. Parecía una bruja de cuento. Dejó caer con brusquedad dos menús sobre la mesa grasienta.

Se marchó antes de que yo pudiera pedir un café.

—¿Qué pedimos? —preguntó Matthew—. Yo me muero por una hamburguesa.

De pronto a mí también me apeteció una, aunque hacía solo unos días que había comido solomillo en el apartamento de Matthew. Eso era más carne de la que acostumbraba a comer en seis meses. Pero una hamburguesa sonaba de maravilla.

Matthew hizo señas a la camarera, pero ella lo ignoró a propósito.

—No sabía que podías escaparte del trabajo al mediodía —comenté.

—Val y Heidi se han retirado para echarse una «siesta». —Hizo el signo de comillas con los dedos—. Nos sacan del piso porque creo que Heidi es de las que gritan. Por lo visto, saber que hay alguien lo bastante cerca para oírla le corta el rollo.

Me ruboricé. Me recordé sentada en el regazo de Matthew, gimiendo medio desnuda mientras notaba sus dedos tocándome y veía discurrir la fiesta en el piso de Val. Me pregunté cómo sabía eso de Heidi, si él mismo la había oído o se lo había contado Val. Y recordé lo bien que parecía conocer Matthew la distribución de los aposentos privados de la pareja.

Transcurrieron al menos diez minutos interminables antes de que la camarera volviera a abrirse paso hasta nuestra mesa gruñendo. Me pareció extraño que un hombre con tanto poder y responsabilidad como Matthew se pusiera a merced de esa camarera, pero allí estábamos. Se acuerda de que mi madre era camarera y se está portando de forma impecable... por mí, pensé.

—¿Qué queréis? —nos preguntó ella.

—Dos hamburguesas especiales —respondió Matthew—. Y dos cafés. Con la leche aparte.

La camarera señaló burlona la jarrita que había en la mesa.

—¿Está lo bastante aparte?

—Lo siento. No la había visto.

Esperé a que nos preguntara cómo queríamos las hamburguesas, pero no lo hizo.

—¿Podría ser al punto? —tanteé.

Ella me miró furiosa.

—Para que te enteres, cariño, no existe eso que llamas al punto. Puedes escoger entre hecha y vuelta y vuelta. Y luego hay niñatas mimadas como tú que se creen que pueden tener todo exactamente como quieren: ni hecho ni vuelta y vuelta, sino al punto. Siempre me sorprende que estas pequeñas zorras no vengan con una muestra de colores para enseñarme el tono exacto de rosa en que lo quieren. ¿Qué dices, entonces?, ¿hecha o vuelta y vuelta?

¿Me había llamado pequeña zorra? ¿Quizá la había oído mal?

Miré hacia Matthew, pero su atractiva cara estaba en blanco, impasible; no me orientó.

—En ese caso, hecha.

—La mía también.

—Como queráis —respondió la camarera.

—¡Caramba! ¡Alguien se ha levantado con el pie izquierdo esta mañana! —exclamó Matthew cuando la mujer se marchó.

—Es un trabajo muy duro —comenté.

Quería que pensara en mí como alguien que no discutía con las camareras, que valoraba a la gente trabajadora y que siempre era amable. Mientras tanto, recordaba todas las cosas que mi madre solía decir de los clientes que no daban las gracias, no dejaban propina, no limpiaban después de que sus hijos ensuciaran... Y eso era en nuestra pequeña ciudad, donde todo el mundo daba las gracias, limpiaba antes de irse y dejaba propina..., al menos el diez por ciento.

Cuando llegaron las hamburguesas, estaban frías, quemadas y duras como piedras. Los panecillos estaban secos, duros y sabían un poco a moho.

De nuevo miré a Matthew. ¡Socorro! No imaginaba a alguien devolviendo la comida en un local como ese. Y, con franqueza, me intimidaba demasiado esa camarera...

Matthew dio un mordisco, sonrió moviendo la cabeza y siguió comiendo.

—Las he comido peores.

—Supongo que yo también.

Terminamos de comer en silencio. Matthew levantó la mano.

—La cuenta, por favor.

La camarera se lo tomó con calma.

—Solo efectivo —señaló—. El ordenador no funciona.

—Qué vergüenza. No llevo efectivo, nunca...

—No te preocupes. Yo tengo mucho.

En realidad era poco. Si la cuenta subía a más de treinta dólares estábamos perdidos.

—Invito yo —dije mientras cogía la cuenta, esperando lo mejor.

El total ascendía a veintiséis dólares.

—Veamos —dije—. Con la propina son...

—Nada de propina. Ni un centavo.

—¿En serio?

—¿Vamos a premiarla después de cómo nos ha tratado? ¿O por el servicio?

—Yo siempre doy propina. Aunque el servicio sea malo. Nunca sabes el día que ha tenido alguien, o lo que le ha dicho el jefe, o si tiene alguien enfermo en casa... —Era la primera vez que llevaba la contraria a Matthew y los dos éramos totalmente conscientes de ello.

Él puso los ojos en blanco.

—No es mi problema.

—Mi madre trabajó de camarera. Supongo que esa es la razón por la que siempre doy propina. Aunque...

—Lo sé. Sé lo de tu madre. Ya me lo has dicho. Por eso te he traído a este antro de mierda.

Ese estallido de ira... Nunca le había visto reaccionar de ese modo. Me quedé muy quieta, temerosa de moverme o de decir algo.

Miré alrededor. No había ni rastro de la camarera.

—Espera —dijo entonces Matthew—. Tengo una idea mejor. Guarda el dinero en el billetero. Eso es.

Hice lo que me decía. Había aprendido a escucharlo cuando decía que tenía una idea.

—Vamos.

Me cogió de la mano y me ayudó a salir del reservado, y me sacó de la cafetería. Puso en marcha el Miyata y nos esfumamos antes de que la camarera se hubiera enterado siquiera de que nos habíamos ido sin pagar.

—Esto no está bien. Es horrible. Nunca he hecho algo así. Nunca he dejado plantada a una camarera. Se lo descontarán de la paga, Matthew. Volvamos. No podemos hacerle esto.

Él se desplazó dos carriles, se pegó a la cuneta y dio un frenazo.

—¿Y si solo hemos fingido ser la clase de personas que harían eso? Mira, si quieres volver allí, vuelve. Págale el dinero que le debemos. Pero no cuentes con que esté aquí fuera esperándote cuando regreses.

Me quedé en mi asiento. Ella nos había tratado fatal. Poco menos que me había llamado zorra. Aun así... yo creía que había un círculo en el infierno reservado para los que se iban de un local sin pagar. Bueno, al menos arderé con Matthew, pensé.

Volvió a poner el coche en marcha.

—Era una prueba.

—¿Una prueba para quién? ¿De qué? —grité por encima del motor.

—Quería ver lo mala que puedes llegar a ser realmente...,
qué clase de papeles eres capaz de interpretar.

—¿Y la he pasado o no? —le grité.

—Depende de cómo se mire.

De pronto tenía sentido. O, al menos, un sentido algo re-
torcido. Robar un solomillo de All Foods no había sido nada.
Cosa de niños. Un gesto a lo Robin Hood. Era una empresa
rica. Robarles a ellos no contaba. Estaba casi justificado. Pero
dejar de pagar a una camarera, por antipática o desagradable
que se hubiera mostrado..., eso era otra cosa. Estaba mal. Yo
era una buena chica. La compasión personificada. No hacía
esa clase de cosas. Podía imaginar cómo se sentiría la camarera sabiendo que al final del día le recortarían su paga, por la
que tan duro trabajaba. Y todo por una pareja privilegiada y
consentida —nosotros— que ella había menospreciado a simple vista. Me odié por ello. Y, pese a todo, me gustó la idea
de que fuéramos pareja (a los ojos de la camarera). ¿Qué clase de
papeles quería Matthew que interpretara?

—¡Vámonos! —gritó Matthew—. Además, ¡le está bien
merecido!

Me había pedido que hiciera algo que yo sabía que estaba
mal y aun así lo había hecho. Le había seguido el juego. Había
pasado la prueba: una nueva clase de reto.

De pronto tuve el claro presentimiento de que iba a pedirme que hiciera cosas aún peores en el futuro. Y yo diría que
sí, sabía que lo haría.

Haría lo que él me pidiera.

En una especie de control de realidad, telefoneé a mi madre para recordarme quién era.

Ella me llamó «Izzy» (casi nunca lo hacía a no ser que estuviera preocupada por mí).

—¿Seguro que estás bien, Izzy? No lo sé..., noto algo en
tu voz...

—Estoy bien.

Quería decir la verdad. Pero ¿cómo iba a contarle lo que había hecho a una camarera?

Algo había cambiado en mi interior. Toda esa amabilidad, esa compasión, ¿adónde había ido? Ya no me resultaba fácil saber lo que los demás pensaban o sentían.

O quizá ya no me importaba.

En cierto modo era como si me hubieran quitado un peso de encima, el peso de toda esa amabilidad y compasión. Pero sobre mis hombros se había instalado otro, el de lo pasiva e insensible que podía llegar a ser. ¿Cuándo acabaría el juego de roles y empezaría a ser yo?

No podía quitarme de la cabeza a la camarera. Tal vez por esa razón sucedió algo extraño unos días después de esa comida en la cafetería.

O quizá no sucedió. Quizá lo imaginé. Siempre había tenido una clara conciencia de la realidad, pero ahora ya no lo sabía...

Era tarde. Estaba cansada. Estaba sola en casa, viendo la televisión.

Pasaban un anuncio de una compañía de seguros de coche. Esa chica loca que aparecía en todos sus anuncios intentaba vender un seguro a una anciana que era dura de pelar. ¿Y si el coche se estropeaba? ¿Y si su nieta tenía un accidente? ¿Y si alguien chocaba contra su coche en la concurrida esquina donde siempre aparcaba su estúpido yerno? El estúpido yerno estaba a su lado, sonriendo estúpidamente.

El pelo negro teñido, la verruga en la nariz. Los ojos enrojecidos y pequeños de bruja. La había visto antes.

Tardé unos minutos en darme cuenta.

Era la camarera. No tenía ninguna duda.

Cuando por fin caí, el anuncio se había terminado.

Era tarde. Estaba cansada. Había estado obsesionada.

No era la misma mujer. No podía serlo. A no ser que hubiera dejado la cafetería para trabajar como actriz... o que trabajara en la cafetería para complementar su sueldo de actriz... o que... alguien la hubiera descubierto en la cafetería, como a Lana Turner... o... Me pareció que había al menos otra posibilidad, pero estaba demasiado cansada y confusa para determinar cuál era.

Durante las siguientes noches vi la tele esperando que volvieran a pasar ese anuncio, pero nunca volví a verlo.

Matthew

Estaba bastante orgulloso del plan que había urdido para mi pequeña actriz. Val se divirtió de lo lindo cuando le conté los episodios con la camarera y el solomillo. Yo sabía que estaba lidiando con conflictos estresantes relacionados con su constructora y con una especie de investigación que se estaba llevando a cabo en torno a su proyecto de Long Island City. Distraerlo y entretenerlo era una buena idea, en todos los sentidos. Y el sexo, o una historia sobre sexo, siempre funcionaba.

De modo que empecé a contarle más o menos lo que hacíamos Isabel y yo, el nuevo guion de nuestros encuentros... o desencuentros. El espacio del «proyecto teatral inmersivo», evidentemente, no existía. Y yo no tenía ningún interés en emprender la carrera de actor, pero sabía que Isabel necesitaba una razón para hacer todas las cosas malas que yo quería que hiciera, y que haría todo lo que le pidiera si era por su carrera. *Nuestras* carreras.

Yo me sentía atraído por Isabel. Me gustaba. Me lo pasaba bien con ella. Lo que mi jefe quería que hiciera para tenerla a mi merced no era tanto control de la mente o brujería como... juegos eróticos. Lo auténtico, tener una relación de verdad, seguía estando en el horizonte. Mientras tanto me encantaba que me pagaran por tener esa amistad/romance/idilio/juego sexual prolongado.

A Val le contaba mucho de lo que hacíamos, pero no todo. No le conté que le había preparado una comida. No le conté que le había limpiado la cara salpicada de sangre de bistec a lametazos.

De vez en cuando él hacía su imitación de Don Corleone. «Algún día te pediré que me hagas un favor.» Y yo respondía: «Favor no, Val. Es mi trabajo. Eso es lo que siempre ha sido. Trabajo».

Si hubiera tenido una vida normal, podría haberme casado con una chica como Isabel y tener hijos. Podría haberme cansado de ella y haber empezado a tirarme a mi secretaria, como hizo mi padre. Pero yo no quería vivir como mi padre. Tal vez la mejor ocurrencia que había tenido nunca fue robar el coche al vecino y, sin querer, su pistola. Me había permitido salir del estrecho y recto camino de convertirme en alguien como él.

Una vez más, me alegré de haber llegado hasta allí. Me gustaba la vida que llevaba. La aceptaría.

A Val le gustaba que fuera creativo. Disfrutaba esos pequeños dramas de la vida real que yo le contaba. Me daba plena libertad y un presupuesto sustancial. Le encantaba oír que había bastado con hacer clic en el ratón y una llamada telefónica para contratar un personaje que había visto en un anuncio de seguros de coches para que se hiciera pasar por camarera, más otros trescientos dólares para pagar a los dueños de la cafetería para que le dejaran fingir que trabajaba en ese turno.

Me vino la idea en cuanto Isabel me comentó que su madre se había pagado los estudios trabajando a tiempo parcial como camarera. La madre de uno de mis amigos lo había sido, y cada vez que salíamos a comer él nos contaba que el peor pecado en el mundo era escatimar en la propina, que era peor que la violación o el asesinato, y nos hacía sentir tan culpables que acabábamos dejando más del veinte por ciento.

Yo sabía que engañar a una camarera sería duro para Isabel. Pero podía lograr que lo hiciera. De hecho, la actriz estaba bien pagada, de modo que supongo que podría decirse que la engañada fue Isabel.

Yo respetaba su actitud firme, aunque al final cediera e hiciera lo que le pedí. Solo me sentí un poco desleal cuando se lo conté a Val.

Quizá tenía que ver con Isabel, pero mi relación laboral con Val parecía haber derivado en una extraña amistad. Últimamente la mayoría de nuestros encuentros eran en su piso del Upper East Side en lugar de en su oficina del centro. Nos sentábamos en su gabinete privado junto a la enorme chimenea que la decoradora de Val, Charisse, había comprado e importado (quizás ilegalmente, pero nadie hizo preguntas) de un castillo francés. Siempre estaba encendida.

Sabía que Val había estado enfrentándose a controles y obstáculos para sacar adelante sus planes de construir en Long Island City más bloques de apartamentos, rascacielos como el de su piso en Brooklyn Heights. Tal como él lo veía, y como me contó personalmente, unos cabrones autosuficientes del ayuntamiento, varios enemigos carcamales del Senado del estado y un puñado de imbéciles rematados bien intencionados de la EPA, la Agencia de Protección del Medio Ambiente, estaban frenando todo porque eran unos capullos anticuados y no querían ver el puto futuro. Val no tenía ninguna duda de que ganaría; siempre ganaba. Pero esas luchas eran una fuente de irritación y ansiedad para él. No le gustaba perder, y menos aún la perspectiva de perder el dinero que ya llevaba invertido en esos proyectos.

Disfrutaba oyéndome hablar de mi idilio —o lo que fuera— con Isabel. Lo distraía de sus problemas.

Mientras tanto había elaborado unos cuantos temas nuevos, y uno de ellos era la venganza. Decía que la venganza era lo que movía el mundo, que casi todo lo bueno que se había escrito para el teatro o el cine había tenido como tema principal la venganza. Era el impulso humano más básico, sostenía.

Otro tema sobre el que le gustaba explayarse era lo mal que iba el gobierno, y cómo él podría haber cambiado y mejorado las cosas si no le hubieran echado de su cargo por negarse a encerrarse con su mujer en Albany, ese espantoso lugar junto al Hudson. Se creía perfectamente capaz de gobernar el estado de Nueva York, y habría podido hacerlo si no lo hubieran señalado como el principal culpable de todo lo que se odia y se teme al norte del estado. «Después del Once de Septiembre —decía— reinó por un tiempo el amor fraterno, hasta que volvieron las divisiones, los de la ciudad pensando que todos los pueblerinos eran gordos, y los votantes del norte del estado pensando que en la ciudad todas las personas eran ricas, pálidas e impotentes, y creían que los ciervos y los conejos eran monísimos porque ninguno había chocado contra su coche o destrozado su jardín.»

De vez en cuando soltaba insinuaciones que dejaban ver que su interés por que yo controlara a una chica guapa no era sexual, sino... profesional. Creo que le rondaba la idea de que podía utilizarnos a los dos como un arma contra sus enemigos. Un instrumento de poder o venganza. Pero ¿cómo funcionaría exactamente? Esperé para averiguarlo.

Había ido tomándole confianza, pero no tanta como para preguntárselo. Y él cada tanto volvía con su imitación de Don Corleone, hinchando los carrillos y murmurando como Brando: «Algún día, y tal vez ese día nunca llegue, te pediré que hagas algo por mí...».

Si yo pensaba en el futuro, era para preguntarme cuándo

y dónde encontraría a alguien para contarle la época de mi vida en que trabajé para Val Morton y conseguí que una mujer se enamorara de mí, y corrompí su sentido moral y miné su conciencia por si necesitaba que hiciera algo inmoral —algo totalmente erróneo—, y todo por nuestra carrera.

Isabel

Los últimos encuentros con Matthew habían ido de escenificar pequeños delitos —el hurto, el episodio con la camarera— antes que de sexo. Me pregunté si en adelante siempre sería así. Un chico malo y su amiga. Una amiga que tenía muy poco de novia.

Esas preguntas e incertidumbres se disiparon el domingo cuando me telefoneó por la mañana temprano y propuso que quedáramos a la una en el centro de Brooklyn.

El otoño daba paso al invierno. Por suerte, era un día de temperaturas suaves, porque había vuelto a pasarme casi toda la noche en vela preguntándome cómo ir abrigada y que al mismo tiempo se me viera sexy... y dispuesta. Era un día lo bastante agradable para llevar un vestido corto debajo de la gruesa cazadora de cuero que Luke me había dejado, pues empezaba a estar demasiado flaco para ponérsela. Daba el mensaje que yo quería dar. La cazadora era un grueso escudo, pero la falda podía levantarse con una ligera brisa.

Me tomé una de las pastillas de la felicidad. Sabía que le gustaba más a Matthew cuando estaba de buen humor y no quería que nada lo estropeara.

Matthew me esperaba en lo alto de las escaleras de la salida del edificio municipal de la estación de Borough Hall. No podía saber qué tren tomaría yo a menos que me hubiera seguido. Pensaba en cosas así para asustarme, pero con alguien como él, que trabajaba para alguien como Val Morton..., ¿quién sabía? Probablemente solo fue cuestión de suerte que ya estuviera en lo alto de las escaleras del metro.

Visto desde abajo parecía aún más alto y con las piernas más largas, y cuando me tendió una mano para ayudarme a subir los últimos escalones, me sentí tan mareada que me alegré de que lo hiciera. Iba con vaqueros y con una elegante camisa de algodón azul claro de manga larga. Si hubiéramos sido amigos o amantes, habría tocado la tela. Pero cada palabra, casa gesto, cada roce entre ambos era confuso, ambiguo y se prestaba a malinterpretaciones, aunque no tenía ni idea de cuál podía ser la interpretación correcta.

Me besó brevemente en una mejilla. Otro beso amistoso.

Está bien. Yo también podía mostrarme amistosa.

—¿Vamos a dar una vuelta o tienes planes? —Intenté parecer controlada, pero me tembló la voz. Estaba demasiado ansiosa. ¿Adónde habían ido todas mis habilidades? ¿Por qué no podía hacer el papel de la chica enrollada que quería ser con Matthew? Como fuera, ya no podía retirar lo dicho.

—No hay nada programado para hoy. Pero necesito pedirte un favor. Si no te importa acompañarme, necesito pasar por el piso de los Morton. Están en París este fin de semana y Heidi siempre se queda con la paranoia de que ha dejado todo encendido. En cuanto se sube al avión me escribe un mensaje para que me asegure de que la cafetera está apagada, aunque todo el mundo sabe que se apaga automáticamente. Y tengo que ir en persona. Nadie más es lo bastante bueno para comprobar los pomos y los grifos.

—No tienes que convencerme. Será un placer volver a contemplar esas vistas asombrosas.

—Bien. Te prometo que solo será un momento.

Me cogió la mano y bajamos por Montague Street en dirección al mar. Casi no había nadie por la calle aparte de algún vecino paseando a sus perros y comprando el periódico del domingo. Nos cruzamos con un par de parejas y me quedé mirándolas, como si intentara averiguar qué veían cuando nos miraban a nosotros. Una pareja corriente en su paseo dominical, o amantes cuyo idilio se reducía a encuentros furtivos e inacabados en una tienda de colchones y en un cuarto de baño del Upper East Side.

El enorme rascacielos de Val Morton esta vez me pareció un poco menos... abrumador, quizá porque sabía que Matthew no vivía allí. O quizá ya sabía lo que esperar. Uno se acostumbraba a todo rápidamente. Además, era muy distinto entrar en el edificio con Matthew que sola, como había hecho yo aquella tarde que en esos momentos me parecía tan lejana. Cuando creía que él vivía allí y ni siquiera sabía cómo se llamaba. Ahora sabía mucho más sobre su persona... ¿o no?

Matthew saludó a los conserjes con una mano y ellos le devolvieron el saludo. Buenos días, señor. Lo conocían. El segundo grupo de guardas de seguridad también nos dejó pasar con un ademán y sonriendo, aunque me pareció que uno de ellos tenía una sonrisa veladamente lasciva y me pregunté si Matthew llevaba a chicas allí a menudo cuando Val y Heidi no estaban. Tal vez era tan sencillo como que no se sentía atraído por mí. Cosas más extrañas habían pasado.

Matthew abrió con su llave. Nadie salió para ofrecerme una copa. No había nadie.

—Estamos solos —dijo Matthew, innecesariamente.

¿Sonaba también nervioso? ¿Le asustaba estar solo conmigo? ¿Acostarse conmigo? Se le veía tan seguro de sí mismo que costaba creerlo, y sin embargo... Yo había estado con tipos a los que no se les levantaba y siempre lo llevaban mal. Siempre parecían destrozados. Una vez un chico con el que salía me culpó de su impotencia, pero si algo tiene de bueno cualquier clase de experiencia sexual es que no te harán responsable de eso.

—¿Puedo ofrecerte algo de beber? —me preguntó—. No sé qué hay aquí... Tendré que abastecer la despensa antes de que vuelvan el martes, pero por ahora...

—Estoy bien —respondí. Aunque era mentira. Estaba todo menos bien—. Es un poco temprano para beber algo con alcohol.

—Espérame aquí —me pidió Matthew—. Voy a supervisar la cocina. Heidi quiere que revise personalmente todos los mandos de los fogones.

Di vueltas por el salón mirando los cuadros. Había un De Kooning, un Diebenkorn y un Mark Rothko, todos auténticos. Franjas de color intenso y estelas de luz de California anunciaban a los enterados —entre los que estaba yo, supongo— que Val y Heidi tenían mucho dinero.

Matthew regresó en tan poco tiempo que dudé del rigor con que había comprobado los electrodomésticos. Pero probablemente sabía que Val, la criada, la cocinera y el resto del personal se habían asegurado de que todo estaba desconectado y que el apartamento no iba a arder ni iba a llenarse de monóxido de carbono.

—Echemos un vistazo al dormitorio —dijo—. Veamos cómo está funcionando ese *feng shui*...

Tomó mi mano y me llevó por el pasillo lleno de esculturas griegas y egipcias. Abrió la puerta, y esta vez él cruzó el umbral y tiró de mí.

La habitación estaba casi irreconocible a como la recordaba de la primera (y última) vez que había estado allí. Si antes había sido elegante y moderna como el resto del apartamento, en el tiempo transcurrido desde entonces —¿semanas?, ¿meses?, ¿toda una vida?— Heidi o la famosa decoradora Charisse, o quizá las dos juntas, la habían transformado en los aposentos de un duque veneciano, el nido de amor al que un Borgia llevaría a su amante adolescente. Ahora era una habitación cursi pero sensual. Las paredes estaban revestidas de brocado verde azulado, y la cama, elevada y cubierta de terciopelo verde bosque, tenía un dosel con borlas en las esquinas. Las pesadas cortinas estaban corridas, y por donde no se juntaban del todo entraban unas pocas franjas de luz que caían sobre la cama. Debería haberme parecido desmesurada o de mal gusto, pero me entraron ganas de echarme en ella y llevarme conmigo a Matthew. Quería acostarme con él. «Aquí y ahora.»

Intenté mantener la calma. Este es el dormitorio de Val y Heidi, me dije. Ellos duermen aquí. Se acuestan en esta bonita cama. Solo eso debería haberme enfriado y quitado las ganas, pero solo me excitó más.

—¿Estás seguro de que están fuera? —fue todo lo que logré decir.

—Han llegado a París esta misma mañana —respondió Matthew—. He recibido un mensaje de Heidi. Por eso estamos aquí, ¿recuerdas? Para asegurarnos de que el horno está apagado. —Y añadió—: Ven, prueba la cama. Quiero verte tumbada en ella.

Encendió suave y silenciosamente la lamparilla de noche.

Toqué el colchón e intenté pensar en el largo recorrido que había hecho desde Doctor Sleep, y en todos los cambios que había visto en su breve vida en el dormitorio de Val y Heidi. Pero no quería pensar en la tienda de Steve, ni en que no solo había entrado sin permiso en el dormitorio de Val y Heidi sino que estaba a punto de echarme en su cama.

Me tumbé en diagonal, con los pies vueltos hacia la puerta. No me atrevía a apoyar la cabeza en las almohadas de Val y Heidi.

—Relájate —dijo Matthew—. Como la última vez, en la tienda. —Él seguía de pie.

Me emocionaba que él y yo tuviéramos una historia. Quizá no fuera una relación «normal», pero aun así...

Se desabrochó los botones superiores de la camisa mientras veía cómo me ponía cómoda. Me quedé tumbada de espaldas, luego me puse de lado. Esperé a que me dijera qué hacer. Pero noté que esta vez iba a ser distinto. Estábamos en un dormitorio sensual, privado y en penumbra, no en la sala de exhibición de una tienda de colchones a plena vista de la calle y con Steve a punto de volver de comer. Aquí podía ocurrir cualquier cosa.

Cualquier cosa o nada.

Dependía de Matthew. La sola idea me produjo calor por todo el cuerpo.

—Pareces acalorada. Tienes la cara cada vez más rosa —me dijo—. ¿Te encuentras bien? ¿Quieres agua?

—Estoy bien, yo...

Se sentó en la cama, luego se inclinó y me besó en el cuello y los hombros. Se le veía tan increíblemente seguro y grácil que era como contemplar un gato trepando un edificio. O quizá como un ladrón escalando paredes para entrar en un piso. Nos besuqueamos un rato. Aparte de los amistosos besos en la mejilla, él nunca me había besado de verdad. Tan pocos hombres saben besar..., pero él sabía. Realmente sabía.

Al cabo de un rato paró y se deslizó por encima de mi cuerpo hacia los pies de la cama. Me levantó la falda y me bajó las bragas, y me separó las piernas.

—Espera, enseguida vuelvo.

Entró en el cuarto de baño y volvió con una toalla casi del tamaño de un mantel, tan suave como la piel más tersa. Me levantó el cuerpo a medias para extenderla por debajo de mí.

—Es absurdo manchar la colcha de ya sabes quién.

No sonó quisquilloso. Tampoco aguafiestas. Solo era un tipo al que le gustaba correr riesgos pero que nunca olvidaba que tenía un empleo. Y eso también me ponía.

Se tendió de nuevo a mi lado y, apoyándose en un codo, se

limitó a mirarme la entrepierna. Luego acercó más la cabeza y empezó a lamerme de forma juguetona y pausada. Intenté mantener la calma, pero al cabo de unos minutos estaba empujando las caderas hacia delante, alentándolo. Sin embargo, cada vez que yo empujaba, él se apartaba. No podía hacer otra cosa que quedarme allí tumbada y dejar que él tomara el control. Notaba el roce del frío algodón de su camisa contra el interior de mis muslos. Su pelo brillante me hacía cosquillas en el vientre.

Me relajé del placer y la emoción de sentir lo que él quería hacerme. El intenso fuego que se extendía por todo mi ser. ¿Cómo podía saber exactamente qué hacer para que alguien se sintiera tan bien? Era como si me conociera, como si supiera lo que mi cuerpo quería y necesitaba.

Yo abría de vez en cuando los ojos y veía la parte superior de su bonita cabeza moviéndose entre mis piernas. Luego los cerraba de nuevo, para que nada me distrajera de la sensación. Con las dos manos me separó un poco más las piernas.

Ni siquiera se había desabrochado el cinturón. Bueno, nos lo estábamos tomando con calma. Teníamos todo el tiempo del mundo. No había prisa.

Me oí gemir.

De pronto tuve una sensación de lo más extraña, un hormigueo en la piel, como un indicio de peligro. Noté la presencia de otra persona en la habitación. Ese repentino y serio aviso se impuso sobre todo lo demás. No sé explicar lo que sentí. En esa clase de advertencias no hay palabras. Solo puedo decir que supe que pasaba algo. Algo malo.

Heidi tenía razón. Algo estaba a punto de arder. Las habitaciones estaban llenas de monóxido de carbono.

Abrí los ojos y levanté la cabeza, solo un poco. Matthew me sujetaba las caderas y no notó que me ponía alerta.

La puerta de la habitación que se encontraba a los pies de la cama estaba entreabierta.

En el umbral había alguien de pie, mirándonos.

Era Val Morton.

Había abierto la puerta sin hacer ruido y Matthew no lo había oído. Yo tampoco. Pero... lo había notado. Lo había sentido en la piel. Como un escalofrío. La clase de advertencia que se supone que uno percibe en presencia del diablo.

Val sonreía con una expresión fría y reptiliana. Nos miramos. No parecía enfadado por habernos sorprendido en su cama. Yo quería gritar, pero no lo hice. Quería levantarme de un salto y chillar: ¡Para, Matthew! Tu jefe está viendo cómo me comes el coño en su cama. Debería haberlo hecho. Debería haberme levantado gritando para que Matthew viera lo que yo veía.

Más tarde me arrepentí de no haberlo hecho. Más tarde me pregunté: ¿Fue todo un montaje? No lo creía. Pero la gente siempre te sorprendía. ¿Y hasta qué punto conocía yo a Matthew? La gente siempre se estaba malinterpretando sin comprenderse.

Decidí no pensar en que Matthew estaba involucrado. Me convencí de que no. En el mejor de los casos era un malentendido horrible y embarazoso. En el peor, Val lo había planeado todo y le había tendido una trampa a Matthew. Pero ¿cómo podía haber sabido el momento exacto en que debía aparecer en su dormitorio? Quizás había cambiado de opinión y en el último momento había vuelto a casa. Quizá solo había fingido que se marchaba. Pero ¿por qué querría hacer algo así?

Habría sido incómodo, muy incómodo, que yo hubiera montado una escena en ese momento. Pero me habría ahorrado muchos problemas, disgusto, humillación y sufrimiento. Habría impedido —o al menos habría contribuido a impedir— todo lo que siguió.

En lugar de ello, me quedé allí tumbada, teniendo relaciones sexuales consentidas con un hombre bajo la acosadora mirada de otro. No sé por qué no reaccioné. Me sentía avergonzada. Cortada. Intimidada. O simplemente pasiva. Me dije que quizás estaba tan embriagada de sexo que me imaginaba cosas.

Tal vez era la pastilla de la felicidad. O tal vez solo estaba siendo... buena chica.

Matthew apartó una mano de mi cadera y me la deslizó por detrás de la falda hasta detenerla sobre mis nalgas. Me retorcí contra ella. ¿Podía verlo Val? Seguro que no. ¿O sí? Saber que estaba allí me agarrotaba y cohibía, y al mismo tiempo me excitaba más. Otra razón por la que sentirme avergonzada, intimidada... y cachonda.

Levanté la cabeza y miré de nuevo.

La puerta estaba cerrada. Val Morton se había ido.

Me eché hacia atrás. Me obligué a olvidarme de todo excepto de lo que Matthew hacía. Luego me ocuparía de ello. No iba a estropear ese momento preocupándome por lo que acababa de ver.

A través de la bruma de placer oí que Matthew decía algo.

—¿Cómo?

Levantó la cabeza y se quedó mirándome. He visto a tíos levantando la cabeza entre mis piernas con cara de estúpidos, pero a él se le veía excitado y al mismo tiempo con un total dominio de sí mismo.

—Eres tan guapa... Y noto que estás disfrutando tanto como yo, pero no voy a dejar que te corras.

—Como quieras. Otro día será.

—Tenemos tiempo —dijo—. Todo el tiempo del mundo.

Era absurdo lo feliz que me sentí al oír eso.

Se levantó y se estiró la ropa, y se metió la camisa en los pantalones. Luego entró en el cuarto de baño. Oí correr el agua. Regresó secándose las manos en una toalla.

Me ayudó a incorporarme, y mientras me ponía las bragas y me bajaba la falda, retiró la toalla de la cama y la tiró junto con la toalla de manos en una cesta extraíble que, sorprendentemente, salió de la pared forrada de brocado. ¿Cómo sabía que estaba allí?

—Lo mejor del siglo XXI se funde con lo mejor del XVII —dijo.

¿Repetía algo que había oído decir a Val Morton?

Era la última persona del mundo en quien quería pensar en ese momento. Quería contarle lo que había visto, pero no lo hice. No me pareció el momento adecuado, aunque tal vez me equivocaba.

Matthew me miró a los ojos con una expresión que quien no lo conociera tanto pensaría que era amor. O al menos afecto.

Se echó a reír. ¿Él también había tomado una de las pastillas de la felicidad?

—¿Tienes hambre? Vamos, he reservado una mesa.

Había escogido un restaurante pequeño y curioso en el límite de Brooklyn Heights con Dumbo. Se llamaba Pierre y Menard. No era gran cosa por fuera, un local poco iluminado al que se accedía desde la acera bajando un par de escalones.

Pero durante el trayecto al restaurante nos trasladamos de Brooklyn Heights en una tarde de domingo de 2016 a un sábado por la noche de 1952. Fue extrañamente como un viaje en el tiempo, como retroceder de golpe a un lugar histórico de la vieja Nueva York, mitad club nocturno y mitad bistró francés.

—¿Qué es este lugar? —le pregunté.

—No es un parque temático. Es de los de toda la vida. Un superviviente, de hecho. Francés de la vieja escuela. Pero auténtico: salsa cremosa, caracoles y pato a la naranja.

Era como un museo de comida, servida por camareros que parecían tener cien años. No eran actores como Luke y

Marcy. Ellos eran camareros de profesión. El nuestro se llamaba realmente Gaston y Matthew parecía conocerlo.

—¿Cómo están el señor Morton y la *fantastique* Heidi?

—Están en París. —Matthew se sentía orgulloso de contarse entre los conocidos de un famoso.

¿Tenía Val Morton un gemelo idéntico? ¿Cómo podía estar en París si hacía media hora que lo había visto en la puerta de su dormitorio, espiándonos a Matthew y a mí?

—¿Estás bien?

—Sí, ¿por qué?

—Me has parecido... disgustada por un momento.

—No estoy disgustada. ¿Cómo has descubierto este local?

—Es el favorito de Val —respondió él—. Hace años que viene. Incluso cuando vivía en Los Ángeles, venía aquí siempre que estaba en Nueva York. Y cuando se suponía que debía estar en Albany..., bueno, prácticamente vivía aquí.

Escudriñé su cara para... ¿qué? No habría podido hablar con tanta naturalidad de su jefe si se hubiera confabulado con él para montar un espectáculo sexual en su cama, pensé. Yo habría percibido en su expresión alguna culpabilidad. O cierta incomodidad. No era un psicópata integral. ¿O lo era? Yo le había dejado que me comiera el coño en la cama de su jefe, pero no tenía suficiente confianza con él para sacar el tema de quién era *realmente* su jefe.

Matthew tal vez era raro, pero no estaba loco. Y no podía negarse que con todos sus altibajos, su estrés y sus obsesiones, la vida era mil veces más emocionante e interesante desde que yo lo conocía.

Decidí que necesitaba advertirle sobre quién era su jefe en realidad. Un voyeur y un bicho raro. No iba a ser fácil. Pero por mucho que solo fuéramos amigos con derecho a roce, o lo que fuera que éramos, no podía dejarlo pasar. Me lo debía a mí misma y a él.

Era temprano para comer y el local estaba casi vacío, de modo que teníamos mucho espacio alrededor de nuestra mesa. Nadie podía oírnos.

Matthew pidió a Gaston una botella de vino blanco, algo fresco y ligero. Bebí una copa y me sentí mejor. De algún modo podría manejarlo.

Quizás empezaría preguntando:

—¿Qué tal el trabajo esta semana?

—Si te soy sincero, me alegro de que Val y Heidi estén fuera.

Creía realmente que se habían ido. En cierto modo eso era una buena noticia. La mala noticia era que iba a costarle mucho creer lo que tenía que decirle.

—¿Por qué?

—¿Tortillas de champiñones? —me preguntó—. Las hacen riquísimas aquí.

—Perfecto.

Matthew pidió dos tortillas. Gaston le dio las gracias y se alejó caminando prácticamente hacia atrás.

No iba a ser como en la cafetería. Matthew no se iría de allí sin pagar o sin darle propina.

No estaba dispuesta a dejarlo correr.

—¿Por qué te alegras tanto de que estén fuera?

—No sé qué está tramando Val. Algo..., no sé. Creo que se metió mucha coca de joven, aunque hace años que no la toca... No lo sé. Ha estado despotricando sin parar sobre que podría haber sido presidente, cómo habría salvado al país si esos cabrones no hubieran ido a por él por no querer vivir en la horrible Albany. No tenían ninguna intención de vivir allí, donde nunca pasaba nada. Cada día había acudido a su oficina de Tribeca, desde donde se cocía todo.

»Bebe y mordisquea su cigarro mientras se pasea por delante de la chimenea encendida, hablando supuestamente conmigo. Pero en realidad solo estoy allí como una excusa para hablar consigo mismo sin que parezca que se está volviendo loco.

Más buenas noticias: si Matthew tenía dudas acerca de su jefe, sería más fácil decirle lo que había visto en el dormitorio.

—No puede ser muy divertido para ti.

Otro error.

—Pues lo es. Es divertido. Me pagan por estar allí sentado bebiendo el mejor brandy y viendo a una estrella de cine actuar como un loco. Los trabajos de mis amigos son una mierda comparado con esto. Están a todas horas nerviosos por la promoción de fulano o el nuevo contrato de mengano, mientras que lo único que tengo que hacer yo es sentarme allí y fingir que escucho, y comprobar los mandos de la cocina.

»En pocas palabras, me cae bien el tipo. Y Heidi no es problema mío. Es cosa de Val. Ella casi nunca me habla. Ni siquiera la conozco.

Me alegré de ver llegar mi tortilla.

—Gracias.

—De nada —respondió Gaston.

La comida rebajó un poco la tensión. Matthew tenía razón: las tortillas eran deliciosas.

Sabía que no debía mencionarlo. Pero en mi interior un pequeño volcán empezó a borbotear, escupiendo palabras.

—Matthew, tengo que decirte algo. Algo extraño. Cuando estábamos en esa habitación... en la cama... quiero decir, sobre la cama... la cama de Val... y tú estabas... —No tuve que decirlo—. He levantado un momento la mirada... he levantado la mirada... y he visto a Val Morton de pie en la puerta. Mirándonos.

Matthew meneó la cabeza y sonrió.

—En tus sueños. Es imposible.

—No lo es —repliqué—. Estaba allí.

—¿En serio? ¿Cuánto tiempo?

—No mucho. Dos minutos quizás, aunque me han parecido más. Me ha sonreído.

—¿Y yo no lo he oído? ¿No he...?

—No ha hecho ruido. Tú estabas de espaldas a él. —Me ruboricé.

—No es posible —insistió Matthew—. Para empezar, yo no lo he oído. Segundo, no has dicho nada cuando lo has visto allí. ¡No has reaccionado, por el amor de Dios! Tercero, está en París.

—Pero... No quería interrumpirte. —Soné quejica y patética.

Matthew me sonrió como diciendo: Bromeas. La sonrisa desapareció cuando vio que yo no bromeaba.

Pareció sorprendido, realmente sorprendido. No entendía por qué querría inventarme algo así o mentir.

—Heidi me mandó un mensaje desde el avión. —Sacó el móvil y repasó los mensajes—. Antes de salir hacia París.

No había forma de hacer que me creyera, sobre todo cuando sus dudas hacían tambalear mi propia certeza sobre lo que había visto. ¿Había sido una alucinación?

Sabía que había visto lo que había visto.

Ninguno de los dos habló mientras terminábamos de comer. El silencio era insoportable.

Durante el café, él dijo de un modo poco amistoso:

—Dejemos las cosas claras. No ha sido a Val a quien has visto, si es que has visto a alguien.

—Probablemente no. Tienes razón. Lo siento.

—Ahórrate las disculpas —replicó—. Todos nos equivocamos.

Matthew

Sentí averiguar que Isabel estaba chiflada. Había tenido muchas novias chifladas. Quizás atraigo a cierto tipo. Mujeres que quieren repararme, aunque ellas necesitan reparaciones más serias. Siempre me sorprendía el tiempo que a veces tardaba en descubrir que una mujer estaba pirada. Hice recuento mentalmente: la exitosa y guapa superabogada de la agencia inmobiliaria que los fines de semana se convertía en una suicida obsesa de las píldoras. La actriz que encargaba a un pequeño artesano de Tokio las cuchillas de afeitar porque hacían cortes menos visibles y que sangraban más. Las abrazadoras de árboles, las seguidoras de la New Age, las frígidas, los bichos raros. La psiquiatra con alergia a un sinfín de alimentos que se evidenciaba en cada cita sucesiva.

Me había acostumbrado a ello. Cada vez que descubría que estaba saliendo con una chiflada, me sorprendía menos, aunque había empezado a cansarme. Y a entristecerme. Las figuraciones de Isabel en medio del sexo oral ni siquiera entraban en la escala de la locura femenina que había visto.

Aun así, me llevé un chasco. Tal vez porque, pese a todo lo que había aprendido, me había permitido tener ciertas esperanzas con Isabel. Incluso cierto afecto...

A Val le gustaba escuchar una buena historia, con muchos

giros y sorpresas. Le gustaba jugar y ser lo que llamaba «creativo», haciéndose el director, poniendo en escena pequeños dramas y oyéndome describir los juegos sexuales que yo practicaba con Isabel.

Pero creía que entre él y yo había una relación honesta y franca. Decir que se iba a París y no ir no era nada propio de él. ¿Y por qué se habría molestado en comprar billetes de avión, reservar habitaciones en un hotel y pedirme que los llevara y los fuera a recoger al aeropuerto? Podría haber dicho que quería verme tener sexo oral con Isabel en su cama y yo probablemente le habría complacido.

Podría haberlo filmado, por Dios. Había cámaras de seguridad por toda la casa. No tenía necesidad de acudir personalmente ni de fingir que estaba en otro lugar. Podía hacerse una paja viéndonos a Isabel y a mí en su cama. A él le iban esos pequeños juegos y farsas, pero no era un mentiroso.

No conmigo.

El martes por la tarde me telefoneó para decirme que ya había vuelto y para darme las gracias por haber hecho el juego a la neurosis de Heidi y haber ido a la casa.

—Cuando no has tenido gran cosa como ella siempre tienes miedo de que te arrebaten todo —comentó.

—¿Qué tal por París? —le pregunté con toda naturalidad.

—Increíble. Comimos en un restaurante que Heidi conocía de su época de modelo. Con el tiempo ha mejorado, lo que no suele ocurrir. Servían la clase de comida sofisticada que no suele gustarme, pero era excelente.

—¿Dónde está? Aunque dudo que lo conozca.

—En el sexto *arrondissement* —respondió Val—. Junto al Sena. Dimos un maravilloso paseo de vuelta al hotel, y luego, cada uno con una botella de champán encima, disfrutamos de una noche perfecta en una suite preciosa.

—Felicidades —respondí. No sonaba como un hombre que se había quedado en casa para espiarnos.

¿Por qué se inventaría Isabel algo así? ¿Realmente había imaginado que lo había visto? ¿O solo me tomaba el pelo añadiendo sus propios detalles a nuestro pequeño guion? Quizás intentaba averiguar cómo me sentía con respecto a Val, para descubrir la forma de separarme de él, como les encantaba hacer a las mujeres. No había ninguna otra explicación, aparte de que estaba loca.

Era decepcionante. Lo más irritante era que empezaba a gustarme Isabel. Era honesta e inocente, pero no era estúpida, en absoluto. Me gustaba su risa y lo garbosa que era. Me gustaba su carácter alegre.

Me gustaba que me pagaran por tener encuentros sexuales cargados de tensión y hacerla sufrir, y hacer que se enamorara de mí, tanto si quería como si no.

Pero si ella estaba chiflada, dejaba de ser divertido. Al final tenías que decidir si *querías* que la chiflada se enamorara de ti, y en la mayoría de los casos era lo último que pretendías a no ser que tú mismo estuvieras chiflado. Y yo no lo estaba.

Isabel

Es horrible que no te crean. Te hace retroceder a cuando eras niño y los adultos creían que no sabías de qué estabas hablando, y la posibilidad de que te tomaran en serio era inexistente. Cuando era pequeña, yo solía decir que recordaba el accidente de coche en el que se mató mi padre, pero todos se creían que mentía porque había estado en casa con mi madre.

Era duro que no te creyera un tipo con el que habías... intimado, por así decirlo.

Después del incidente en el dormitorio de Val Morton, estuve días moviéndome como una sonámbula en mi rutina diaria. Me presentaba en Doctor Sleep tan demacrada que los clientes no entendían cómo alguien con mi aspecto podía hablar de disfrutar de una noche de descanso. Cuando regresaba a mi piso de Greenpoint, pedía comida tailandesa y veía la televisión hasta que me vencía el sueño. Dormía una o dos horas, y luego me despertaba y me quedaba desvelada repasando lo ocurrido.

Matthew no llamó. ¿Volvería a llamarme? Había insultado a su jefe o a él, o a los dos. A uno o a ambos los había llamado mentirosos.

Ojalá hubiera podido contar a alguien lo ocurrido. Me habría gustado saber si sonaba improbable, sórdido o simplemente vergonzoso. Me habría gustado contarlo hasta hartarme o hasta que empezara a sonar gracioso. Estaba con un tío en la cama de su jefe, que era estrella de cine, y cuando levanté la vista vi al jefe observándonos desde la puerta. Pero era un secreto, y como todos los secretos, cuanto más lo escondiera, más dolería.

Nadie lo sabía. Nadie podía ayudarme. Me había metido en un lío del que no podía salir, un asunto más enrevesado de lo que era capaz de manejar. Cualquier persona sensata me habría aconsejado que dejara de ver a Matthew, pero yo no quería ni oír hablar de ello. No quería parar.

Mi madre me llamaba constantemente. A veces yo no le respondía las llamadas o los mensajes porque me sentía fatal mintiéndole cada vez que le aseguraba que estaba bien para tranquilizarla.

En una ocasión me preguntó si estaba saliendo con alguien. «Salir» no parecía la palabra adecuada para describir lo que había entre Matthew y yo, de modo que no me sentí tan mal cuando respondí que no.

Me sentía tan desgraciada y desesperada que decidí hablarles a Luke y a Marcy del idilio que había roto al contarle al tipo que su jefe era un voyeur. Necesitaba desahogarme con quien fuera. Si me juzgaban o me hacían sentir avergonzada o mal conmigo misma, eso significaba que no eran amigos de verdad.

Sentada con ellos en Cielito Lindo, esperé con paciencia mientras ellos se quejaban de la cantidad de actores con poco talento que se estaban haciendo ricos y famosos, y de todos los jugosos papeles que deberían haber conseguido ellos pero que habían ido a parar a otros.

Estaba tan retraída y callada que al final Marcy me preguntó:

—¿Qué te pasa, Isabel?

Y se lo conté. Me dejé una parte considerable de la historia. Los detalles más íntimos, sobre todo la parte en que le decía a Matthew que haría cualquier papel que me diera, y que todo estaba encaminado hacia una oportunidad increíble en algún teatro nuevo asombroso. Pero les hablé de lo que Matthew y yo habíamos hecho en el cuarto de baño de Val, del robo del solomillo y de la cafetería de la que nos habíamos ido sin pagar... y de que Val nos había observado desde la puerta. Prefería que se pensaran que hacía todo por sexo a que lo relacionaran con mi propia frustración como actriz.

Cuando terminé, estaba llorosa.

—Entiendo —dijo Luke—. Ha pasado algo muy desagradable. Y no sé qué pensar de este tipo. Pero, por lo que estoy oyendo, el sexo fue increíble.

—Todo ha sido increíble.

Marcy fue a buscar otra ronda de mojitos a la barra. Los tres los bebimos de golpe, aunque ella trabajaba y se suponía que no podía beber. Me alegré de que no se levantaran, horrorizados y asqueados, y me dejaran allí. No tenía ni idea de qué pasaba por sus cabezas.

—Lo de no pagar a la camarera no tiene pase —dijo Marcy—. Por muy borde que fuera.

—Lo sé. Lo sentí mucho.

—Sabes que este tío está loco, ¿no?

—¿Lo está? No lo sé.

—¿Crees que está mintiendo? —preguntó Luke—. ¿Crees que el jefe y él planearon ese encuentro pervertido en el dormitorio?

—No lo sé. No lo creo. Yo a él le creo. Pero él no me cree.

—Esto es una locura —repuso Luke—. Pero la verdad es que me alegro de que te esté pasando algo tan raro y emocionante. Temía que te hubieras rendido y resignado a vender colchones eternamente. —Si supiera hasta qué punto era cierto.

Vimos cómo el restaurante se llenaba de clientes que tenían dinero de verdad para pagar. El tiempo se nos acababa, y Marcy y Luke no habían dicho ni hecho nada que me ayudara.

—¿Sabes? —dijo Marcy de pronto—. Quiero conocer a este tío. ¿Crees que puedes arreglarlo?

—Yo también —dijo Luke—. Me muero por conocerlo.

No podía imaginar a Matthew accediendo a algo ni remotamente parecido: el nuevo novio sometido a examen por los amigos de la novia. Para empezar, él no era mi novio en el sentido más habitual del término. En segundo lugar, yo no podía soñar siquiera con preguntárselo. Pero podría haber sido una fantástica técnica para chequear la realidad. ¿Qué pensaban mis amigos de él? Me interesaba saberlo. Me habría gustado que ocurriera.

Matthew no telefoneó. *No telefoneó.* Yo estaba destrozada y al mismo tiempo rabiosa conmigo misma por dejar que me importara siquiera. ¿Cómo lo había permitido? No tenía por qué pasar por algo así. Mi madre me había educado para ser una mujer fuerte e independiente, y en cuestión de semanas me había convertido en una esclava de amor de ese tipo sospechoso.

Un lunes, después del trabajo, bebí tanto vino blanco que logré convencerme de que no tenía nada que perder. Fui al apartamento de Matthew.

El conserje pareció titubear, pero llamó por el interfono, y Matthew le dijo que me dejara subir.

Me abrió la puerta a medias y no me invitó a pasar. ¿Por qué no le había indicado al conserje que me dijera que no estaba en casa? ¿Quería torturarme?

—Isabel —me saludó con la cara iluminada por una sonrisa afable—. ¿Cómo estás?

Era alentador que no me cerrara la puerta en las narices.

Intenté mirar más allá de esta para ver si había alguien más en el piso, pero él me cortó el paso. ¿Había alguien?

—Bien. Oye..., ¿te gustaría...?, ¿puedes quedar conmigo y con unos amigos para tomar una copa el domingo por la tarde, hacia las cuatro? —Le di la dirección de Cielito Lindo.

—Me encantaría. —Matthew sacó el móvil del bolsillo y escribió la dirección y la hora—. Nos vemos entonces. Ah, espera. Iré encantado, pero... con dos condiciones.

Hablaba en voz baja. Esta vez vi claro que estaba con alguien. Otra mujer, estaba segura.

Señaló las dos condiciones con los dedos.

—Primera, te sentarás a mi lado. A mi izquierda. En un reservado. Y segunda: llevarás una minifalda sin ropa interior debajo.

—Eso son tres condiciones. Bueno, está bien. En el local de mi amiga Marcy hay reservados.

En Cielito Lindo no habría mucha gente si quedábamos pronto, y sería más barato consumir algo donde Marcy trabajaba, en caso de que no quedara claro quién pagaba la cuenta.

No podía plantearme aún sus condiciones. Lo haría más tarde, cuando no temiera ponerme cachonda delante mismo de su puerta.

—Hasta entonces —dijo Matthew.

Logré llegar de algún modo a mi casa. Esa noche me quedé despierta en la cama, meditando sus palabras. Pensé en lo que quería que me hiciera. Quería que me deslizara una mano por debajo de la falda mientras hablaba con mis amigos. Esa idea me excitó tanto que me masturbé. Me corrí y me quedé dormida.

Intenté no pensar en el encuentro inminente mientras trabajaba. Steve había estado guardando las distancias últimamente, como si supiera que yo podía estallar en mil pedazos y no quisiera tener que arrancarlos de las paredes de su tienda. Pero en cuanto entraba en mi piso por las noches, me adentraba en una especie de nebulosa en la que solo había unos pocos objetos reconocibles.

Su mano. Una mesa. Mi cuerpo.

Quizá porque me lo había imaginado tantas veces, y con tanto detalle, cuando por fin sucedió, fue como si ya hubiera sucedido. De algún modo, lo más chocante fue lo natural que pareció.

Me puse una minifalda blanca y medias hasta los muslos. Matthew y yo quedamos fuera del restaurante y entramos. Yo le había preguntado a Marcy si podíamos ocupar un reservado al fondo, lo más alejado posible de las otras mesas.

Cuando presenté a Matthew a mis amigos, vi por la expresión de ellos que los dos estaban pensando más o menos lo mismo: cómo podía haberme callado que estaba como un tren. Y vi el efecto que su físico producía en ellos, persuadiéndolos de que todo lo que yo les había contado —todas las cosas extrañas y arriesgadas que me había inducido a hacer— no podían haber sido tan malas como habían creído en un principio. En pocas palabras, podían entender perfectamente que hiciera todo lo que ese tío bueno me obligase a hacer.

Yo nunca había visto a Luke y a Marcy tan nerviosos como en esos momentos, charlando de temas triviales. El invierno por el momento había sido suave. Sí, Cielito Lindo era el lugar perfecto para tomar una copa tranquila por la tarde. Tan tranquila, de hecho, que hubo un sinfín de silencios incómodos que Marcy —que Dios la bendiga— se apresuró a llenar, preguntando a Matthew si había visto tal o cual película recién estrenada, de las cuales él no había visto ninguna. Todo resultó muy complicado. Pero esta clase de encuentros —el examen del novio nuevo— siempre lo son. Y si el novio está a prueba, los amigos también lo están. Recelo y sospecha es el nombre del juego.

Al cabo de un rato noté cómo la mano de Matthew se deslizaba por debajo de mi falda y se detenía en lo alto de mi muslo, acariciándome el vello púbico con los nudillos cuando me movía, lo que no podía evitar hacer. Debería haberme puesto más nerviosa, pero por extraño que parezca me calmó. También pareció relajarlo a él.

Dejó la mano izquierda debajo de la mesa mientras bebía su mojito con la derecha, y de forma lenta pero segura empezó a encandilar a mis amigos.

—¿De qué os conocéis los tres?

—De clases de interpretación —respondió Luke.

Matthew se volvió hacia mí.

—¿Cómo no me has dicho nunca que has estudiado interpretación? —Actuaba bien; por supuesto que sabía que yo había asistido a clases.

Sonriendo, bajé la barbilla y lo miré.

—Nunca me lo has preguntado —respondí.

Me encantaba. Mantener en secreto nuestro juego me ponía cachonda. Fui más consciente del calor que desprendía su mano en mi muslo.

La conversación volvió a languidecer. La pregunta dejó intranquilos a Luke y a Marcy. Supongo que si yo me había rendido (como pensaban), temían rendirse ellos mismos algún día.

Matthew me acariciaba por debajo de la mesa. Era una sensación tan increíble... Al menos tenía eso: su mano en el muslo.

De pronto, un recuerdo desagradable se abrió paso en mi mente. Pensé en ese orientador académico del instituto, el señor Chambers, acariciándome el muslo mientras me sometía a la farsa de ese test de compasión. Pero esto no tenía nada que ver. Aquello había sido abuso deshonesto. Aprovecharse de una niña demasiado inocente para protestar. Y esto... Yo ya era mujer y quería que sucediera. Eso era lo que significaba «consentido».

—Entonces ¿sois actores? —quiso saber Matthew, dirigiendo la pregunta a Luke y a Marcy, pero esta vez abarcándome también a mí.

¡A ellos les encantaba que los llamaran actores!

—¡Sí! —respondieron al unísono.

—Qué bueno —respondió Matthew—. Yo trabajo para un actor.

—¿Cuál? —preguntó Marcy—. ¿Alguien que conozcamos?

¡Podría haberla besado por eso! Tanto ella como Luke sabían perfectamente que Matthew trabajaba para Val Morton. Yo se lo había dicho. Pero no quería que Matthew se pensara que hablaba mucho de él a sus espaldas, y Marcy, por suerte, lo había entendido. Estábamos interpretando la mejor versión de nosotros mismos.

—Trabajo para Val Morton —respondió Matthew.

—¿Qué haces? —inquirió Marcy.

Habría preferido que no se lo preguntara. Yo nunca lo había hecho.

—Soy una especie de asistente personal. Pero es mucho más que eso. Soy su... segundo de a bordo. Su... mano derecha.

Me dio un pequeño pellizco con *la* mano y me mordí el labio para no gemir.

—Soy como el *consigliere* de *El padrino* —continuó Matthew.

—¡Imposible! —exclamó Luke—. ¡Bromeas!

Me encantaban mis amigos. En serio.

—Es la verdad —dijo Matthew.

Mientras él me acariciaba por debajo de la mesa a la media luz del reservado que Marcy había escogido por la privacidad que brindaba, intenté concentrarme en la conversación, tener los ojos abiertos y observar su interpretación de un tipo corriente que ha tenido la suerte de conseguir un gran empleo al servicio de un actor.

—¿Cómo es él? —preguntó Luke.

—¿Quién? —respondió Matthew en tono soñador, y se me ocurrió que quizás a él también le estaba distrayendo lo que sucedía debajo de la mesa. Se inclinó hacia Luke y Marcy y, apretando el dorso de la mano ligeramente en los labios de mi vagina, añadió—: Os caería bien. Cuenta historias increíbles de sus comienzos en Hollywood, viviendo con otros cinco actores en un piso cutre, y de todos los humillantes papeles que tuvo que aceptar hasta alcanzar el estrellato.

Esa era exactamente la clase de historia que Luke y Marcy querían oír.

—¿Qué pasó entonces? —preguntó ella—. ¿Cuál fue la gran oportunidad para Val Morton? ¿De dónde le vino la suerte?

—No puedes hablar de suerte cerca de él. Es una palabra prohibida. Totalmente tabú. Afirma que no cree en la suerte, y le he oído decir un millón de veces que la suerte no tuvo nada que ver con ello. Fue cuestión de tomar el control. Él y sus compañeros de clase tomaron el control y formaron una pequeña compañía que representaba a los clásicos en un *loft* del centro de Los Ángeles, donde nadie iba en esos tiempos. Eso fue décadas antes del aburguesamiento del barrio. Pero la gente empezó a ir a verlos actuar, primero otros actores y luego gente de la industria, y casi todos los actores de ese grupo acabaron convirtiéndose en grandes estrellas.

—Estoy casi seguro de que he oído hablar de ese grupo —comentó Luke.

—No lo dudo —continuó Matthew, cambiando de postura para apoyarse más en mí.

Su mano se deslizó hacia atrás y se asentó en mis nalgas. Si algún tipo me hubiera metido mano por debajo de la falda delante de mis amigos en un restaurante, habría sido horrible. Insoportable. Como una violación. Así fue cuando el señor Chambers me manoseó en el cubículo junto al gimnasio.

Pero yo me había sentado donde Matthew me había dicho

que me sentara. Llevaba la ropa que él me había pedido que llevara. No quería que apartara la mano.

—Tenéis mucha suerte de ser amigos —continuó él—. Os tenéis los unos a los otros. Isabel es una persona extraordinaria, como estoy seguro de que sabéis. Una de las cosas que más me gustan de ella es su imaginación.

Marcy y Luke nos sonrieron. Matthew no solo era agradable, sino la clase de persona que hacía un cumplido a una chica en público. Pensé que iba a desmayarme de pura alegría. Nadie me había elogiado nunca por mi imaginación.

Pero luego empecé a preguntarme qué había querido decir. ¿Seguía creyendo que me había imaginado a Val Morton en la puerta de su dormitorio? Había intentado apartar ese incidente de mi mente, pero me di cuenta de que seguía ocupando mucho espacio en la de Matthew.

Mi imaginación. ¿Había sido todo cosa de mi imaginación? Cómo lamenté no haber tomado una de esas pastillas de la felicidad esa noche para poder relajarme. Matthew me había dicho que no eran adictivas, pero también empezaba a cuestionármelo.

Esa noche, más tarde, llamé a Luke, y a la mañana siguiente, a Marcy. Los dos coincidieron en su veredicto.

—Es enrolladísimo y un tanto... peligroso. Me lo tiraría sin pensármelo.

Debían de haberse puesto de acuerdo en ello cuando Matthew y yo nos fuimos. Para hacer el amor, supongo que pensaron ambos.

Pero esa noche tampoco pasó nada. Nos despedimos con un beso y cada uno siguió su camino.

Los dos utilizaron la palabra «peligroso» para describirlo, de modo que debieron de hablarlo. Me pregunté cómo habían llegado a esa conclusión; sin duda no por algo que hubiera hecho o dicho él esa noche. Tal vez habían tenido en cuenta todo lo que yo les había contado antes.

De todos modos, el consenso era que, pese a su lado peligroso, seguía siendo claramente ennoviable. O al menos follable.

O, tal como resultó ser, más que eso. A Marcy y a Luke les había parecido... *inspirador*, por así decirlo.

La semana siguiente al encuentro, los dos me comunicaron que habían dejado de esperar a que los estúpidos directores de casting reconocieran su talento. Habían decidido montar su propio grupo de teatro con todos sus amigos actores en paro. Pondrían en escena obras clásicas, como había hecho Val Morton, e intentarían representarlas en pequeñas salas del barrio.

Me dolió que no me pidieran que me uniera al grupo. Supongo que creían realmente que había tirado la toalla. *Para siempre.* No los necesito, me dije. Tengo a Matthew. Los papeles que yo interpreto son más emocionantes que los suyos. Más... peligrosos.

Durante un tiempo me supuso un esfuerzo quedar con Luke y Marcy, porque no sabían hablar más que de la representación de un *Rey Lear* neutral en género que habían decidido poner en escena. Un instituto con problemas de financiación del Lower East Side les había cedido su auditorio para una representación. Los profesores alentarían a los alumnos y a sus familias para que fueran a verla. Se venderían entradas al público por cinco dólares y la escuela se quedaría con lo recaudado.

Me pidieron que le dijera a Matthew de asistir. Tal vez esperaban que se lo dijera a Val Morton, y que este se conmoviera al enterarse de que estaban haciendo lo mismo que él cuando empezó y mostrara interés en ver la obra.

Yo sabía que *no* iba a suceder. Me imaginaba a Val y a Heidi bajándose de su limusina para entrar en el maloliente auditorio del instituto de Essex Street.

Una noche, Matthew me dijo de quedar a tomar algo cerca de Doctor Sleep. Parecía irritado y nervioso, e intuí que era algo relacionado con Val.

Después de unas copas se relajó, aunque solo un poco.

—Val Morton insiste en llevarme a un campo de tiro. Y no puedo. No quiero. No es lo mío. No puedo hacerlo. Pero cada vez que rehúso tengo la sensación de que me respeta menos, que me toma por un debilucho y cuestiona mi hombría porque los hombres de verdad saben disparar.

—No me extraña. Yo también odio las armas. Me dan pánico. —Fui consciente de lo banal y necio que sonaba eso. Pero era cierto y no había sabido qué más decir.

Matthew me lanzó una mirada furiosa. No quería que insinuara que se parecía en lo más mínimo a mí o que estábamos de acuerdo en ese tema. No quería estar en el mismo grupo que una chica boba y débil a la que le asustaban las armas.

Me quedé tan cortada y disgustada que hice exactamente lo que no debía: escogí el peor momento para preguntarle si quería ir a ver actuar a los amigos que le había presentado en el Lower East Side.

¿Qué te pasa?, pensé. ¿Por qué lo mencionas siquiera?

Me quedé mirando la mesa tan avergonzada que me sorprendí cuando levanté la vista y vi que él me observaba con una sonrisa... afectuosa. Me sorprendí aún más cuando me respondió que iría.

—Eh, son tus amigos. Tenemos que apoyarlos.

Solo entonces comprendí que se lo había pedido por Luke y Marcy, pero que en realidad yo no quería que fuera. Me moriría de vergüenza y de humillación sentada a su lado viendo cómo Luke, Marcy y sus amigos destrozaban a Shakespeare.

Inmediatamente empecé a exponerle los motivos por los que no debía ir:

—Casi no han tenido tiempo de ensayar y tienen ideas raras, los papeles masculinos los interpretarán mujeres y viceversa, esa clase de cosas, y...

—¿Un rey Lear femenino? Ya me está encantando.

Relájate, me dije. Él se prestaba a hacer algo que yo le había pedido. Lo haría por mí. Debería estar contenta. Pero lo que me dejó más contenta fue que dijera «tenemos». Tenemos que apoyarlos.

Era embarazoso reconocer hasta qué punto ese plural iluminó toda mi existencia.

Matthew

La gente es tan fácil... Ni siquiera tienes que esforzarte. En medio segundo adivinas lo que quieren oír y en el otro medio se lo dices y ya los tienes comiendo de tu mano.

Era importante para Isabel que yo conociera a sus amigos. Creo que empezaba a tener dudas acerca de mí... —había que estar mucho más loco de lo que estaba ella para no recelar de algunas de las cosas que le había pedido que hiciera— y quería que sus amigos me echaran un vistazo y la tranquilizaran diciéndole que yo no era un asesino psicópata que esperaba el momento oportuno para atarla, meterla en el maletero del coche y abandonarla en un cobertizo de algún lugar del condado de Sullivan.

Fue una suerte que sus amigos fueran actores. O que quisieran serlo y se identificaran como tales.

Sabía que iba a ser fácil. Yo *podría* haber sido un asesino psicópata. Pero un asesino psicópata que trabajaba para Val Morton..., eso es otro asunto. Tal vez el extraño novio nuevo no estaba tan enfermo como se pensaron cuando Isabel les habló de mí. Tal vez no estaba enfermo en absoluto. Tal vez era el tipo más agradable que habían conocido.

Los amigos de Isabel eran bastante agradables. El chico, Luke, necesitaba engordarse unos diez kilos y levantar pesas, y dejar de hacerse esas mierdas en el pelo. Y si la chica, Marcy, no tenía cuidado, acabaría como la típica camarera que siempre quiso estar en otra parte. La buena noticia, y la mala, era que su desesperación me recordó a mí mismo antes de empezar a trabajar para Val. Cuando creía que nunca pasaría nada bueno y que todas mis oportunidades se truncarían, y acabaría convertido en un colgado entrado en años que trabajaba en un antro de pollo frito.

Marcy y Luke eran fáciles. Les brillaban los ojos. Se les aceleró el pulso y casi se cayeron de espaldas cuando les dije que Val y sus amigos habían tomado las riendas de su vida y habían pasado de ser unos pelagatos a convertirse en actores famosos.

Decía todas esas cosas mientras acariciaba a Isabel por debajo de la mesa en ese encantador mexicano donde Marcy trabajaba y ellos siempre quedaban. Lo que estaba haciendo con Isabel era mucho más divertido y absorbente que la conversación, pero esta también era divertida. Podía hacer distintas cosas al mismo tiempo.

Lo cierto era que no tenía ni idea de cómo se había hecho famoso Val. Pero ellos estaban deseando escuchar esa historia, así que improvisé. Si me pillaban mintiendo, siempre podría decir que era parte del mito que Val había creado alrededor suyo. Por lo que sabía yo, era cierto. Quizás a él mismo le habría gustado la historia. Lo presentaba tomando el control. De todos modos, no pensaba probarla con él.

Lamenté haber dicho lo de la imaginación de Isabel. Pero no pude contenerme. Todavía no había superado que creyera haber visto a Val espiándonos desde la puerta de su habitación. Supongo que era lo que le habría gustado. Su insistencia en que era verdad de algún modo había estropeado todo para mí. Está zumbada, pensé. Me he liado con otra zumbada.

Pero ¿y qué pasaría si dejaba que esa chica zumbada me ayudara a hacer lo que Val quería? Él aún no me había aclarado de qué se trataba. A su debido tiempo, decía. A su debido tiempo.

Tenemos todo el tiempo del mundo, decía.

De todas maneras, ocuparme de Isabel y de sus amigos fue un paseo comparado con todo lo que Val me había obligado a hacer últimamente. Él había estado de un humor de perros. Corrían rumores de que algunas de sus prácticas comerciales podían ser investigadas por las agencias municipales responsables del tema de la seguridad en la construcción. En el bloque de pisos prototipo que había construido en Prospect Heights se había desprendido un mostrador en las manos del nuevo propietario y este se proponía demandarlo. El constructor había regresado a Rumanía y las autoridades también lo estaban investigando.

Val nunca pagaba sus problemas y preocupaciones conmigo, y siempre era bastante educado y considerado cuando me pedía algo. Pero últimamente había estado bebiendo más de la cuenta, y me pareció que su problema incipiente con la coca estaba agravándose. Cada vez más a menudo me llamaba a una hora absurda de la noche. Despotricaba y desbarraba contra las personas que le habían perjudicado en el pasado, los agravios que nunca había perdonado, las sandeces que nunca olvidaría, y todas las argucias con que tenía previsto hacérselo pagar. Añadió tantos nombres nuevos a la lista de sus enemigos pasados y presentes que yo ya no sabía ni quiénes eran.

Dos de sus hijos habían empezado a preocuparse. Se habían presentado en su oficina, pero al parecer Heidi había manejado el asunto. Me alegré de que no me hubiera tocado hacerlo a mí.

Lo que complicaba aún más todo era que él siempre daba por hecho que yo estaba al corriente de los entresijos de todos los asuntos de los que me hablaba, que había estado siguiendo cada nuevo proyecto y memorizado los nombres y las faltas de todas las personas con que se había cruzado. A veces me parecía que sabía que yo estaba allí, otras no..., pero no importaba, porque nunca afectaba ni a la velocidad ni al tono de sus peroratas.

De vez en cuando se detenía en seco, como si recordara algo, o tal vez recordando que yo estaba allí, y me decía:

—Esa chica. Tu chica perfecta. ¿Qué es de ella?

—Está bien —respondía yo—. Todavía la veo.

—Bien. Sigue haciéndolo. Avísame cuando creas que está lista.

—¿Lista?

—Lista para hacer *cualquier* cosa. Para lanzarse y cruzar la línea.

¿Qué línea?, me pregunté.

—Aún no. No hemos llegado a eso todavía.

Entonces recordé que Isabel estaba en el punto de mira de Val Morton.

¿Estaba protegiéndola a ella? ¿O a mí mismo? Tenía un mal presentimiento acerca de lo que Val quería de ella. En cierto modo, me gustaba tener a Isabel a mi entera disposición, ver cómo se enamoraba de mí. Cautivar a sus amigos. Aun así... sabía que estaba relacionado con alguna de las maquinaciones de Val, con sus planes y sus fantasías revanchistas... y no estaba seguro de si eso me gustaba.

Intentaba beber solo una fracción de lo que Val bebía. Pero una noche que estaba cansado y que él no había parado de llenarme la copa, se hizo un silencio que me pareció que había que llenar. Me sentía un poco más relajado que de costumbre, más expansivo. Menos en guardia.

—He conocido a un par de amigos de Isabel. Cuando les mencioné tu nombre fue como si les hubiera dicho que estaba emparentado con Dios. Se les iluminó la cara. Te adoran y querían saberlo todo de ti.

Qué halagador debió de resultarle oír eso, una persona

cuya vanidad siempre necesitaba ser reforzada. Incluso mientras me salían las palabras de la boca, pensé que tal vez se lo decía por eso mismo. Val era proclive a caer en la autocompasión cuando bebía. El mundo se había olvidado de él, había pasado página. Ya era viejo. Y cuando yo señalaba que tenía entre manos acuerdos inmobiliarios de gran envergadura, él respondía: «Ah, sí. Es cierto. El mundo estaba ahí fuera, listo para atraparme».

Un grupo de actores jóvenes que lo veneraban. Eso alimentaría su ego.

—¿Qué les dijiste?

—Lo brillante que eras. Y la sola mención de tu nombre los alentó tanto que se han lanzado a montar una obra de teatro porque creen que así se parecerán más a ti.

—¿Qué obra?

—*El rey Lear.*

—Santo cielo. Hice de Lear cuando tenía veintipocos años. Qué bruto era. Ni siquiera sabía de qué iba. ¿Cómo iba a saberlo? No tenía ni puta idea. Lo peor es que ahora que por fin entiendo la obra, ya nadie me pide que la interprete.

—Van a representarla en el auditorio de un instituto —añadí por decir algo.

—Quiero verla —dijo Val—. Consigue entradas para Heidi y para mí.

Una noche, el conserje me llamó por el interfono y me dijo que tenía una visita. Temí que volviera a ser Isabel, que no hacía mucho había tenido el mal gusto de presentarse sin avisar.

Isabel no era nada oportuna. No podría haber escogido un momento peor. Esa misma noche, una vieja amiga —la psiquiatra pirada con alergias alimentarias— me había llamado para venir a verme. Mientras no tuviera que cenar con ella, estaba encantado de tirármela. Por lo demás, eso era todo lo que quería la loquera. Y yo podría liberar así algo de la tensión sexual que había ido acumulando en mis encuentros con la pirada de Isabel. La psiquiatra y yo nos bebimos una botella de champán y luego una botella de vino (al menos no era alérgica al alcohol) y nos lo estábamos montando en el sofá, que es probablemente la razón por la que no tuve el tino de decirle al conserje que explicase a Isabel que no estaba en casa.

Fui a recibirla en la puerta. Por supuesto que quería salir con sus amigos. Habría aceptado cualquier propuesta con tal de que se largara. El aspecto sexual acudió a mi mente al instante, como siempre parecía ocurrir cuando estaba con ella.

Pero ahora estaba en mi piso solo y sobrio, y cuando llamó el conserje le pregunté quién era.

Después de un silencio, él respondió:

—Heidi.

¿Heidi? No solo no había estado antes en mi piso, sino que nunca había parecido advertir mi presencia. Me sorprendió que supiera siquiera dónde vivía.

—¡Heidi! —la saludé en la puerta—. Qué inesperado placer.

—Por favor —respondió ella, y pasó por mi lado con un aspecto tan aburrido y distante como siempre que la veía.

Llevaba un abrigo de piel de un rojo intenso sobre un vestido corto negro y botas altas. Una nube de un perfume almizclado la rodeaba y se extendió por todo el piso. Se espatarró en el sofá, con su delgado y alto cuerpo y sus largas piernas extendidas en diagonal sobre los cojines.

—¿Te puedo ofrecer algo de beber?

—Agua con gas, hielo y una rodaja de limón, si tienes.

—Sí que tengo.

Me retiré a la cocina, donde me entretuve todo el tiempo que me pareció razonable sirviendo el agua en un vaso, añadiendo los cubitos y cortando el limón, ¿Qué hacía aquí Heidi? ¿Lo sabía Val? ¿La enviaba él?

No quería esperar demasiado para saberlo.

—Val no sabe que estoy aquí —dijo ella, aceptando el vaso—. Ni es mi intención que lo sepa. Pero quería hablar contigo... —Bebió un sorbo y dejó que se hiciera un silencio.

Sonó su móvil y ella lo sacó del bolso, lo miró y lo silenció.

—Era él. Si me aparto de su lado una hora, me llama. Por eso estoy aquí. Más vale que sea franca contigo. Estoy preocupada por él. Está bebiendo demasiado y no tengo ni idea de las sustancias que se está metiendo. Intenté que tomara Euforazil para calmarlo, pero no las toca. Tampoco me toca a mí, si te soy brutalmente sincera. Hace semanas que no me folla. Y se está obsesionando. A todas horas habla de toda esa gente que le ha jodido o que se ha propuesto joderlo. No puedo decirte más, ni cuánto de todo esto es real.

—Lo sé. Yo también lo he oído. Es preocupante.

—Ya lo creo que es *preocupante*. —En boca de Heidi, la palabra sonó estúpidamente insuficiente. Aun así, ¿qué hacía ella en mi apartamento? ¿Qué quería que hiciera yo?

Me sorprendió —me chocó, en realidad— que pareciera mostrar una preocupación sincera por Val. Por alguna razón me había imaginado que él era su fuente de ingresos, el que pagaba la tarjeta de crédito y poco más. No sé por qué no se me ocurrió que de verdad le importara.

—Tú le gustas —dijo—. Y no le gusta mucha gente. De modo que tienes que hacer algo. O fingir que haces algo. Algo que lo divierta. Tal vez con esa chica que llevaste a la fiesta... Haz algo raro. Sé creativo. Algo provocativo quizás. Algo que puedas contarle luego. Algo que le distraiga de sus problemas, aunque solo sea por un rato.

—¿Como qué? —Y esta vez soné realmente estúpido.

—Dímelo tú. Si lo supiera, no estaría aquí pidiéndotelo. Como digo, sé creativo.

Dejó el vaso y se sentó muy erguida, y cruzó y descruzó sus largas y moldeadas piernas, las piernas que tanta fama le habían dado durante su carrera de modelo. Luego las abrió dejando ver la entrepierna.

Le veía las bragas: encaje negro con lazos rojos. Me resultaron familiares. Las había visto antes...

Eran las bragas que le había pedido a Isabel que se quitara en el cuarto de baño de Val y Heidi.

¿Por qué las llevaba ella, o acaso unas parecidas? ¿Qué intentaba decirme? ¿Que Val le había puesto al corriente de mis avances con Isabel?

¿Intentaba seducirme? Era guapa y sexy, pero era la mujer de mi jefe.

Heidi juntó las rodillas. Esa fue la respuesta. Se levantó y se puso el abrigo de pieles.

—Por favor. Sé creativo. —Y con esas palabras se marchó dejando atrás la nube de perfume.

Cuando se fue, me quedé sentado pensando. Nada era más duro que ser creativo cuando alguien te lo pedía. Tendría que ser algo relacionado con Isabel, algo que pudiera contarle a Val y que le hiciera gracia.

Algo provocador y divertido.

Isabel

Un desapacible día de noviembre comprendí que iba a volverme loca si pasaba un minuto más en Doctor Sleep. Cuando llegó la hora de comer, le anuncié a Steve que tenía que hacer un recado —un asunto urgente, de vida o muerte, le di a entender— y que solo me llevaría una hora.

Él se mostró visiblemente enfadado. Tal vez porque tenía previsto ir a ver a su dominatriz. Pero hasta él vio que yo estaba al límite y me respondió:

—Sí, claro, por supuesto. Solo vuelve lo antes posible.

Cuando me marché, descolgaba el teléfono. Imagino que quería cambiar su cita para que lo ataran y quemaran con la cera de una vela o lo que fuera que le hacían.

El hecho era que yo no tenía motivos para salir, ni nada que hacer, ni dinero con qué hacerlo. Fui a la cafetería más cercana, me senté en un taburete incómodo de la barra y pedí un café. Había descargado en el móvil un libro sobre las tragedias de Shakespeare. Antes leía, pero desde que había conocido a Matthew apenas había abierto un libro. Pensar en él constantemente me había vuelto distraída y «distraíble», ya no podía concentrarme. Olvidaba la frase anterior antes de empezar la siguiente. Era como padecer demencia.

Tenía interés en leer *El rey Lear* porque Matthew y yo

íbamos a ver actuar a Luke y a Marcy dentro de unos días y quería tener algo que aportar. Estaba deseando ir al teatro con él, hacer algo normal, lo que haría una pareja normal.

Como si fuéramos novios.

Era un día muy frío y ventoso, y podría haberme dado prisa en regresar a la tienda, donde al menos haría calor. Pero no podía soportar volver al silencio y al aburrimiento de Doctor Sleep. Caminaba cada vez más despacio... y de pronto me paré en seco.

Steve estaba de pie cerca del escaparate. Y hablaba con... ¡Matthew!

En circunstancias normales me habría emocionado tanto que habría entrado corriendo. Pero algo me contuvo. Tenía la nariz roja y tiritaba, y no estaba nada atractiva. Pero no era solo eso. Algo en el modo en que los dos estaban de pie, muy cerca el uno del otro, mirando algo que Matthew tenía en las manos en actitud conspirativa, desató mi paranoia. Estaba segura de que hablaban de mí, que maquinaban algo... relacionado conmigo. Era totalmente ridículo, pero no pude apartar ese pensamiento de mi mente. Di muy despacio la vuelta a la manzana sin dejar de tiritar y, cuando regresé, Matthew se había ido.

Steve me miró con una risa lasciva mientras me quitaba el abrigo.

—Ha venido tu novio rico. Te ha dejado un pequeño regalo. —Me entregó una pequeña caja negra rodeada con una fina cinta roja—. Te estás poniendo colorada. Debe de ser algo emocionante. Y caro. ¿Puedo verlo?

—Desde luego que no. ¿No ha dicho antes que quería salir cuando yo regresara?

—Supongo que sí —respondió él de mala gana, consolándose con la perspectiva de los látigos, las cadenas y las restricciones, imaginé. Pero ¿quién era yo para burlarme de su vida sexual? ¿Qué había de todas las cosas... insólitas que yo había estado haciendo con Matthew?

En cuanto Steve se hubo marchado, rasgué el papel del envoltorio. En el interior de la caja, sobre un cojín de seda morada, había lo que parecía una pequeña bala o un huevo delgaducho de plástico rosa brillante con un cordel de cuero fino atado alrededor. Debajo del huevo-bala encontré una nota.

> Querida Isabel:
> Quiero que lleves esto dentro la noche que vayamos a ver la obra de tus amigos. No debería ser incómodo. Pruébalo si quieres, para acostumbrarte.
> Ah, y toma una pastilla de la felicidad.
> Con cariño,
>
> MATTHEW

«Querida», empezaba, y se despedía con un «Con cariño».

Sabía que haría lo que fuera necesario para oírle pronunciar esas palabras en lugar de verlas garabateadas junto con una serie de extrañas y excitantes instrucciones.

Cuando llegué a casa esa noche me deslicé el vibrador dentro. No lo noté más de lo que notaría un tampón. (Me alegré mucho de no tener la regla o habría sido imposible.) Di vueltas con él dentro de mí y al cabo de un rato me acostumbré. Me pregunté si Matthew pensaba en mí con él puesto y si él también estaba deseando que llegara la noche de la función.

Matthew me esperaba en la puerta del teatro. Me saludó con un pequeño abrazo y me susurró:

—¿Lo llevas?

Asentí. No podía hablar. Era consciente del pequeño huevo en mi interior, y de que todos los desconocidos a mi alrededor no tenían ni idea. Era algo tan íntimo... Tan íntimo y tan secreto... Era algo que solo sabíamos nosotros dos y que nos unía de una forma especial.

—¿Es cómodo? —me preguntó.

Asentí de nuevo, esta vez mintiendo.

—Bien. Me dejas contento.

Yo estaba tan feliz —eufórica, de hecho— de ponerle contento...

El teatro ya estaba lleno: vecinos, jóvenes actores, amigos de Marcy y Luke y un puñado de chicos del instituto. Llevar eso dentro de mí en presencia de los adolescentes hizo que me sintiera rara, además de un poco guarra. Me dije que nunca se enterarían. No había forma de que sospecharan siquiera.

Por muy modernos que se creyeran, todavía eran demasiado inocentes. Como lo era yo antes, pensé.

Marcy, Luke y sus amigos habían decidido no disfrazarse ni utilizar decorados; de todos modos, había sido todo tan precipitado que no habrían tenido tiempo para buscarlos. Pero un amigo artista había preparado un pase de diapositivas, así que cuando empezó la obra en el castillo de Lear, vimos una especie de montaje; muros de piedra, Stonehenge, una sala llena de estandartes y un trono en el fondo.

Como se trataba de una obra neutral en género, Marcy hacía de rey Lear. Costaba un poco acostumbrarse, y verla con cejas pobladas y una larga barba me distrajo de lo que llevaba dentro. Me encogí, esperando que alguien se riera de ella, pero nadie lo hizo. Miré a Matthew para ver su reacción y, como en respuesta a mi mirada, sentí un ligerísimo zumbido en mi interior.

Era un vibrador con mando a distancia. Había sabido lo que era, por supuesto, pero no me había permitido darle muchas vueltas. Matthew tenía el mando en el bolsillo.

Había algo sacrílego en ver una obra de Shakespeare y esperar el siguiente zumbido entre las piernas. Pero era excitante, original y divertido. Me dije que Shakespeare, con su humor subido de tono y sus juegos de palabras verdes, lo habría aprobado. Pero ¿en medio de su mayor tragedia?

Miré a Matthew de nuevo. Tenía la vista clavada en el escenario.

Luke hacía el papel de Cordelia. Y cuando ella se negaba a ser falsa y a seguir a sus malvadas hermanas en sus fingidos votos de amor a su padre, me olvidé de que Luke era un chico en el papel de chica y que Marcy era una mujer que hacía de anciano. Empezaba a meterme de lleno en la obra cuando sentí de nuevo la vibración en mi interior, ligeramente más rápida y más intensa. Por un momento temí que alguien lo oyera. Pero era totalmente silencioso. Yo era la única que lo sabía: yo y Matthew. Él no me miraría, pero tenía una mano en el bolsillo de la americana, y yo sabía que estaba pensando en cuándo provocar de nuevo el placer.

Yo quería ver la obra y quería sentir la vibración en mi interior. Quería las dos cosas a la vez. La pastilla de la felicidad estaba surtiendo efecto y me sentía casi delirante, extasiada. Debería haberme avergonzado de experimentar algo así en público. Pero era increíble. Hice lo posible para concentrarme en la producción —Marcy resultaba sorprendentemente convincente como rey anciano—, pero cada vez que me metía en la obra, sentía el vibrante pulso entre mis piernas. Era casi como si Matthew lo supiera y se asegurara de que mi atención estaba fija en él y en lo que estaba haciendo. Competía con Shakespeare y estaba ganando. La vibración se hizo más rápida, luego más lenta. Una sensación de calor me recorrió desde los dedos de los pies hasta los hombros. Arqueé la espalda contra el respaldo, intentando escapar y al mismo tiempo intensificar la sensación. Eso sí era teatro inmersivo.

Marcy y Luke me habían comentado que habría dos descansos porque contaban con que hubiera muchos adolescentes entre el público y no aguantarían mucho tiempo sentados quietos. Cuando encendieron las luces al final del segundo acto, me dio vergüenza mirar alrededor. Tenía la sensación de que todos me observaban, que sabían lo que llevaba dentro y lo que había estado sintiendo durante la representación.

La gente parecía mirarme, en efecto, o al menos lo hacía en mi dirección. De hecho, había tantas personas vueltas hacia la parte del auditorio donde yo me encontraba (el centro de la quinta fila) que tuve que combatir el impulso de levantarme y salir corriendo. ¡Lo sabían! Pero estaría dejando a Matthew y renunciando a esa sensación en mi interior. ¿Y cómo explicaría a Luke y a Marcy mi huida? ¿Qué excusa podría darles a mis amigos para desertar? No podía irme.

Me volví en mi asiento y por fin entendí a qué se debía tanto revuelo. La gente no me miraba a mí. Justo detrás de nosotros estaban... Val y Heidi Morton. Percibí la emoción que había provocado en la sala la presencia de celebridades.

¿Qué hacían allí? Matthew debía de habérselo dicho. Pero ¿por qué habían acudido a una producción de aficionados?

En cuanto me volví, me crucé con la mirada de Val Morton. Pensé en ese día que lo había pillado espiándonos a Matthew y a mí en su cama. Me miraba con la misma sonrisa de lagarto de ese día. Lo sabía. Ambos lo sabíamos. De modo que no había sido cosa de mi imaginación, por mucho que Matthew intentara persuadirme de ello.

Pero ¿cuánto sabía Val Morton? ¿Sabía lo del vibrador que yo llevaba dentro?

Matthew no pareció sorprenderse al ver a la pareja famosa. Su presencia allí era, evidentemente, obra suya.

—Me alegro de veros —les dijo—. Os acordáis de Isabel, ¿verdad?

—Desde luego —respondió Val. Desde luego, pensé yo.

Heidi asintió, fingiendo. Aunque quizá también sabía algo. En sus ojos castaños perfectamente maquillados no hubo el más leve parpadeo.

—¿Os está gustando? —preguntó Matthew.

—Es interesante —respondió Val—. Siempre me gusta ver lo que hacen los actores jóvenes. Lo del género me ha costado un poco en las primeras escenas. Pero al cabo de un rato dejas de fijarte, ¿verdad? Después de todo, la poesía sigue siendo poesía, sea quien sea quien la declame, ¿no?

—Sin duda.

—Tus amigos tienen bastante talento —me dijo Val—. Me sorprende que no estés en el escenario con ellos. Habrías sido una Cordelia asombrosa. ¿Por qué...?

Casi había olvidado por completo lo que Val podía hacer por mí. ¿Todavía pensaba comprar ese espacio para el nuevo proyecto de teatro inmersivo del que Matthew me había hablado varios meses atrás? Había arrinconado de tal modo esa posibilidad en mi mente que me pregunté si alguna vez había creído que era cierto.

Pero ¿por qué no hacía yo de Cordelia? Porque no me lo habían propuesto, por eso. Porque estaba demasiado ocupada representando una especie de teatro sexual con Matthew. Pero no podía decir nada de todo eso en voz alta sin parecer enfadada, loca o incomodarlos a todos.

—Gracias. Pero creo que estaban resueltos a tener a un hombre en el papel de Cordelia.

—La juventud —repuso él—. ¡Qué sorpresa!

Mientras todos se reían educados, miré a Matthew como buscando en su cara la respuesta a mis preguntas. Pero permaneció impasible mientras escuchaba a Val hablar sobre otros Lears que había visto en todos sus años en el teatro y el cine.

Y de pronto... empezó de nuevo la vibración. ¿Era eso lo que Matthew entendía por una broma? ¿O por diversión? ¿O por humillación? ¿Activar el vibrador mientras hablábamos con su jefe? Debería haber sido horrible, pero fue increíble. Quería reír a carcajadas.

—Perdonad —dije, y me levanté y pasé por encima de (o pisé) algún pie mientras salía de la fila.

La vibración se detuvo en cuanto me alejé de allí. Fui al aseo de señoras y me puse a la cola. Tiré del cordón de cuero y me saqué la pequeña bala rosa para hacer pis, y me quedé sentada en el retrete intentando decidir qué hacer. Podía guardarme el vibrador en el bolsillo y regresar al teatro para ver la función sin la distracción o el placer. O...

Me lo puse de nuevo y regresé a mi asiento.

Matthew me sonrió. Pude ver que sabía lo que había hecho. No sé cómo, pero lo sabía. Supongo que lo leyó en mi cara.

Ahora era él quien leía el pensamiento. Era como si de manera lenta pero segura le hubiera traspasado el don.

—Esta es mi chica —me susurró.

Su chica.

Bajaron las luces y el foco apuntó de nuevo a la chimenea. El proyector desplegó diapositivas de nubarrones amenazadores. En la pantalla parpadearon relámpagos y sonó el sordo rumor de un trueno.

Sabía lo que iba a ocurrir, en el escenario y dentro de mi cuerpo. Era consciente de que Val Morton estaba sentado detrás de mí, mirándome la nuca mientras veía el escenario. Una vez más iba a interaccionar sexualmente con Matthew bajo su mirada. ¿Todo mi idilio con él no era sino otra función representada para el entretenimiento de Val? ¿Era Val un perverso titiritero que manejaba los hilos de todos?

La tormenta del escenario se intensificó al mismo tiempo que la vibración en mi interior, que se volvió más rápida, más fuerte. Yo quería que parara y quería que continuara eternamente. Me retorcí en mi asiento, no con vergüenza, como habría imaginado, sino con placer físico, intentando eludir la sensación y al mismo tiempo incrementarla. Mientras el rey Lear rugía con la tormenta de fondo, otro rugía en mi interior. Estaba a punto de correrme, a punto...

La vibración cesó. Durante varias escenas no sentí nada. ¿Nunca volvería a activarse? Me noté irritable, casi enfadada. ¿Cómo podía hacerme eso Matthew, dejarme allí sintiéndome así?

El vibrador empezó de nuevo durante la escena en que Gloucester se queda ciego. La sensación fue repentina, ardiente e intensa. Casi juguetonamente poderosa. Sentí cómo se acercaba el orgasmo. Cuando arrancaban los ojos de Gloucester, la actriz que hacía el papel gritó. El público gritó.

Me corrí. Una sacudida eléctrica me recorrió el cuerpo. Matthew me puso una mano en la boca. Loca de placer, sin control y ajena a mi entorno, grité contra la mano de Matthew. Me noté las mejillas mojadas. Me corrían lágrimas por la cara.

Cuando se encendieron las luces antes del último acto, me volví. Val y Heidi se habían ido. Por alguna razón no pude evitar pensar que habían esperado a que me corriera para irse. Pero ¿cómo podían saberlo ellos? Mi grito no había sido más fuerte que el de los demás. Me quedé sentada en mi asiento, profundamente alterada y todavía temblorosa, durante el segundo descanso.

—¿Qué tal ha ido? —dijo Matthew—. ¿Bien?

Asentí. No podía hablar.

Empezó el último acto. Oí sollozos y sorbidos a mi alrededor cuando Cordelia moría. Yo también lloré. Como ellos, lloraba por Cordelia y por el rey Lear.

Pero también lloraba por mí, por la persona que era y la persona en que me había convertido. Si me hubieran preguntado hacía unos meses con cuál de las tres hermanas me identificaba, habría respondido, sin dudarlo, que con Cordelia. Honesta, franca, sensible, cariñosa. Pero había resultado ser una de sus hermanas: lujuriosa, codiciosa, rapaz, dispuesta a hacer lo que hiciera falta para conseguir lo que quería. Para experimentar esa sensación.

Después de la obra nos colamos entre bastidores para decirles a Luke y a Marcy que nos había encantado la representación.

—Mírate, Isabel —dijo Marcy—. Tienes el rímel totalmente corrido.

—He llorado —respondí—. Me habéis hecho llorar. Ha sido increíble.

Nos invitaron a la fiesta de después en un bar de la esquina. Les di las gracias, pero les dije que estaba cansada. Luke me miró de un modo extraño, pues sabía que siempre tenía mucha energía. Nunca me había oído decir que estaba demasiado cansada para ir de fiesta. Pero me sentía agotada, drenada no solo por la intensidad del orgasmo y la tensión que lo había precedido, sino también por el sentimiento de culpa que me embargaba. Había sido desleal e irrespetuosa con mis amigos, que se habían esforzado por crear algo, por hacer arte. Lo que yo hacía con Matthew no era arte, no en el sentido en que me había estado repitiendo a mí misma que lo era. Podría haberme plantado en cualquier momento y él no me habría presionado. Pero yo había querido. Había disfrutado con ello.

Matthew me llevó a casa en taxi. Yo sabía que no iba a subir a mi piso, pero no me importó. No necesitaba que viera el cuchitril donde vivía.

Nos acercábamos al Williamsburg Bridge cuando me tendió una mano.

Yo sabía qué quería. No me hice de rogar. Confiando en que el taxista no mirara por el retrovisor, me deslicé una mano por debajo de la falda y tiré del cordel de cuero del vibrador. Lo dejé caer en su mano y él se lo guardó en el bolsillo.

—Gracias.

—Gracias *a ti*.

A la mañana siguiente recibí dos llamadas antes de que me hubiera levantado siquiera. La primera era de Marcy.

—¡Val Morton fue a ver la obra! —exclamó, prácticamente gritando por el teléfono de lo emocionada que estaba.

—Lo sé.

—¿Crees que le gustó?

—Estoy segura. A todo el mundo le encantó. Oye, hablamos luego. Tengo otra llamada. Es Luke.

—Todo fue gracias a ti —me dijo Luke—. Fuiste tú quien lo llevó allí. Te mueves alrededor como un ratoncito, sin decir ni mu, pero tu vida está llena de celebridades que aparecen en cuanto abres la boca. Fue por ti que Val y Heidi fueran a nuestra obra. Ellos jamás se habrían enterado, si no. Y tu novio es un ángel por decírselo. No creas que no lo valoramos. Tienes un pedazo de novio, Isabel. ¿Qué importa si folla o no contigo si es capaz de conseguir que Val Morton vaya a ver nuestra obra?

No supe qué responder a eso.

—Lo siento —dijo Luke—. Supongo que me he salido del guion. Solo intentaba decirte lo agradecidos que estamos.

Si tú supieras..., pensé una vez más. Pero me guardé de decir que yo no había tenido nada que ver en ello, que todo había sido cosa de Matthew.

Durante las dos semanas que siguieron, Marcy y Luke no hablaron de otro tema que no fuera Val y su obra. Creo que esperaban que saliera algo, que los descubriera del mismo modo que lo habían descubierto a él, al menos según la *versión* de Matthew. Suponían que Val y Heidi hablarían de la obra con todos sus amigos famosos, y sus amigos hablarían de ellos con los directores de reparto adecuados, que hablarían a su vez con los directores adecuados.

Nada de todo eso pasó nunca, evidentemente. Y Marcy y Luke volvieron a quejarse de las malas audiciones y de los injustos directores de casting. Aunque todos se habían ido de vacaciones y casi no sucedía nada. Volverían a intentarlo con el nuevo año. Pese a todo, estaban esperanzados. Tenían que estarlo. ¿Qué alternativa les quedaba?

Entretanto comprendí que Matthew era su nuevo héroe. No importaba lo que pasara en nuestra relación, o lo inestable o ansiosa que me hiciera sentir, o las dudas o recelos que me suscitara, Luke y Marcy —mis únicos amigos— eran las últimas personas a las que podría pedir consejo. Pasara lo que pasase, querrían que siguiera saliendo con Matthew y solo me hablarían de todas sus buenas cualidades.

Yo sabía mucho más que ellos de sus cualidades. Y, pese a todo, también quería seguir viéndolo.

Matthew

Dos noches después de la obra, Val me pidió que fuera a su casa. Su gabinete estaba lleno de humo de puro e iba por el tercer o cuarto brandy, por lo que vi. El volumen del televisor estaba alto, tenía en una mano el mando a distancia y cambiaba de canal rápidamente, sin esperar el tiempo suficiente para ver realmente algo.

Apagó el televisor al verme.

—Heidi quiere ir a alguna parte, no recuerdo dónde... Una isla privada de Croacia. O a la villa de Jamaica donde Ian Fleming escribió todos los libros de James Bond. Croacia, Jamaica. ¿Qué coño importa? A mí no. No quiero ir a ninguna parte. Es un mal momento para viajar, con todo lo que está cayendo. El lío de Long Island City.

»Una mierda gigantesca que podría salpicar en cualquier momento. Uno pensaría que Heidi está muy afectada, pero le trae sin cuidado. Está inquieta y no para de decir que me conviene poner distancia. Enfriar los ánimos. ¿No odias la expresión «enfriar los ánimos»? Se enfrían las ostras o el vino blanco, no los seres humanos. Por algo tenemos la sangre caliente. Para estar despiertos y alerta. Lo que realmente me convendría sería que el municipio, el alcalde y toda la maldita ciudad, y en particular la EPA, me dejaran en paz de una puta vez para seguir haciendo lo que es mejor para mí (lo sepan o no) y para la ciudad. Pero no caerá esa breva, y tengo que fingir que me importa un comino mientras Heidi ojea folletos de vacaciones carísimas en paraísos a los que no quiero ir.

—He oído decir que Croacia no está mal, aunque nunca he estado —dije con cautela.

—No está mal. La puta tumba tampoco está mal —espetó Val hacia la chimenea—. Pero dime, ¿qué mierda era esa obra? ¿Has visto algo peor en tu vida? Llega un momento en tu carrera en que has visto bastantes representaciones malas de Shakespeare y crees que ya no te quedan más bodrios por ver, pero esa producción se lleva la palma. El chico que hacía de Cordelia saltaba por el escenario como una trucha arcoíris agonizante, y esa chica que se suponía que era Lear..., parecía un crío disfrazado de Papá Noel en la función de Navidad de la guardería.

Debí de hacer una mueca, porque Val dijo:

—Oh, ¿te he ofendido? Perdona, olvidé que son los amigos de tu novia.

—No es mi novia.

—Ahora sí que has hablado como un quinceañero —replicó Val—. Qué coño importa si lo es o no.

—¿Cómo conseguiste que Heidi fuera? —le pregunté.

—Eso fue lo más fácil. Pensó que sería divertido. Se cree que cualquier estupidez va a animarme. Si vuelve a decirme que debo enfriar los ánimos... De todos modos, me gusta apoyar a los actores jóvenes.

Respiré hondo. ¿Debería contárselo a Val? ¿Por qué no? Heidi me había dado instrucciones de levantarle el espíritu. Isabel no tenía por qué enterarse de que Val lo sabía, a no ser que se le volviera a meter en la cabeza que él la espiaba. Y yo tendría que negarlo todo.

—Mi novia no pensaba —dije—. O al menos no pensaba en la obra.

Me sentía un poco mal por Isabel, pero durante la obra hubo algo que me preocupó. Cuando se volvió y vio a Val allí, me miró como diciendo: ¿Lo ves?, yo tenía razón sobre que nos observaba en su dormitorio. Pero yo sabía que eran patrañas y solo me recordó lo loca que estaba. Y aunque era divertida, relajada y acomodaticia, no le debía nada.

—¿Qué quieres decir?

Le conté lo del vibrador.

Val estalló en carcajadas. Se rio tan fuerte y durante tanto rato que me di cuenta de que era la primera vez que lo oía reír en mucho tiempo. Su risa fue tan escandalosa que Heidi se asomó.

Cuando vio que Val se reía, levantó un pulgar hacia mí. No sabía de qué se reía, pero me atribuyó el mérito. Había hecho lo que me había pedido. Había sido creativo.

—¿Sabes qué? Matthew tuvo un vibrador con mando a distancia en el coño de su novia durante esa horrible obra del *Rey Lear*, y estuvo dándole pequeñas sacudidas durante toda la representación.

—¡Fabuloso! —exclamó ella—. ¿Lograste que se corriera durante la tormenta en el brezal?

—Demasiado obvio —repuso Val—. La hizo esperar hasta la ceguera de Gloucester.

—Me encanta. Consigamos uno, Val. No sabes la cantidad de actos aburridos que se harían mucho más interesantes. Todas esas cenas de gala benéficas y...

—Eso está hecho. Encárganos uno —me pidió Val.

—Mañana a primera hora —respondí—. ¿Algún color especial? ¿Negro? ¿Rosa intenso? ¿Azul lavanda?

—Negro, sin duda —respondió Heidi.

—Dios mío —exclamó Val—. La próxima vez deberías llevarla a ver *Romeo y Julieta*, y hacérselo poner en el ano.

Heidi me guiñó un ojo. Vi claro que Val no sabía que ella había ido a verme.

Tuve una visión de Isabel, tan real como si la tuviera delante. Estaba de pie sobre un témpano de hielo que se había desprendido de un glaciar, y me decía adiós con la mano mientras yo observaba cómo se alejaba mar adentro.

Lo sentí por ella, sentí estar pervirtiendo a una persona buena. Y utilizar sus sueños de ser actriz para ello. Pero no acababa de estar bien de la cabeza. Como tantas mujeres, estaba un poco chiflada. Mi jefe y su mujer se reían por primera vez en meses por algo que yo les había contado. Apenas se daban cuenta del buen trabajo que estaba haciendo yo, lo creativo que estaba siendo. Por primera vez me sentí como el director en lugar de como un actor más de Val en el escenario.

No hacíamos daño a nadie. Y todos nos divertíamos. Isabel, la que más.

Isabel

Nunca había pasado unas Navidades lejos de mi madre y no iba a empezar este año. Necesitaba estar con ella más que nunca, aún más que cuando yo era una niña huérfana de padre y mi madre una viuda que había renunciado a casarse de nuevo. Necesitaba que ella me recordara quién era, de dónde venía y en qué creía. Necesitaba estar con alguien que me conociera como la buena chica del Medio Oeste. La chica compasiva y considerada que percibía lo que los demás sentían. Alguien que me conociera cuando yo todavía era esa persona.

En el fondo creo que pensaba que solo con que pasara unos pocos días con mi madre, todas las cosas malas que había hecho con Matthew se corregirían y borrarían de algún modo de mi historial. Nunca habría timado a una camarera, ni habría robado un solomillo, ni habría dejado que él... me hiciera *eso* mientras veía una obra de Shakespeare.

Después de pasar un tiempo con mamá, iniciaría una página en blanco. Podría empezar de nuevo, limpia y renovada, pura y fresca. Matthew y yo quizá podríamos tener alguna clase de relación, pero esta vez yo sería fiel a mí misma. Me aseguraría de que él se enterara de quién era yo, cuáles eran mis límites, qué clase de principios tenía, y lo que hacía y no hacía. El único problema era que yo había querido hacer todo lo que él me había pedido que hiciera. Pero tal vez si pasaba tiempo con mi madre y ella me recordaba quién era, en la página en blanco en la que empezaría de nuevo a escribir se leería algo distinto.

Dos semanas antes de Navidad Matthew me llamó diciendo que quería quedar conmigo después del trabajo. Me preparé para un juego complicado, pero resultó que solo quería tener una conversación tranquila en el bar de la esquina de Doctor Sleep.

Había luces de colores colgadas de un extremo a otro de las calles, y alrededor de los troncos y las ramas de los árboles, y sobre las avenidas brillaban estrellas de neón. Por delante de la ventana del bar pasaban transeúntes cargados de bolsas y paquetes, riéndose. Nunca habría imaginado que a Matthew pudiera afectarle el espíritu de la Navidad.

Pero cuando lo vi desde la puerta del bar, me pareció tan insólitamente ausente que se me pasó por la cabeza que era un ser humano más, y que, como otros muchos seres humanos, se ponía triste en esas fechas. Yo solía ponerme triste de niña, huérfana de padre mientras todos los otros niños del colegio tenían uno, pero durante años había disfrutado en compañía de mi madre, relajándome y emborrachándome con el ponche de huevo empalagosamente dulce.

Matthew bebía whisky, aunque solía ser fiel al vino blanco. Yo pedí un café irlandés, para meterme en el ambiente navideño. Él alargó una mano desde el otro extremo de la mesa y me limpió con el pulgar la nata del labio superior. Empecé a excitarme, así de pavloviana se había vuelto la situación. Todo lo que tenía que hacer él era tocarme.

—Ojalá ya hubiera pasado todo. Para mí el 26 de diciembre es el día más feliz del año. Mi padre era de la misma opinión. Eso era lo único bueno de él. Una vez bajamos el día de

Navidad por la mañana y lo encontramos tirando el abeto a la basura. Mi madre lloró, pero yo me alegré. Esa es la clase de familia en la que crecí.

Esperé un momento antes de hablar, pues no quería seguir esa historia disfuncional con una imagen de amor y lealtad familiar.

—Yo iré a ver a mi madre en Iowa. Solo unos días.

Vi que no le gustaba. Era incapaz de reconocer que me echaría de menos o que se sentiría solo, pero apretó la boca de un modo que yo empezaba a reconocer: una mueca de desaprobación. Por lo general la hacía cuando yo respondía demasiado rápido a algo sexual, pero eso era distinto. No era un juego. Eso era real.

—Qué suerte tienes.

—¿Qué vas a hacer tú en vacaciones?

—Nada. Descansar. Val y Heidi se van a Saint Bart, así que después de comprobar los mandos de la cocina y las luces en sus distintos apartamentos, estaré bastante solo.

—¿Qué hay de tu familia? —le pregunté. Sabía que sus padres habían muerto, nada más.

—¿Qué familia? Mi hermano lleva años sin dirigirme la palabra.

Era muy raro que yo ni siquiera supiera que tenía un hermano. Hablaba de lo poco que sabía de él. Lo poco que le había preguntado.

—¿Tienes un hermano?

—Sí.

—¿Cómo se llama?

—Ansel.

—¿Dónde vive?

—En Long Island.

—¿A qué se dedica?

—Es arquitecto.

—¿Y por qué no te dirige la palabra?

—Me odia —respondió.

Era lo más íntimo y revelador que había contado nunca sobre sí mismo. Y aunque era algo malo, no pude evitar sentirme eufórica.

—Santo cielo. ¿Por qué? ¿Qué pasó?

—Hubo un accidente.

—¿Qué clase de accidente?

—Un accidente.

—¿Resultó herido?

—Solo un poco.

—¿Está bien ahora?

—Está bien. Exageró. Fui yo el que sufrió las consecuencias.

Matthew pidió otro whisky. Uno doble. Se lo bebió en dos tragos y dio por concluida la conversación. No iba a decir una palabra más sobre su hermano o su familia. O la Navidad. Tenía una expresión tan... alterada..., tan triste... Me sorprendió lo mucho que me afectó. En el fondo yo seguía siendo la persona empática que siempre había sido. Sentía lo que él sentía, y era algo oscuro, oscuro y solitario... Un nuevo (o tal vez viejo) impulso se apoderó de mí, y volví a sorprenderme de mí misma, esta vez al oír brotar de mis entrañas la voz del ser humano gentil, bondadoso y generoso que había sido antes de conocer a Matthew.

Esa voz instintiva y autosaboteadora fue la que dijo:

—¿Por qué no te vienes conmigo? A Iowa.

—¿Iowa? ¿Cómo? —Matthew hizo señas a la camarera y pidió otra ronda—. ¿Qué has dicho?

—Ven conmigo. —Me arrepentí en cuanto lo dije. ¿Pensaría que intentaba llevar nuestra «relación» al «siguiente plano»? Supongo que conocer a los padres era la fase previa a las conversaciones de pedida de mano. Pero como no paraba de recordarme a mí misma, no éramos pareja. Si no teníamos una relación en el sentido tradicional de la palabra, ¿cuál podía ser «el siguiente plano», entonces? ¿Hacer algo más guarro aún de lo que habíamos hecho? Me sonrojé pensando en lo que eso podía ser. De hecho, no me lo imaginaba. Pero estaba segura de que él sí—. Te advierto que mi madre es muy chapada a la antigua. Mi padre murió hace años y en cierto modo ella nunca ha hecho la transición al mundo moderno. Tendríamos que dormir en habitaciones separadas. —¿De qué estaba hablando? Matthew y yo nunca habíamos dormido en la misma habitación en Nueva York, donde nadie podía impedírnoslo.

Matthew sonrió, algo insólito.

—Puedo ir de chapado a la antigua.

Cuando le dije a mi madre por teléfono que iba a llevar a alguien, me preguntó:

—¿Amigo o amiga?

—Un hombre. Un amigo.

—¿Amigo amigo o novio? —quiso saber.

—No me estoy acostando con él, si es eso lo que preguntas.

En sentido estricto, era cierto. Pensé en Bill Clinton y Monica Lewinski, en el escándalo que estalló cuando yo estaba en primaria, y cómo nuestros padres y profesores intentaron —sin éxito— protegernos de los detalles.

Yo no tenía relaciones sexuales con ese hombre.

—No es eso lo que preguntaba —respondió mi madre—. Pero gracias por decírmelo, de todos modos. Ah, y escucha. Tengo buenas noticias. Buenas noticias de verdad. Pero prefiero esperar a que estés aquí para decírtelo.

—Dímelo ahora, mamá, por favor.

—No —insistió ella—. Quiero que sea una sorpresa. Quiero que lo...

Se calló.

No sé por qué, pero de pronto estuve segura de que había estado a punto de decir: «Quiero que lo conozcas». Solo era una intuición, pero bastante fuerte. Sabía lo que ella estaba pensando. Lo que había tenido en la punta de la lengua.

¿Había encontrado por fin a alguien después de tantos años? ¡Sería tan estupendo que tuviera a alguien con quien envejecer! Me imaginé un anciano encantador, con un anillo de cabello blanco alrededor de una cabeza casi pelada y cejas pobladas, un viudo, tal vez un profesor que daba clases en el departamento donde ella trabajaba.

Yo todavía pensaba en Iowa como mi hogar. ¿Sentiría lo mismo alguna vez por Nueva York?

Matthew, el nuevo... lo que fuera de mi madre. Eso no era lo que había tenido en mente: unos días relajados y tranquilos para ponerme al día con ella, una oportunidad para contarle algo —aunque no todo, evidentemente— de lo que estaba sucediéndome y pedirle consejo.

La presencia de Matthew lo volvería todo más tenso e incómodo. No quería tener que preocuparme ni sentirme cohibida por lo que él pensara de la casa donde yo había nacido, de mi vida. De mi madre. De cómo y dónde había crecido yo y de la persona que era antes de conocerlo. No quería pensar o preocuparme de lo que mi madre pensara de él.

Aun así, si en algo confiaba era en el juicio de mi madre. Miraría a Matthew y comprendería quién era. Sabría qué veía yo en él. Y puesto que yo no sabía qué veía, aparte de sexo desenfrenado, algo de lo que ella no tenía por qué enterarse, quizá me lo explicara. Ella también sabría ver qué sentía él por mí. Nada detendría mi obsesión por él, ni mis ansias de verlo y de estar con él. Pero podría ayudarme a lidiar con la locura de una relación tan diferente de todo lo que yo conocía o había imaginado alguna vez.

—¿Qué hace tu amigo? —me preguntó mi madre.

Había sido poco realista al esperar contra toda esperanza

que el tema de Val Morton no saliera nunca. Sabía que mi madre preguntaría, como acababa de hacer, a qué se dedicaba Matthew, y que yo tendría que decirle que trabajaba para Valentine Morton. Lo segundo mejor que podía pasar era que la conversación acabara ahí. Mi madre había visto muchas de las películas de Val Morton y era una especie de admiradora, y le gustaría saber que Matthew trabajaba para él. Confié en que eso fuera todo.

Entre las cosas que nunca le confesaría, y que no quería que sospechara siquiera, era que Val me había visto —no una sino dos veces— en situaciones comprometidas. No quería que, con su intuición infalible, dedujera cuánto le contaba Matthew a Val de lo que hacía conmigo.

Eso era algo que yo misma no sabía.

No quería saber.

Matthew

Puede que creas saber quién eres. Puede que creas saber qué piensas, y qué harás o dejarás de hacer, y por qué. Y resulta que no lo sabes. Si me hubieran torturado, azuzándome con una picana en la cabeza o en los genitales, y mi torturador me hubiese preguntado: «¿Por qué dijiste que querías ir a Iowa con Isabel en Navidad? Ella ni siquiera quiere que vayas», no habría podido explicarlo. No lo entendía ni yo.

Quizá fue el whisky —los whiskies— que me tomé antes de que Isabel entrara en el bar donde le había pedido que se reuniera conmigo. Ni siquiera sabía exactamente por qué le había dicho de quedar. Tal vez era algo relacionado con Val, algo nuevo, extraño y difícil de explicar o señalar sobre cómo había cambiado, cómo había empezado a hablarme y a tratarme. Empezaba a parecer... en guardia, como si ya no confiara del todo en mí, o como si en secreto estuviera pensando en pasar página y contratar a otro tipo que le pareciera más interesante o más divertido. Tal vez se había enterado de que Heidi había ido a verme y me había dejado ver las bragas de Isabel.

O quizá le dije que sí a Isabel porque estaba aburrido y solo. No había hecho planes para las vacaciones y no tenía nada que hacer. Mis amigos se habían aislado cada vez más en sus propias vidas, que poco a poco estaban más lejos de la mía. El grupo de amigos íntimos casi se había disuelto. Tenían novias con las que pasar la Nochebuena o familias con las que celebrarlas, abrir regalos y beber ponche y empacharse de nata, ron y huevos hasta caer redondos en la cama. ¿Qué iba a hacer yo? ¿Pedir comida china? ¿Salir a correr en el parque vacío y gélido? ¿Comprarme algo especial y envolverlo para abrirlo yo solo el día de Navidad por la mañana? Como para sacar los violines, lo sé, pero aun así...

Cualquier cosa parecía mejor.

Hasta Iowa, con Isabel.

Una vez más estaba... encariñándome con ella. Había conseguido apartar de mi mente todo ese incidente de Val espiándonos en su dormitorio. O casi.

Poco menos que me alegré de verla. Era valiente a su manera chiflada. Siempre estaba preparada para lo que fuera. Y estaba enamorada de mí, también de una manera chiflada. Si estaba loca, un par de días con su madre en la casa de su niñez me ayudaría a entender hasta dónde llegaba la locura. O por qué. O si no lo estaba. Yo nunca había estado en el Medio Oeste. Isabel comentó que su madre era una gran cocinera. Sería una extraña aventura de poco nivel y poco vuelo. Muy poco nivel y muy poco vuelo. Nada que ver con Saint Bart. Pero, aun así, algo diferente.

Se me ocurrieron montones de explicaciones, y todavía no me explicaba por qué había respondido que quería ir, por qué había comprado el billete. Llegaría dos días después que Isabel para dejarle tiempo para estar con su madre.

Le compré una pulsera de alambre de plata en Tiffany. Tal vez fuera esnob, pero sabía que la pequeña caja azul de Tiffany causaría una gran impresión en Iowa. La pulsera era muy sencilla, escueta. Nadie en su sano juicio la confundiría con la joya que uno compraría a la chica con la que piensa prometerse. Era más bien lo que un jefe regalaría a su secretaria por quedarse trabajando hasta tarde sin quejarse. Isabel no era de las que consultaría en la página web de Tiffany el listado de joyas de las más baratas a las más caras. La pulsera figuraba entre las primeras.

Pero había algo más: me imaginé lo bien que quedaría la pulsera en la delgada y pálida muñeca de Isabel.

Le pregunté a Charisse, la decoradora de Val, qué podía comprar a una señora de Iowa, un detalle para la casa, algo bonito pero no demasiado personal, neutral. Charisse encargó en el Museo de Arte Moderno un juego de salvamanteles individuales tejidos en malla plateada con un diseño geométrico: pequeños rectángulos que brillaban en distintos tonos plateados. En la bolsa estaban las iniciales MOMA y me cabía perfectamente en la bolsa de mano.

Seguí todos los pasos, como si fuera un chico normal que va a visitar a la madre de su novia en unas Navidades normales. Pero yo no era ese tipo e Isabel no era esa chica. No eran esa clase de Navidades.

No tenían nada que ver.

Val Morton estaba en Saint Barts. ¿Estaría hablándole a Heidi de mí? ¿Qué dirían?

¿Se enfadaría si cargaba a la Fundación un billete en clase preferente? Probablemente no si hacía algo sexual con Isabel y luego se lo contaba.

No importaba. Cargué el billete como gasto de empresa.

Volar en clase preferente era otro motivo por los que no quise viajar con Isabel, que volaba en tercera. Habría sido incómodo. En un vuelo corto a Iowa los asientos de clase preferente solo eran unos centímetros más anchos, y un poco más blandos y más mullidos que los de tercera. Pero valía la pena que la azafata pasara antes de despegar con champán y zumo de naranja.

La azafata era joven y bastante sexy. Pero me controlé. Era Navidad. No era un cabrón integral, o no del todo.

Tomé una copa de champán en cada mano.

—Alguien va a celebrar una feliz Navidad —dijo la bonita azafata.

—Aunque muera en el intento.

—Brindaría por eso —respondió ella—. Si no estuviera trabajando.

Isabel

Algo había cambiado. Mi madre estaba diferente.

Yo llevaba años yéndole detrás para que se hiciera algo en el pelo, que se había convertido en una mata de paja grisácea recogida en un moño tirante en la nuca. Me metía con ella diciéndole que compraba donde las maestras, dondequiera que fuera.

Ella me respondía que ya le gustaría verme cuando tuviera sus años e intentara encontrar algo lo bastante decente y cómodo que no realzara demasiado los lugares problemáticos que no habían tenido nada de problemáticos a mi edad.

En el aeropuerto buscaba a una señora con el pelo gris y vestida con anorak, falda larga y botas, y tal vez el gorro de lana peruano que le habían regalado unas Navidades en su club de lectura. Así que tardé unos momentos en reconocer a la mujer atractiva y estilosa con el pelo con un matiz rubio y secado a mano, un abrigo azul marino largo con capucha y unos guantes rojo intenso. Tal vez si hubiéramos hablado por Skype, habría sabido qué esperar, pero mi madre no lo soportaba (decía que no le gustaba cómo se veía en la pantalla), así que nos comunicábamos a la antigua, por teléfono. Y a veces con mensajes de texto.

—¡Mamá, estás guapísima! —exclamé mientras nos abrazábamos. ¡Cuánto me alegraba de verla! ¡Y qué increíble era abrazar!

—Tú también, cariño —dijo ella, aunque la había visto fruncir ligeramente la frente al verme en la sala de llegadas de nuestro pequeño y anticuado aeropuerto. ¿Había cambiado yo también de algún modo que su infalible radar de madre no había pasado por alto? ¿Cambiado para peor y menos saludable? ¿Qué veía ella que yo no veía?

Al menos el aeropuerto no había cambiado: un quiosco, una cafetería que servía desayunos todo el día, y su especialidad, filete de pollo frito. Qué increíble que un local así pudiera continuar allí... ¡o donde fuera!

Miré por la ventana de la cafetería y vi a la camarera que servía café. Mamá la saludó con la mano y ella le devolvió el saludo. Hacía años que se conocían, décadas en realidad; desde que mi madre trabajó allí, recordé de pronto. La cafetería del aeropuerto era el primer lugar donde había trabajado. La culpabilidad me invadió, y me obligué a no pensar en Matthew y en el restaurante del que me había ido sin pagar. Basta, me dije. Nueva York está lejos de Iowa, en todos los sentidos. Nueva York es peligroso, como dice mi madre, pero no en el sentido que ella se cree.

De todos modos, en esos momentos me encontraba en Iowa. Estaba a salvo allí con ella.

—Tu pelo. Tu abrigo... De verdad, estás increíble.

Mi madre se sonrojó.

—Ya te dije que tenía buenas noticias.

Estaba claro que había conocido a alguien. Mis sospechas eran correctas.

—De acuerdo. ¿Quién es él? ¿Cuándo lo voy a conocer?

Mi madre no se andaba con remilgos.

—El día de Navidad. Vendrá a comer. Tu amigo ya llevará un par de días aquí y habré tenido oportunidad de conocerlo.

Y antes de que venga tu amigo, tú y yo habremos tenido tiempo para pasarlo bien juntas y ponernos al día.

—Te quiero, mamá.

—Vámonos a casa y empecemos ya. Seguramente tenemos tanto que contarnos que no pararemos hasta que llegue aquí tu Matthew.

¿Mi Matthew? Oh, si ella supiera... Pero no quería que ella supiera. Le dejaría pensar que era mío.

Si en algo no se equivocó fue en que empezamos a hablar durante el trayecto en coche y ya no paramos. Le hablé de Steve. Logré que toda la historia pareciera más graciosa de lo que era, y mientras la hacía reír con mis descripciones de la decoración estilo hospital y de las batas blancas de cirujano que llevábamos, empecé a pensar que tal vez *era* graciosa. Tal vez no había visto el humor. Me había tomado todo demasiado en serio. Podía empezar de nuevo, esta vez con una actitud mejor. Encuéntrale la gracia, ríe y sigue adelante.

Cuando le hablé de todas las horribles audiciones, y de cómo los directores de casting ni siquiera intentaban ocultar el aburrimiento y la falta de interés, ella se quedó genuinamente horrorizada de que hubiera gente tan grosera. Viéndolo a través de sus ojos, casi dejó de ser algo personal y empezó a parecer una grosería propia de personas groseras. Eso es lo que se acostumbraba a hacer en otra sociedad que se encontraba muy lejos de aquella en la que yo había crecido. Había pasado los primeros años de mi vida en un lugar donde la gente continuamente se esforzaba por hacer sentir *mejor* a los demás. Y ahora había vuelto a él.

Mi madre era muy querida en el departamento de lengua y literatura inglesas donde trabajaba, y aunque a menudo surgían enemistades entre los profesores, ella siempre se mantenía al margen. De algún modo logró contarme las intrigas, las conspiraciones y las traiciones sin parecer chismosa ni maldiciente, con un simple tono de asombro que venía a decir: Mira en qué líos se mete la gente. Cómo pueden comportarse de un modo tan necio las personas más inteligentes.

Aparcamos delante de la casa estilo rancho gris pálido de tres habitaciones que era el lugar que yo más quería en el mundo. ¿Cómo podía haberme olvidado de lo mucho que lo quería?

Titubeé en el porche, donde siempre se habían amontonado los trastos de la casa hasta que nos decidíamos a tirarlos. Ahora estaba barrido y ordenado por primera vez que yo recordara. ¿Había metido mi madre a ese hombre en casa? ¿Estaría distinta por dentro, sin espacio para mí? Una oía continuamente historias de alguien que volvía a casa y se encontraba con que su madre había convertido su vieja habitación en una sala de costura, o se la había cedido a su nuevo hermanastro.

Me emocioné mucho al ver que la casa seguía tal como la recordaba: las alfombras de nudos ligeramente gastadas, la mesa redonda de roble, las sillas victorianas de respaldo alto. Los cómodos y tronados sofás llenos de bultos tras décadas de holgazanear y leer en ellos.

Miré la foto enmarcada de mi atractivo padre, y de mi madre y mi padre juntos de jóvenes. Sabía que una de las fotos de mi padre la habían tomado unas semanas antes de que perdiera la vida en el accidente de coche. Estaba de pie diciendo adiós con la mano, apoyado en la minifurgoneta Dodge azul en la que moriría.

El salón estaba igual que siempre pero más ordenado. ¿Había limpiado mi madre para mí... y Matthew? ¿O siempre estaba así de arreglado últimamente? ¿Tenía algo que ver con la persona misteriosa que iba a conocer el día de Navidad?

—Creo que voy a ir a mi habitación. Te veo dentro de un rato.

Nada había cambiado en mi dormitorio. En la estantería seguían todos mis viejos libros del instituto, entre ellos los ejemplares subrayados de las obras de teatro que había interpretado. Junto con mis animales de peluche, una foto dedicada de Elvis Costello y polaroids tontas con mis amigas en varios lugares de vacaciones. ¡Qué jóvenes y felices éramos! La mayoría de ellas estaban en la universidad o casadas. En la actual situación de inseguridad en que yo vivía sabía que no me vería con fuerzas de buscarlas.

Apagué la luz y me tumbé en la cama, y desapareció absolutamente todo: las audiciones humillantes, las aburridas tardes en Doctor Sleep, las horas y los días esperando que Matthew me llamara. Inmersa en ese estado de duermevela, volvía a sentirme como una niña, arropada y a salvo. Pensé en Matthew, en lo que había hecho con él, y no tuvo ningún efecto en mí. Allí no tenía control sobre mí. Yo era la persona que solía ser, la chica fuerte e independiente que había sido antes de conocerlo.

Había una cosa más que quería comprobar, algo que me hacía sentir en *casa*. Me levanté y fui al cuarto de baño, y aparté la cortina de la ducha, casi con violencia, como si esperara sorprender a un intruso escondido en la bañera. Pero en realidad buscaba las bonitas calcomanías de animalitos que mi madre había pegado en las paredes hacía mucho tiempo. Habían logrado resistir, aunque un poco peladas, pese a tantos años de agua caliente y vaho.

Cuando era pequeña había tenido una extraña fobia al agua durante un par de años. Nunca quería bañarme y solo de mala gana accedía a ducharme. De modo que mi madre concibió un plan. Salió y compró todas esas calcomanías de patos, conejos y monos. Cada vez que me duchaba, pegaba una en las paredes de azulejos, hasta que casi no hubo espacio sin cubrir.

De pronto temí que, con su programa de limpieza, mi madre se hubiera deshecho de mi caótica colección de animales que cubría las paredes de la ducha. Pero allí estaban los alegres patitos, los conejos comiendo zanahorias y los monos agarrando plátanos, los restos de mi niñez que sabía —o esperaba— que nunca cambiaran.

Otra cosa que no había cambiado era lo fácil que era hablar con mamá. A un desconocido que nos observara, nuestra conversación le habría parecido una partida de ping-pong a cámara rápida, con la pelota yendo y viniendo mientras hablábamos de libros que habíamos leído, de música que habíamos escuchado o de películas que habíamos querido ver, pues viviendo en una pequeña ciudad en su caso y teniendo que pagar lo que costaba una entrada de cine en Nueva York en el mío, ninguna de las dos habíamos visto la mayoría de las películas de las que habíamos oído hablar. También discutíamos de política: nacional, local y mundial. No había nadie más —ni Marcy ni Luke, ni desde luego Matthew, ni evidentemente Steve— con quien pudiera hablar de un modo tan relajado y con tanta confianza.

Luego me preguntó por Matthew.

Le conté que lo había conocido cuando entró en la tienda para comprar un colchón. Temí dar demasiada información por si me sonrojaba y me delataba. Pero logré que sonara normal. Después de todo, en Nueva York las mujeres solteras siempre estaban saliendo con hombres que conocían en el trabajo...

Mientras se lo contaba, ella preparaba uno de mis platos favoritos —berenjenas con parmesano—, y yo, sentada a la mesa de la cocina, le hacía de pinche, cortando y troceando los ingredientes como tantas veces había hecho en el pasado.

—¿Y lo hizo? —me preguntó mi madre.

—¿Si hizo qué? —Apoyé el cuchillo en la mesa. Me temblaba tanto la mano que no me fiaba de mí.

—¿Compró el colchón?

—Sí. Uno caro.

—Entonces ya nos gusta —respondió mi madre, riéndose.

—No lo sé. Me gusta... pero tengo muchas dudas. Estoy deseando que lo conozcas. Me muero por saber tu opinión.

—Seguramente soy la última persona a la que deberías preguntar. Tengo prejuicios. Soy tu madre. —Se volvió hacia mí, me cogió con delicadeza el cuchillo de la mano y lo dejó en la mesa, y me apretó el dorso de la mano en la mejilla.

—Estás un poco febril. ¿Te encuentras bien?

—Estoy bien, de verdad.

—Eres mi única hija. Nunca querré a nadie como te quiero a ti.

¿Me estaba recordando lo importante que yo era para ella? ¿O también lo decía para que no tuviera celos cuando conociera al hombre que la había impulsado a comprarse ropa nueva, arreglarse el pelo y poner la casa... presentable?

Cada una iba a tener que abrir mucho el corazón para dar cabida al hombre que había conquistado a la otra. Al hombre que quería que la otra aprobara.

Había contado con que mi madre me dejara el coche para ir a recoger a Matthew al aeropuerto y tener así algo de tiempo para ponerlo en antecedentes, prepararlo para lo que le esperaba y calibrar el estado de ánimo con que venía. Si estaba de humor, tal vez podríamos dejar la carretera y llegar hasta el acantilado donde solían ir a hacer el amor los estudiantes de instituto. Yo había pasado mucho tiempo allí rechazando a chicos que querían hacerlo, y ahora estaría llevando a uno expresamente para eso.

Estaba obsesionada con dónde y cómo conseguir enrollarme con Matthew. Siempre había sido él quien decidía qué hacíamos y cuándo. Esa decisión nunca había dependido de mí en Nueva York. Pero él aquí era un forastero, pensé. Tal vez me tocara a mí tomar la iniciativa.

De todos modos, a mi madre le había vencido el seguro del coche, y cuando renovó la póliza, sin querer (afirmaba) o a propósito (sospechaba yo) me había quitado como conductora asegurada. ¿Por qué iba a querer pagar de más para incluir a una hija que se había ido de casa y nunca estaba allí?

Así que ahí estábamos las dos, esperando en el aeropuerto como una especie de comité de recepción. Pobre Matthew.

Pero el «pobre Matthew» parecía muy seguro, guapo y confiado cuando apareció en la puerta de llegada con una cazadora azul con muchos bolsillos y una gran bolsa de cuero colgada del hombro. De hecho, se le veía tan fresco y poco afectado por el vuelo que pensé: Ha volado, cómo no, en clase preferente. No me extraña que insistiera en que viajáramos por separado. Habría sido muy violento, él en primera y yo en tercera.

Yo estaba pegada a mi madre, y cuando Matthew me saludó con la mano y ella se dio cuenta de quién era al ver cómo devolvía yo el saludo, noté que cambiaba de postura —irguiéndose un poco, metiendo la barriga o levantando la barbilla— como cualquier mujer que está o se dispone a estar en presencia de un hombre extraordinariamente guapo. Hasta mamá, que había estado tantos años sin pareja, se quedó visiblemente afectada, y clavó los ojos en mí y me observó atentamente cuando me puse de puntillas para dar un beso a Matthew en la mejilla.

—Mamá. Te presento a Matthew. Matthew, mi madre. Glenda.

Mamá le tendió una mano con cierta rigidez. Matthew se la estrechó, luego se inclinó y la besó en la mejilla; prácticamente el mismo beso neutral que yo le había dado a él. Ella estaba aturdida, pero noté que se quedaba contenta.

—Glenda. La bruja buena del este —comentó él—. Lo habrás oído antes.

—La bruja buena del Medio Oeste —respondió mi madre, que era lo que siempre decía cuando no quería avergonzar a alguien que había dicho algo tan trillado.

Matthew me rodeó con un brazo e intercambiamos dos castos besos más. Quizá mi madre pensó que estábamos conteniéndonos y portándonos bien porque ella estaba delante. Pero así era como siempre nos saludábamos en público, y a veces también en privado.

Vi cómo Matthew miraba a mi madre. No tenía forma de saber que esa mujer razonablemente elegante era la misma persona que el adorable espantajo sin gracia que yo había visualizado todo el tiempo que había estado lejos de casa. Debía de creer que siempre había tenido ese aspecto. ¡Qué poco sabía de mí, realmente!

Para el trayecto de vuelta, me senté en el asiento trasero del coche y dejé que Matthew viajara de copiloto. Los trigales empezaban a los pocos kilómetros del aeropuerto, y lo vi contemplar el paisaje desnudo y ondulado, cubierto ya de nieve.

—Es precioso —dijo. ¿Lo pensaba de verdad?

—Eso nos parece a nosotros. No gusta a todo el mundo. Creo que no tiene todas las luces, el brillo y la emoción que Isabel y tú disfrutáis y probablemente dais por hecho en la gran ciudad. Pero nos encanta. Es nuestro hogar.

Isabel y tú. Mamá creía que éramos pareja. Ya me gustaría. Estaba deseando echarme hacia delante y alborotarle el pelo, o apretarle el hombro o hacer cualquiera de los pequeños gestos que habría hecho una chica para tranquilizar a su novio, sentado al lado de la madre a la que acaba de conocer. Pero yo no podía hacer nada de todo eso. No éramos una pareja en el sentido tradicional del término. No era así como nos tratábamos. Lo nuestro no eran los gestos de afecto y apoyo.

—Es muy relajante. Tranquilo. Todas esas brillantes luces de la gran ciudad pueden cansarte al cabo de un tiempo.

—Supongo. Aunque imagino que todavía es bastante nuevo para Isabel.

Basta, mamá, pensé. Tenía buena intención, como siempre, pero hablaba de mí como si todavía fuera una niña.

La conversación se agotó. Mi madre conducía (como siempre, en el carril lento) por la interestatal, y los campos cubiertos de nieve se sucedían a nuestro lado.

—Es casi como el mar —señaló Matthew.

No me podía creer lo que se estaba esforzando.

—Eso dicen —respondió mi madre. Después de otro silencio, añadió—: ¿No te echarán de menos tus padres en estas fiestas?

¿Qué le pasaba? Le había contado que los padres de Matthew habían muerto. Recordaba perfectamente cómo había chasqueado la lengua, compasiva. Pobrecillo, huérfano. Pero debía de haber estado tan distraída que se había olvidado.

Me había callado a propósito que Matthew tenía un hermano del que nunca hablaba. Eso habría dado pie a demasiadas preguntas para las que no tenía respuestas.

Me había intrigado su hermano, Ansel, desde que él lo había mencionado. Pero cada vez que tanteaba el tema, veía que se ponía tan tenso que lo dejaba correr.

—No somos muy dados a las celebraciones familiares —respondió él.

Al menos mamá tuvo la prudencia de no preguntarle si tenía hermanos. Los dos se estaban esforzando. Después de todo, no tenían nada en común aparte de mí.

Observé la nuca y los hombros de Matthew buscando una reacción mientras nos metíamos en el camino del garaje de mi querida casa gris.

—Qué casita más encantadora —comentó él.

Le lancé una mirada, pero mamá no pareció fijarse en el diminutivo.

—Hogar, dulce hogar —respondió ella.

En la puerta hubo un incómodo atasco. Matthew retrocedió para dejar pasar a mamá, y yo, que estaba distraída, no me di cuenta y choqué contra la espalda de él. Bastó ese pequeño contacto físico —accidental, breve, con toda la ropa puesta y un abrigo grueso encima— para que sintiera ese fuego familiar y recordara todo. Fue como si estuviéramos desnudos.

Una vez más me dije que era importante no pensar en todo lo que había hecho con Matthew, empezando por aquel día en Doctor Sleep, luego encerrados en el cuarto de baño de Val, en el dormitorio de Brooklyn Heights y sentada a su lado durante la obra de *El rey Lear*. En cuanto esos recuerdos acudían a mi mente, hacía un esfuerzo por apartarlos. Aun así, no dejaba de sorprenderme que gran parte de nuestra interacción sexual hubiera estado extrañamente relacionada con Val Morton. ¿Estaba siendo paranoica? Solo en ese momento comprendí cuánto temía y desconfiaba de ese hombre. En cuanto pensé en él, la excitación sexual que me provocaba Matthew se apagó, al menos un poco, y me sentí a la vez preocupada y en control.

¿Por qué temía a Val? No había hecho nada más que espiar. Era el jefe de Matthew. Se había portado bien con él.

—Deja que te enseñe tu habitación —le dijo mi madre a Matthew.

Me dejé caer en uno de los sofás de la sala, agradecida y nerviosa. No tenía ningún interés en mostrarle su habitación, en el otro extremo de la casa respecto a la mía, lo que lo obligaba a pasar por delante de la de mi madre. Esta utilizaba el cuarto de huéspedes como despacho, pero había una cama individual cómoda. No haríamos nada allí, de eso estaba segura. Pero ¿cuándo habíamos hecho algo como personas normales en una cama normal?

Temía volver a encontrarme fuera de una habitación con él, mirando una cama. Nos recordaría, o al menos me recordaría a mí, todo lo ocurrido.

Seguía sin tener ni idea de lo que Matthew pensaba de mi madre o de nuestra casa. La verdad es que nunca sabía lo que le rondaba por la cabeza. La única persona impenetrable para mí era la que más anhelaba comprender.

Si uno quería meterse a hurtadillas en la habitación del otro tenía que cruzar la sala y pasar por delante de la puerta de mi madre. Tomé mentalmente nota de advertirle a Matthew que mamá tenía el sueño muy ligero. Si queríamos estar juntos era mejor esperar a que ella saliera de casa. Mejor dicho, si él quería. Siempre había sido él quien tomaba la iniciativa.

Cuando me fui de casa era una chica inocente, una buena chica, y había vuelto convertida en una obsesa sexual que no podía pensar en nada más que en el sexo. Pero ser obsesa sexual no parecía tan malo como ser tan pasiva y débil de carácter que solo podía esperar sumisamente a recibir alguna señal de Matthew. No me gustaba esa faceta de mí misma, y sabía que mi madre también la habría desaprobado de haberla conocido. Había crecido con *Free to Be You and Me* y *Ellas dan el golpe*. Y luego con *Thelma y Louise*. Ella siempre me había inculcado que podía ser tan fuerte, poderosa y resuelta como cualquiera de los chicos de mi clase. «No dejes que te intimiden o te presionen. Plántales cara. Siéntete orgullosa de ser mujer.»

¿De qué tenía miedo?

De perder a Matthew, supongo. O de no volver a tener relaciones sexuales con él.

No sabía qué debía temer ni cuáles eran los verdaderos peligros.

Mi madre se puso a preparar la cena en cuanto Matthew salió de la ducha. Bistec con patatas, una auténtica comida de

Iowa, dijo, mientras nos servía una copa de un vino tinto sorprendentemente bueno. Debía de haber tirado la casa por la ventana, pensé, y luego recordé que el día de Navidad por la mañana íbamos a conocer a su nuevo novio. O al menos la persona que la había persuadido de sofisticarse.

Mamá hizo señas a Matthew para que se sentara a la mesa de la cocina. Era un rincón muy agradable, con la lámpara brillando sobre nosotros mientras yo pelaba patatas, él bebía vino y mi madre sofreía las cebollas.

—Tengo entendido que trabajas para Val Morton —fue lo primero que dijo mi madre.

—Por el momento.

¿Por el momento? ¿Corría peligro su trabajo? Me había comentado que Val se comportaba de una forma extraña últimamente, pero no parecía preocupado. ¿Había decidido dejarlo y probar algo distinto? ¿Le habían ofrecido otro empleo?

¿Por qué no me lo había dicho a mí? Ya había visto eso a menudo en el pasado: mi madre tenía la habilidad de sonsacar información personal a los demás. Cosas que no solían contar. Como yo, era intuitiva. Yo debía de haberlo heredado de ella.

—¿Por el momento? —preguntó mamá.

—Nunca se sabe —respondió Matthew.

—¿Te gusta el trabajo?

—Es estresante, pero la mayoría de las veces resulta divertido, y tiene muchos incentivos. A través de él conocí a Isabel. Básicamente gracias a Val Morton. Conocer a Isabel es lo mejor que me ha pasado en este trabajo.

Habría pensado que mi madre era demasiado lista para tragarse semejante cursilada, pero vi cómo el suave y halagador modo de hablar de Matthew surtía efecto. Debería haberme alegrado de oír esas palabras de boca de él, pero volví a asustarme. ¿Qué tenía que ver Val con el hecho de que nos conociéramos él y yo? ¿Cuánto habían planeado juntos? ¿Cuánto le contaba Matthew? ¿Por qué Val se había callado que nos había visto desde la puerta? Todas esas preguntas preocupantes regresaron.

—¿Cómo os conocisteis? —preguntó mi madre, aunque yo recordaba claramente que le había contado una versión de los hechos. Había omitido la parte de mis primeras incursiones en internet a través de la aplicación de citas. Recé para que Matthew lo leyera en mi mirada.

—Comprando un colchón para mi jefe y su mujer. —No titubeó.

Me levanté de la mesa y me acerqué a la nevera. No buscaba nada en particular, pero necesitaba algo de aire fresco. Supongo que podría haber salido de la casa, pero no quería perderme una palabra de la conversación entre Matthew y mi madre.

—Supongo que esa es la clase de cosas que solo suceden en la ciudad.

—Y solo si tienes suerte —apuntó Matthew.

Mi madre se volvió y me sonrió radiante: qué chico más agradable había llevado a casa.

Matthew alquiló un coche. Mi madre estaba de vacaciones, pero él insistió en que no quería abusar de su hospitalidad. Acabó con un pequeño Ford Mustang rojo, el más deportivo que tenían en el aeropuerto, y en las tardes frías y despejadas de Iowa dábamos paseos en coche. No había gran cosa que enseñarle, ya que no había muchos lugares de interés. Pero lo llevé a la colonia amish que no quedaba muy lejos, y disfrutamos de una deliciosa comida en un bufet libre, con la mesa hasta arriba de carne con patatas, y conservas y encurtidos caseros. En el trayecto de regreso los dos nos quejamos y nos reímos de lo llenos que estábamos.

Lo primero que pensé fue que había alquilado el coche para que pudiéramos tener rollo en algún lugar cercano a mi casa, un magreo furtivo a un lado de la carretera. Pero estaba claro que no quería eso. Una vez que le recorrí sugerentemente (esperaba) la columna vertebral con un dedo, me apartó la mano con delicadeza y dijo: «Dejémoslo para más tarde».

Era lo que había estado diciéndome casi desde el día que lo había conocido. Me pregunté a qué esperaba, y de nuevo irrumpió en mi mente la imagen de Val Morton. ¿Era posible que él tuviera que indicarle cuándo podía tener por fin relaciones sexuales conmigo? Pero ¿por qué se me ocurría pensarlo siquiera? ¿Tenía todavía ese don instintivo de saber lo que la gente pensaba y sentía? El tiempo que llevaba con Matthew me había estropeado ese sensor, y ya no me fiaba de él o no creía siquiera tenerlo aún.

Mientras tanto, Matthew, mi madre y yo adquirimos una especie de rutina. Desayunos tardíos y largas sobremesas al mediodía. Era como si nos estuviéramos convirtiendo en una extraña familia de tres miembros, con una broma familiar: la identidad de la persona que íbamos a conocer el día de Navidad. Matthew y yo le tomábamos el pelo con eso, pero ella no soltó prenda. Decidí que ella y la persona misteriosa debían de haber hecho un trato de no llamarse. Si mi madre hablaba por teléfono con él, debía de ser cuando salía de casa. A veces me preguntaba: ¿Estará casado? Los hombres casados que tenían aventuras no solían escoger a mujeres como mi madre, pero a lo mejor estaba siendo injusta. Tal vez lo que el tipo necesitaba era precisamente a mi bondadosa y decente madre. Una vez hasta se me pasó por la cabeza que no existiera. Contemplé que a mi madre se le estuviera yendo la olla y que el novio inexistente fuera el primer indicio de que se estaba desmoronando.

Lo convertí en un juego de adivinanzas. ¿Lo conozco?

—No —respondió mi madre—. Creo que no. Pero... puede que hayas coincidido con él alguna vez.

Una noche Matthew preguntó si podía cocinar, y preparó la carne con verduras que me había ofrecido en su apartamento. Parecía haber transcurrido tanto tiempo desde esa tarde en que robé el solomillo de All Foods y casi nos pilló la cajera, o eso pensé yo... Casi me convencí a mí misma de que no había sucedido en realidad, que formaba parte de un sueño de la vida que llevábamos en Nueva York.

En solo unos días, *esa* era nuestra vida real: las horas tranquilas que pasábamos en esa pequeña casa de Iowa, viviendo casi como hermanos, una relación incestuosa con un pasado sexual y una rara atracción que, por mucho que la ignoráramos o fingiéramos que no existía, palpitaba por debajo de todo.

Por las noches nos sentábamos en el sofá con mi madre entre los dos y comíamos palomitas mientras veíamos vídeos en *streaming* en el gran televisor de pantalla plana, la gran concesión que mi madre había hecho a la electrónica moderna.

A veces no nos decidíamos por ninguna película, así que nos turnábamos para escoger. Yo esperaba que a Matthew le gustaran las comedias picantes de despedidas de solteros donde todo se torcía, pero me sorprendió. Le encantaban las películas antiguas en blanco y negro, westerns, thrillers policíacos o historias *noir*, películas hechas antes de que ninguno de los tres hubiéramos nacido. Matthew siempre me sorprendía, y cada sorpresa era un pequeño tirón en el corazón, una pequeña grieta en el muro protector y defensivo que había estado intentando levantar entre los dos. Habíamos tenido relaciones sexuales o algo parecido, pero estos pequeños descubrimientos —la comida que le gustaba, lo que pensaba del paisaje de Iowa— nos unían más que todo lo que había hecho con mi cuerpo.

Hacía que sintiera, y que temiera, estar enamorándome de él. Pero ¿de qué valía un amor así? Durante meses habíamos tenido sexo sin amor, y ahora parecía que teníamos amor sin sexo. Todas las mañanas me ponía la ropa interior más provocativa con la esperanza de que encontráramos la manera de estar juntos y que él me tocara de esa forma que me predisponía a hacer lo que me pidiera. Lo que quisiera. Pero sus caricias eran amistosas y cariñosas. Por las noches me quitaba la ropa interior y me ponía los largos camisones de franela que todavía tenía en la cómoda.

En general estaba divirtiéndome y pasándolo bien. Me gustaba estar en casa con Matthew y con mi madre. Y al mismo tiempo esperaba que ocurriera algo más.

Entre los tres adornamos el árbol. Yo me subí al peldaño más alto de la escalera y esperé a que Matthew me pasara el ángel para colocarlo en la punta. Su mano se encontró con la mía y no se apartó. Me acarició la yema de los dedos cuando el ángel pasó del uno al otro.

Sabía que no eran imaginaciones mías, la electricidad que había estado chisporroteando entre nosotros desde el día que había llegado él.

Algo iba a pasar.

Ocurrió el día de Navidad por la mañana. Mi madre nos había hecho prometer que no abriríamos los regalos sin ella, de modo que nos quedamos en nuestras habitaciones, esperando oírla trajinar. Me daba un poco de vergüenza que Matthew me viera con mi vieja bata rosa, pero la había llevado durante tantas mañanas de Navidad que se había convertido en una tradición, y temí que mi madre se llevara un chasco si aparecía vestida o con otra prenda. Matthew apareció con unos pantalones de chándal y una camiseta gastada; se le veía guapo, fuerte y sexy. Y mi madre llevaba una bata igual que la mía.

Yo temía que nos viera juntas e hiciera la conexión inevitable: en no tantos años, yo sería como mi madre: mayor, gruesa alrededor de la cintura y nada sexy, pero aun así encantadora, yendo arriba y abajo por la sala de estar para asegurarse de que todo estaba listo.

¿Qué había de malo en eso?

Como siempre, mi madre y yo nos sentamos al pie del árbol para abrir los regalos. Matthew se sentó a nuestro lado.

Nos turnamos para abrirlos. Yo empecé por el de Matthew, que —mi madre y yo no pudimos evitar fijarnos— venía en una caja de Tiffany.

—Dios mío, es preciosa.

Lo era. La fina y delicada pulsera de plata era perfecta. Yo misma la habría escogido, si hubiera tenido el dinero. No quería ni pensar en lo que le había costado; de Tiffany, nada menos.

—Póntela —me dijo él.

Me subí la manga de la bata y me la deslicé en la muñeca.

—Es muy bonita —comentó mi madre.

Matthew me tomó la mano y, a la vista de ella, me besó la muñeca justo por encima de la pulsera. Me alegré de estar sentada en el suelo porque me sentí tan débil de deseo que me habría caído.

—Feliz Navidad a los dos —dijo mi madre. Le encantaba que Matthew fuera cariñoso, y no es que estuviéramos haciendo el amor en su presencia.

Ahora le tocaba a mi madre, y abrió el regalo de Matthew. Unos manteles individuales preciosos y elegantes en malla plateada, con un diseño abstracto de pequeños rectángulos. Ella los acercó a la luz, que se reflejó deslumbrante en la malla. Emocionada como una niña, los llevó a la mesa de comedor. Puso los ocho y luego quitó cuatro.

—Para más tarde —dijo, recordándonos que en unas pocas horas conoceríamos a la nueva persona que había entrado en su vida.

Mi madre abrió el regalo que yo le había comprado, un pañuelo de seda de un naranja oscuro; había cortes en la tela, delicados tajos que recordaban los muñecos y copos de nieve que hacían los niños con papel.

Ella me dio un talón por valor de quinientos dólares (no hizo falta que se lo enseñara a Matthew) y el recibo del pedido de una manta preciosa y calentita que llegaría a mi piso de Brooklyn la semana siguiente.

—Felices sueños, cariño —dijo mi madre, dándome un beso. Yo le di un fuerte abrazo.

—Gracias.

Ella le había comprado a Matthew unos guantes de cuero negro muy bonitos. Estaban hechos de una piel italiana finísima y le encajaban a la perfección. Quedaban muy bien en sus fuertes y largas manos. Mientras se los probaba no pude evitar imaginar que me tocaba con ellos puestos, los lugares íntimos en los que me acariciaría, y la sensación tan deliciosa y excitante que sentiría. Me perdí allí mismo en mi fantasía erótica hasta que oí la voz de mi madre:

—Isabel, cariño, ¿estás bien? Parece que nos has dejado un momento. Y estás agitada.

¡Qué vergüenza! Noté que me sonrojaba. Miré a Matthew a hurtadillas, convencida de que sabía lo que había estado imaginando. Él me guiñó un ojo, aunque cualquier otra persona lo habría visto como un gesto amistoso para expresar lo contento que estaba con sus guantes nuevos.

—Unos guantes preciosos. Quedan como un...

Todos nos reímos... algo incómodos, me pareció.

Por fin le tocó a Matthew desenvolver mi regalo. Al instante me di cuenta del error garrafal que había cometido. Había comprado sus regalos antes de saber que vendría a casa, creyendo que estaríamos los dos solos. Me había imaginado mirando los libros juntos y... La boba de mí no había contado con que mi madre estuviera allí delante, mirándonos. Al menos no le había comprado nada que hiciera referencia a nuestra vida secreta o que cualquier *otra* persona pudiera relacionar con ella.

En el paquete grande había tres libros. El primero que sacó era un ejemplar de *El rey Lear*, una vieja edición que había encontrado en la librería Argosy, con extraños y potentes grabados hechos con planchas de madera de la década de 1930.

—¡*El rey Lear*! —exclamó mi madre—. Qué magnífica obra literaria. Es una de esas tragedias de Shakespeare con la que uno envejece. Cuando era joven me pareció triste. Supongo que me identificaba con Cordelia. Pero con los años me parece casi insoportablemente triste...

—Gracias —me dijo Matthew, sonriendo con picardía. Solo él y yo sabíamos...—. Isabel y yo vimos una representación de *El rey Lear*. Actuaban unos amigos suyos.

No pude mirarlo. Sí, le estaba regalando una bonita edición de la obra de Shakespeare, pero también era un recuerdo de lo que habíamos hecho juntos durante esa representación.

—Creo que Isabel me comentó algo —respondió mi madre—. Y es realmente bonito. Por lo que sé, hoy en día las parejas solo van a ver comedias románticas, protagonizadas sobre todo por Julia Roberts.

«No somos pareja», estuve a punto de decir, pero en el último momento me contuve.

—Por desgracia, Julia Roberts empieza a ser algo mayor para salir en ellas —dije.

—¿Cuál es entonces la nueva actriz joven y sexy? —canturreó mi madre. ¿Flirteaba con Matthew?

—Jennifer Lawrence —respondió él—. O Brie Larsen, quizá. Son guapas... aunque ni la mitad que Isabel.

Eso era demasiado. Se estaba excediendo. Vi a mi madre encogerse casi de forma imperceptible. ¿Se creía que era tonta? Pero se recuperó rápidamente.

—Dios mío. ¿De dónde has sacado a este hombre, Isabel? ¡Qué trofeo! Mira, Matthew, hay más libros en el paquete. ¿Qué más te ha comprado Isabel?

Cerré los ojos. Solo podía pensar en cuántos gilipollas indiferentes, manipuladores y básicamente inaccesibles en todo el país, y probablemente en el mundo entero, recibirían esa mañana de Navidad un ejemplar de *Poemas de amor* de Pablo Neruda de sus anhelantes, desesperadas y lamentables novias. Como yo. Cualquiera pensaría que me había ido a la librería más hortera y le había preguntado al dependiente más atontado: «Eh, ¿puede recomendarme el regalo de Navidad más sensiblero y patético?».

—¡Oh, es perfecto! —exclamó ella—. ¿Conoces esos poemas, Matthew?

—Me temo que no —respondió él.

Por supuesto que no, pensé.

—Los disfrutarás —dijo mi madre—. Un regalo encantador, Isabel. ¿Hay algo más bonito que regalar algo tan potente y hermoso a alguien que experimentará todo ese poder y belleza por primera vez?

Me sonrió, y al cabo de un rato Matthew también lo hizo. ¿Era su sonrisa la mitad de sincera siquiera? Mi madre le cogió el libro de las manos. Cuidado. Ya empieza, me dije.

Pasó páginas. ¿Sabía lo que buscaba? Era evidente que sí. Hacía años que había un ejemplar en casa y solo entonces se me ocurrió pensar que tal vez se lo había regalado mi padre. Antes de que yo naciera.

Antes de que él se muriera.

—«Si poco a poco dejas de quererme —leyó en alto—, dejaré de quererte poco a poco.»

Un frío extraño pareció bajar la temperatura del salón. Volví a mirar a Matthew, y me dio la impresión de que estaba... asustado. Me miró un instante, y luego apartó la mirada. ¿De qué tenía miedo? ¿Acaso tenía miedo de perderme? ¿De no tenerme en su vida? ¿De que su vida fuera mucho más vacía de lo que lo había sido antes? ¿O quizá tenía miedo de que yo hubiera descubierto algo de él que no quería que nadie supiera?

De pronto recordé la noche que me había presentado en casa de Matthew para proponerle salir a tomar algo con Luke y Marcy. Estaba segura de que había una mujer con él. Y sabía que estaría perfectamente sin mí. Me olvidaría en menos que canta un gallo. Y yo también tendría que olvidarlo, como escribió Neruda.

En mi recuerdo se convertiría en el tío que me había hecho hacer todas esas guarradas. Sería una historia divertida. Una historia que no podría contar a nadie... Me alegré de que mi madre parara de leer antes de que Neruda dejara claro que los amantes nunca se olvidan, que nunca dejan de quererse, que viven en los brazos del otro y que cada día es una flor. No parecía muy probable que Matthew y yo fuéramos a vivir abrazados. Pero nunca se sabía. Cosas más extrañas sucedían...

—Hay un libro más —señaló mi madre—. Y este parece gordo.

Recé. Que suene el teléfono. Que haya una cazuela al fuego. Que algo distraiga a mi madre de lo que está a punto de suceder.

Una vez más, nunca habría escogido ese regalo si hubiera caído en la cuenta de que mi madre estaría delante cuando Matthew lo abriera. Por otra parte, esos libros estaban en el límite de lo que podía gastar. No podía permitirme quedarme con ellos y comprarle otra cosa. Además, ¿qué iba a regalar a un hombre como Matthew en el centro comercial muerto de Iowa? Ni siquiera podía pedir algo por internet. No era seguro que llegara a tiempo en esa época del año...

Solo intentaba distraerme a mí misma. La cosa no iba de dinero, sino de que le había comprado un libro de dibujos eróticos de Egon Schiele.

Matthew lo hojeó. Yo sabía lo que estaba viendo. Cuerpos, penes, vaginas. Mujeres antes, durante y después del acto sexual; hombres y mujeres, mujeres y mujeres, parejas entrelazadas, mujeres posando en posiciones sugerentes.

Y allí estaba mi madre, mirando por encima de su hombro.

—Es... genial —murmuró él—. ¡Gracias! —Y nadie habló durante un rato.

—Schiele fue un gran artista —comentó mi madre, aliviando la tensión. ¿Cómo podría pagárselo?

—Muchas gracias, Isabel —me dijo Matthew—. Son los mejores regalos que me han hecho nunca..., sin contar los guantes de tu madre.

Se acercó y me dio un abrazo amistoso tan contenido que nadie imaginaría que yo acababa de regalarle una minibiblioteca sobre sexo. En realidad, sobre arte, amor y sexo, pero sexo, al fin y al cabo.

—¿Quién quiere más café? —Mi madre se apresuró a ir a la cocina antes de que pudiéramos ofrecernos a ayudarla o antes de que tuviéramos que decir algo más sobre los dibujos de Schiele.

Matthew tenía el libro abierto en un dibujo de una mujer con las piernas abiertas enfundadas en medias negras. Pasó la página y vimos a un joven masturbándose con los pantalones en las caderas. Una mujer con la cabeza apoyada en el regazo de otra mujer. Dos mujeres entrelazadas dormitando. Otra de rodillas, levantando el culo.

Me miró fijamente por encima del libro. Me escudriñó mientras yo lo miraba.

Oíamos a mi madre trajinar en la cocina. La puerta de la nevera abriéndose y cerrándose. El tintineo de tazas en una bandeja. En cualquier momento volvería. Matthew cerró el libro.

—Tengo una idea para Año Nuevo. Hagamos todo lo que pone en el libro.

En lo único que podía pensar yo era en que él tenía planes para los dos, para hacer cosas juntos. ¡Una idea para Año Nuevo! La perspectiva me dejó feliz.

—Chicos, café recién hecho —anunció mi madre.

Me sentía enferma de vergüenza y deseo a la vez, y casi extrañamente alegre. Como si hubiera recuperado mi vida, o al menos la promesa de una.

En cuanto llevamos los regalos a nuestras habitaciones y arreglamos la sala, mi madre nos comunicó que iba a estar fuera un par de horas. Se había olvidado de comprar algo. Todas las tiendas de nuestra pequeña ciudad estaban cerradas en un día festivo, así que tenía que ir en coche hasta un supermercado situado a dos pueblos de distancia. Me pregunté si pensaba quedar con el misterioso hombre perfecto. Tal vez quería darle instrucciones antes de que conociera a su hija y a su novio llegados de la gran ciudad.

Matthew se había ido a duchar, y yo estaba en la sala recogiendo los últimos trozos de papel de regalo e intentando no pensar en el momento en que él había abierto los dibujos de Schiele delante de mi madre. Había vivido momentos violentos, pero ninguno como ese.

También intentaba no pensar en que íbamos a quedarnos por primera vez solos en la casa.

Me fijé en que mi madre había dejado el pañuelo que le había regalado en la mesa del comedor. No me sentí ofendida. Sabía que le había gustado y el despiste casi me alegró. Era como recuperar por un breve instante a la madre que yo recordaba —más descuidada, menos ordenada y, de hecho, bastante más desaliñada—, antes de que entrara en su vida el hombre que estábamos a punto de conocer.

Decidí dejarlo en su cuarto para quitarlo de en medio. No sería tan raro que mi madre regresara del supermercado y pusiera una bolsa goteante al lado de algo bonito y delicado. Su nuevo pañuelo, por ejemplo.

Al dirigirme allí pasé por delante del cuarto de baño. Oí el ruido del agua de la ducha...

La puerta se abrió y Matthew salió al pasillo desnudo. No estaba mojado. Aún no había empezado a ducharse. Parecía haber estado esperando a que yo pasara.

Me cogió del brazo y me metió en el cuarto de baño. Dejé que el pañuelo de mi madre se me cayera de los dedos y aterrizara en la moqueta del pasillo. Lo recogería más tarde.

Matthew estaba empalmado. Iba a ser la segunda vez que nos enrollábamos en un cuarto de baño, pensé. ¿Por qué no podíamos hacerlo en la cama, como una pareja normal? Pero sabía que me conformaría con lo que fuera...

Enseguida me distraje con el vaho, el aire denso y el calor, y sobre todo al ver el cuerpo fuerte y terso de Matthew, perfectamente proporcionado y musculoso, pero no demasiado. ¡Qué hermoso era! Parecía el cuerpo de un actor de cine, aunque yo sabía que las estrellas de cine a menudo utilizaban dobles porque sus cuerpos no eran tan estupendos en realidad. El de Matthew lo era. Viéndolo me excité tanto que casi olvidé (pero no del todo) que curiosamente era la primera vez que lo veía totalmente desnudo.

Me deslizó la bata por los hombros y me quitó el camisón de franela por la cabeza, y lo colgó todo pulcramente en el colgador de la puerta.

Luego se metió conmigo en la ducha y cerró la cortina de plástico detrás de nosotros. No tenía forma de resistirme, aunque tampoco quería. Me sentía tan arropada, tan cuidada... Inhalé hondo y el vaho me llenó los pulmones. El agua estaba a la temperatura perfecta. Era una sensación increíble sobre mi piel.

—Tienes aquí todo un zoo —comentó Matthew, mirando todas las calcomanías pegadas en los azulejos.

—Son de cuando yo era pequeña. Odiaba ducharme y mi madre las ponía como premios. Y la mayoría siguen allí.

Todo mi cuerpo ardía de vergüenza. Tal vez porque estaba desnuda con un hombre en un lugar donde había sido joven e inocente, y donde mi madre confiada y cariñosa había discurrido una encantadora solución para mis problemas. O tal vez mi piel respondía simplemente al agua caliente que corría sobre mi cuerpo.

Mi madre nunca había gastado mucho en productos de baño. El jabón es jabón, decía. El champú de la droguería tenía los mismos componentes que todas las marcas caras. ¡Lee las etiquetas! Pero Matthew se había llevado su propio jabón. Aromático, con esencia a limón e intenso. ¿Qué clase de hombre se trae su propio jabón?, pensé. Luego se me ocurrió que tal vez había previsto ducharse con una mujer.

Me frotó con sus manos resbaladizas todo el cuerpo, deslizándomelas rápida pero seductoramente sobre los pechos, el vientre y las nalgas. Luego me dio la vuelta y me enjabonó la espalda; se arrodilló para lavarme las piernas y los pies.

Me perdí en una nebulosa de felicidad. El agua me corría por la espalda y me caía del pelo, aclarando el jabón que había dejado, llegando a todos los lugares que él había frotado.

—Ahora me toca a mí —dijo.

Hice espuma en las manos con el jabón con fragancia a limón mientras él se apoyaba en la pared de azulejos. Empecé por los hombros. En todo ese tiempo no me había dado cuenta de que era mucho más alto que yo. Se encorvó ligeramente para que pudiera llegar. Le froté con el jabón el pecho y las caderas, evitando de momento el pene. Él lo empujaba hacia mí, pero yo fingí no darme cuenta, y le lavé las piernas y las pantorrillas.

Tal como había hecho él, le di la vuelta y empecé a deslizarle las manos jabonosas por la espalda y las nalgas musculosas. Se le tensaron los músculos en respuesta y luego se relajaron. Yo tenía una sensación de lo más extraña, como si me hiciera a mí misma lo que le estaba haciendo a él. Se volvió y se apoyó de nuevo en la pared. Le sobresalían las caderas. Por un momento pensé en el joven de uno de los dibujos de Schiele. El pene de Matthew también se erguía, curvándose ligeramente hacia su pecho.

Empujó con suavidad mis hombros hasta que estuve de rodillas. Me sujetó con fuerza con las dos manos, para que no me cayera.

—Cuidado, que resbala —susurró con voz gruesa.

Arrodillada delante de él, el agua me caía por la cabeza y la espalda, y formaba un círculo alrededor de mi vientre.

—Métetela en la boca. —Y yo así lo hice.

Qué suave era su polla, como de terciopelo. Lo había hecho con otros tíos, pero nunca había sentido nada parecido. Cada pequeño movimiento que hacía con los labios y la lengua me excitaba tanto como a él. Sus caderas se curvaron hacia mí. Le lamí los huevos y cerré los labios justo en la punta de su pene.

—Méteme el dedo en el culo —me pidió.

El jabón ayudó a que se deslizara con suavidad y él se retorció para que se hundiera más.

Noté que iba a correrse. Curvó los dedos de los pies y casi noté cómo se le agolpaba la sangre.

Luego me detuvo. Se apartó.

Me levanté y le planté cara.

—¿En serio? ¿Para qué te reservas?

El agua que caía sobre mí me infundió de algún modo coraje para decir lo que nunca habría dicho si no hubiéramos estado en la ducha.

—¿Qué problema tienes? ¿Perteneces a alguna clase de secta? ¿Eres un fanático religioso? ¿Como los vírgenes que hacen el voto de esperar hasta el matrimonio? ¿O... tiene que ver con tu trabajo con Val Morton? ¿Cómo demonios va a enterarse de si te corres o no?

Noté que había dado en el clavo. Se puso rígido, pero esta vez no fue a causa del deseo.

—Eso es ridículo. ¿Qué te hace pensarlo?

—Intuición. Siempre he tenido un don para saber lo que la gente piensa realmente.

—Pues te está desorientando si crees que estoy pensando en lo más mínimo en Val Morton.

—¿Estás enamorado de él?

¿Por qué lo había dicho? Ni siquiera lo pensaba. ¡Y ahora lo había estropeado todo para siempre! Era el fin. Nunca remontaríamos algo así, había tentado demasiado a la suerte. Podía estar contenta si no se largaba antes de que mi madre volviera del supermercado.

Pero lo único que hizo Matthew fue reír.

—Es para desternillarse. —Respiró hondo y se quitó el agua de los ojos—. Esto no tiene nada que ver con nadie ni con nada aparte de que es mucho mejor si esperas. He esperado y he hecho esperar a mujeres antes, y créeme, ninguna me ha pedido que le devuelva el dinero.

Sabía que había oído esa frase en alguna parte. En una película, pensé... Antes de que pudiera localizarla, él me había dado la vuelta y me empujaba contra la pared mojada. Apreté la cara contra los azulejos. Él volvió a enjabonarme, y luego se arrodilló y empezó a lamerme el culo.

Jamás habría imaginado que me gustaría. La sola idea siempre me había asqueado.

Pero bastaron tres lametazos para que me corriera, sollozando sobre los patos, monos y conejos.

Cuando Matthew salió de la ducha, me quedé mucho rato debajo del agua. No me gustaba malgastarla y que le subiera la factura del gas a mi madre, pero necesitaba sentirme limpia y purificada, y que se llevara consigo los recuerdos culpables (y excitantes) de todo lo que acababa de hacer en ese lugar que era casi sagrado para mí: el altar de los animalitos dedicado a mi niñez.

Cuando salí, Matthew ya no estaba en el cuarto de baño. Me vestí y lo encontré en la sala, leyendo tranquilamente el periódico.

—Mira, cada vez que alguien organiza una partida de bridge informan de ello.

—Estas son las noticias. —Me pareció importante que mi voz sonara normal. Hablar de lo que acababa de pasar lo habría estropeado todo.

Esperamos a que mi madre volviera del supermercado o de donde fuera que había ido.

La puerta se abrió y entró corriendo, dando palmadas y golpeando el suelo con sus pies helados para entrar en calor, toda agitada y vigorizada por el frío.

Matthew y yo observamos cómo mi madre se transformaba en un remolino humano. Troceando, cortando en dados, revolviendo la salsa, poniendo la mesa y rociando el pavo con su jugo. Yo lo había visto antes, pero Matthew parecía impresionado por la velocidad con que metía el ave en el horno, pelaba las patatas y lavaba la verdura. Nos ofrecimos a ayudarla, pero no nos dejó.

—Hago las cosas a mi manera. Isabel sabe que puedo hacer prácticamente todo menos delegar.

—Y tanto que lo sé.

Me quedé asombrada de que Matthew y yo pudiéramos comportarnos con toda normalidad después de lo que acabábamos de hacer. Mi madre no sospechó nada, o tal vez ya tenía bastante en que pensar: el invitado sorpresa que pronto llegaría.

No negaré que me sentía un poco resentida con ese desconocido que se había inmiscuido en nuestro paraíso doméstico. Pero me gustaba que mi madre tuviera a alguien. Y al parecer todo era para mejor. No solo se había arreglado y ordenado la casa, sino que estaba pletórica. Ella, que normalmente era feliz, parecía aún más feliz de lo normal.

Todo estaba listo. La mesa estaba puesta y los olores del pavo delicioso flotaban en el aire.

Sonó el timbre de la puerta a las cuatro en punto.

Me di a mí misma un sermón de último minuto. Sea quien sea, no juzgues.

Mi madre fue a abrir la puerta.

Miré por encima de su hombro a la persona que estaba de pie en el umbral.

Un hombre entrado en años, unos centímetros más alto que mi madre. Abrigo largo, cabello abundante y gris. Lo observé a cierta distancia mientras galantemente se inclinaba y besaba a mi madre en la mejilla. Como Matthew me besaba en público, pensé, pero en privado... No podía permitirme pensar en algo así. No era posible que mi madre y ese tipo hicieran lo que nosotros acabábamos de hacer en la ducha.

Un momento. Había visto a ese hombre antes. Lo recordaba de alguna parte. Y no era un recuerdo agradable.

—¿Qué te pasa?

—Conozco a ese tipo.

Mi madre se acercó.

—Mi hija Isabel. Este es Jim Chambers.

El señor Chambers, nada menos. De todos los hombres de Iowa...

—Te acuerdas de él, ¿verdad, Isabel? Creo que era el orientador de tu instituto.

—Jubilado —dijo él, como si eso cambiara todo.

¿Me reconocía? Yo no podía saberlo. No podía saber si él recordaba todo lo ocurrido.

Era el orientador académico que había hecho esa farsa de

test de compasión, el que me puso una mano en el muslo en el cubículo que había junto al gimnasio. De todos los habitantes de nuestra ciudad, ¿qué probabilidades había de que se presentara precisamente él como el nuevo novio de mi madre?

—Jim, te acuerdas de Isabel, ¿verdad? —dijo mi madre—. Arrasó en el instituto cuando hizo el papel de Emily en la obra de teatro del último curso, *Nuestra ciudad*. Probablemente tú todavía estabas en el instituto...

Me encantó que mi madre se acordara de eso.

—La verdad es que no —respondió él—. No me acuerdo. Por desgracia, los chicos que recuerdo son los que tenían muchos problemas y pasaban mucho tiempo en mi despacho. —Se rio él solo—. Estoy seguro de que Isabel no era uno de ellos, ¿verdad, Isabel?

—Yo sí que me acuerdo de usted. Nos mandaron hacer un extraño test para ver si éramos compasivos y usted se ocupó de ello. En un cuartito junto al gimnasio, ¿lo recuerda?

¿Vi el más leve parpadeo de ansioso reconocimiento en los ojos del señor Chambers? Si era así, fue solo un instante. Enseguida se desvaneció. Quizá no me recordaba o quizá sí, yo no podía saberlo. Si me recordaba, era muy bueno disimulando. Los pervertidos crónicos siempre lo eran. Así era como habían salido impunes durante tanto tiempo todos esos curas, psicólogos y profesores canallas.

Matthew notó que pasaba algo serio. Me cogió la mano..., algo que nunca había hecho.

Mamá también se dio cuenta, pero lo atribuyó a que se había olvidado de presentar a Matthew. ¿Cómo podía ser tan maleducada?

—Y este es el amigo de Isabel, Matthew. Matthew, te presento a Jim. Jim Chambers.

—Encantado, encantado. —Los dos se estrecharon la mano. Matthew me miró y vio que estaba alterada.

Había tantos motivos por los que controlarme... Llegaríamos al final de la velada tranquilamente por mamá. Tendríamos una Navidad civilizada en familia. Y luego tendría que escoger el momento adecuado para decirle lo que sabía.

Mi madre colgó la gabardina de viejo pervertido del señor Chambers y lo condujo a la sala. Todos nos sentamos en el borde de nuestro asiento.

—¡Bueno! —exclamó mi madre, con énfasis—. ¿Quién quiere un poco de alegría navideña? ¿Ponche casero?

—Eso es un poco excesivo hasta para mi Lipitor —respondió el señor Chambers—. ¿Tienes algo de lo que le echas al ponche para animarlo?

—Por supuesto. Marchando un brandy.

—Yo tomaré ponche —pidió Matthew, quien, a diferencia del señor Chambers, sabía las molestias que se había tomado mamá para prepararlo.

Fuimos las dos a la cocina para buscar las bebidas.

—¿Qué te pasa, cariño? —me preguntó en cuanto entramos en la cocina—. Te veo alterada.

—Estoy bien. Parece bastante agradable.

—Y lo es —dijo mamá.

¿Qué demonios veía en él? Pero eso siempre era un misterio, ¿no? Lo que unos veíamos en los otros. Tal vez el tipo se había reformado y arrepentido. ¿Acaso me proponía arruinar la felicidad de mi madre? Una felicidad con un pervertido. Probablemente el señor Chambers ya no hacía esas cosas turbias. Además, ¿quién era yo para hablar, después de lo que acababa de hacer en la ducha a plena vista de los animalitos de mi infancia?

De todas formas, no estaba dispuesta a estropear lo que prometía ser una larga y difícil tarde antes de que empezara siquiera. Si montaba un número, tendríamos que aguantar allí el resto del día. Una vez más, me recordé: me controlaría y se lo diría a mamá en privado.

De nuevo en la sala, encontramos a Matthew y al señor

Chambers manteniendo lo que parecía ser una conversación poco fluida y desagradable.

—No, nunca he estado en Nueva York —respondió el señor Chambers—. No he querido ir. Nunca sabes lo que puede pasar en un lugar así. No soy estúpido, veo las noticias. Nunca sabes cuándo alguien estampará el taxi contra la acera, te clavará un cuchillo en la espalda o te pegará un tiro para robarte el dinero para una cerveza.

—Está pensando en la Nueva York de hace treinta años —replicó Matthew, tanto para tranquilizar a mamá como para corregir al señor Chambers—. Hoy en día es un lugar seguro.

—Según las estadísticas —dije—, tienes más probabilidades de que te maten en un tiroteo masivo en una pequeña ciudad como esta que en Nueva York.

Matthew y mi madre me miraron, algo sorprendidos; tal vez porque me salió una voz extrañamente estridente. En realidad, no tenía ni idea de si lo que acababa de decir era cierto o no. Solo quería provocar al señor Chambers.

Leí la expresión de su cara: ¿Quién eres tú para contradecirme? ¿A quién puede interesarle algo de lo que tú digas? Pues podría decirte algo que sin duda te interesará mucho, pensé.

Se hizo un silencio incómodo.

Tómatelo con calma, me dije. Relájate.

—Entonces ¿cómo se conocieron? —preguntó Matthew a mi madre y al señor Chambers.

Que Dios lo bendiga, pensé. Estaba haciendo justo lo que tocaba, asumiendo la carga de la cortesía y la sociabilidad por todos los presentes. De nuevo me recordé que debía tener cuidado. Me estaba dejando llevar por un sueño en el que Matthew se había convertido en una de esas buenas y amables personas de pueblo que actúan por los mejores motivos. Pronto volveríamos a Nueva York con su ajetreo, su estrés y sus presiones, y con la presencia imponente de Val Morton haciendo... lo que fuera que hiciese. De todos modos, esa imagen de bondad de pueblo solo era un sueño. El hombre que tenía sentado delante, el que supuestamente estaba saliendo con mi madre, era un pervertido que me había manoseado cuando iba al instituto.

—Bueno, es una bonita historia —dijo mi madre—. Conocí a Jim en el trabajo, como vosotros. —Nos sonrió a Matthew y a mí.

Espero que no *exactamente* como nos conocimos nosotros, pensé.

—Fue con un par de alumnas del instituto de las que era mentor. Eran chicas listas y tenían talento, y quería que los profesores las conocieran. Tal vez así desestimaran el hecho de que no habían sacado las notas más altas o los mejores resultados en las pruebas de acceso a la universidad. Yo trabajaba ese día en el mostrador delantero del departamento, y mientras las chicas charlaban con uno de los profesores, Jim y yo nos pusimos a hablar, y...

Mentor, alumnas del instituto. De pronto recordé todo el horror y la repugnancia de sentir su mano en mi muslo.

—Una cosa llevó a la otra —continuó él—. Tu madre y yo teníamos muchas cosas en común.

¿Como qué?, casi grité por dentro.

—¿Como qué? —pregunté más educada. Pero debió de sonar raro, porque mi madre pareció ruborizarse.

—El señor Chambers es viudo —dijo.

¿*Qué* cosa llevó a la otra? ¿A qué demonios se refería mi madre? La ciudad probablemente estaba llena de viudos encantadores. ¿Por qué él?

—Es una historia realmente bonita —respondió Matthew—. Más bonita que la nuestra.

Nadie le preguntó qué quería decir. ¿Qué habría respondido?

No importaba. Al señor Chambers no le interesábamos.

Solo tenía que aguantar un poco más y entonces nosotros nos iríamos.

Asentí. No podía hablar.

El señor Chambers se sirvió más brandy.

—¿Más ponche? —le pregunté a Matthew.

Él negó con la cabeza.

—Tal vez podríamos pasarnos al vino —dijo mi madre—. De hecho, ¿por qué no comemos ya? No quisiera que se enfriara el puré de patatas. —¡Pobre mamá! Si se ponía más contenta (o tensa), le estallaría la cabeza.

Matthew y yo la ayudamos a llevar a la mesa el pavo y el puré, las judías verdes, la salsa de la carne y el bol lleno de pan de maíz. El señor Chambers se quedó sentado, como un rey servido por sus sirvientes. No se ofreció a ayudar.

Matthew se sentó enfrente mientras que mi madre y el señor Chambers ocupaban las cabeceras de la mesa, como harían los padres. Era horroroso. No podía dejar de pensar en el día que había presentado a Matthew a mis amigos, y él me había tocado por debajo de la mesa mientras charlaban de cosas triviales. ¡Cuánto tiempo parecía haber pasado!

Se me ocurrió que este era mi castigo por aquello. ¿Por qué habría de sentirme tan culpable por algo que me había hecho sentir tan bien?

Mi madre y el señor Chambers ya parecían tener amigos en común. Profesores del departamento de ella, o maestros que habían entrado en el instituto después de que yo acabara mis estudios, pero con quienes él se había mantenido en contacto. Me serví más vino y me lo bebí, y me serví más. Mi madre me lanzó una mirada de advertencia y apartó la botella de mi lado, pero yo volví a dejarla al alcance de mi mano.

—Aquí hay alguien sediento —señaló el señor Chambers.

Muérete, pervertido, pensé.

Cálmate. Lo que el señor Chambers me había hecho no era nada comparado con lo que Matthew me había pedido que hiciera, y yo lo había hecho. Pero eso era totalmente distinto. Yo había querido hacerlo con Matthew. Era adulta e independiente. El señor Chambers, en cambio, se había aprovechado de mí sin mi consentimiento, como probablemente se aprovechaba de todas esas estudiantes de mérito de las que era «mentor» y que llevaba a conocer a los profesores de la universidad.

No debería haberse aprovechado. Mi madre no se merecía estar con alguien así.

Por un momento todo se volvió borroso. Ellos hablaban de algo... No podía seguirlos. Debería haber dejado de beber hacía un par de copas. Me sentía realmente atontada. Pero el señor Chambers no se había quedado atrás con el brandy, así que por lo que se refería a consumo de alcohol, estábamos más que empatados.

Hubo un silencio en la conversación.

—De hecho, lo recuerdo a usted —pronuncié lentamente—. Y recuerdo algo más. Tuvo una mano en mi muslo durante todo el tiempo que duró ese ridículo test de compasión.

Me arrepentí en cuanto lo dije. Pero era demasiado tarde para retirarlo.

—Estás soñando —replicó el señor Chambers.

—No lo estoy. Créeme, mamá. No sueño. Era él. Nunca te lo conté.

Mi madre se quedó mirándome, boquiabierta. Matthew dejó el tenedor.

A diferencia de Matthew, mi madre me creyó. Sabía que yo nunca mentiría. Aun así, podía haberme equivocado o haberlo confundido con otra persona. La gente cambiaba con el tiempo. La verdad es que no me encontraba muy bien...

—Pura fantasía de realización de un deseo —replicó el señor Chambers—. Lo veo continuamente. Sobre todo en jóvenes como tú, con un historial de trauma infantil.

—¿Qué trauma infantil? —dije.

—Tu padre. Ya sabes.

—¿Qué pasa con mi padre? —pregunté—. ¿Qué es lo que sé?

—Tu padre... mi marido... murió —intervino mamá—. Él era muy joven. Fue trágico. ¿Qué más necesitas saber?

Pero el señor Chambers no se refería a eso y no iba a soltarme de sus garras tan fácilmente.

—Glenda, no me digas que tu hija no sabe la verdad.

Esta vez todos miramos a mi madre. ¿Qué verdad? ¿Qué pasó con papá? ¿Había algún secreto horrible que estaba a punto de oír de boca del señor Chambers? ¿Por qué mi madre no intentaba protegerme? ¿Por qué no le decía que cerrara la boca? Tal vez quería que yo supiera la verdad y nunca se había visto con fuerzas de revelármela.

El señor Chambers era implacable, y después de tanto tiempo comprendí por qué nadie se había atrevido a delatarlo a las autoridades y a contar lo que hacía en ese cubículo junto al gimnasio. Quién sabía con qué frecuencia lo hacía, a cuántas chicas tocó después de eso. Quizás eso solo fue el comienzo...

—No todas las niñas ven morir a su padre delante de sus ojos —continuó él.

—Por favor, Jim. —Mi madre por fin despertó del coma—. Es suficiente.

—¿Qué quieres decir? —pregunté.

—Estuviste en el accidente. Eras muy pequeña. Estuviste implicada, por así decirlo. Estabas sentada en el asiento trasero llorando y berreando porque querías algo que se te había caído. Tu padre se agachó para recogerlo y perdió el control del coche. Tu madre y tú salisteis prácticamente ilesas, pero tu padre murió antes de que llegara la ambulancia. Tu madre te tapó los ojos. Lo recordaste durante un tiempo y luego lo olvidaste. Así es como tu madre cuenta la historia.

—Mamá, ¿es cierto?

De pronto, muchas cosas tenían sentido. Yo siempre había

insistido en que recordaba el accidente. Siempre había estado segura de tener razón. Y mi madre siempre lo había negado. Yo sabía que mi madre solo había querido protegerme. Para impedir que me sintiera culpable, cuando en realidad no lo era. ¿Cómo se la iba a culpar de algo semejante a una niña? Aun así, todo estaba demasiado claro ahora: había vivido engañada prácticamente toda mi vida.

—Más o menos —respondió mi madre.

—¿Por qué se lo has contado a él y no a mí?

—No lo sé. Él parecía saberlo ya.

—Te escogió como blanco.

La palabra «blanco» provocó una reacción en Matthew. Se encogió como si hubiera recibido un disparo.

—Lo hemos pasado estupendamente —dijo el señor Chambers, levantándose de la mesa—. Me ha encantado volver a celebrar las fiestas con una familia de verdad. Hace tres años que falleció mi mujer... Gracias a todos por vuestra amabilidad y hospitalidad.

Y, como robots, todos respondimos: «De nada».

El señor Chambers conocía la casa. Sabía dónde estaba su abrigo. Lo sacó del armario. Esta vez estrechó la mano de mi madre (ya no más tiernos besos en la mejilla), volvió a darle las gracias y se marchó.

Mamá regresó a la mesa, donde nos quedamos los tres sentados mientras avanzaba la tarde y se hacía oscuro fuera. Ella lloraba a ratos. No paraba de pedirme perdón y de repetir cuánto lo sentía. Pero yo notaba cómo todo el dolor y la pérdida por la muerte de mi padre volvía a invadirla, y le decía sin cesar que no se preocupara, que lo entendía. Que no pasaba nada.

Solo que no era cierto. El hecho de haber vivido engañada me había causado daños que todavía no era capaz de comprender del todo. Me había predispuesto para una relación como la que tenía con Matthew: siempre en desequilibrio, sin saber qué esperar, sin sentirme segura, sin tener del todo claro si lo que él decía era cierto o no.

Eran demasiadas cosas que asimilar. Me excusé diciendo que no me encontraba bien, y dejé a mi madre y a Matthew sentados a la mesa. Fui a mi habitación, me eché en la cama y me tapé la cabeza con el edredón.

Matthew

Me gustó la madre desde el primer momento. Parecía una persona que quiere que los demás sean felices y se sientan mejor, una clase que no abunda, algo prácticamente insólito en el mundo en el que yo me movía. Ni mi padre ni mi madre habían sido así, de modo que me sorprendió ser testigo de un sincero amor filial. Lo más extraño era que la madre de Isabel también parecía dispuesta a quererme a mí por el solo hecho de estar allí con Isabel. Parecía quererme con todo su corazón al mismo tiempo que me dejaba claro que su hija era lo primero. Con diferencia. Si le hacía daño, me mataría y se quedaría tan pancha.

Mientras tanto me sorprendió lo a gusto que me sentía. Había temido sentirme como a prueba o expuesto como un animal en el zoo, pero encajé. Me sentí como una persona normal que vuelve a casa para celebrar las fiestas con una amiga y su madre. Amigos con derecho a roce, como dicen. Val Morton podría haber existido en otro planeta. Ya me las vería con él más tarde. Esto era un descanso, un merecido descanso de mi vida normal. Se suponía que para eso eran las vacaciones.

Nadie me pedía nada aparte de ser amable. Hice esperar a Isabel para hacer el amor. Me gustaba tenerla en vilo, sin saber cuándo sería el siguiente encuentro sexual. Y no lo habría hecho si no hubiera estado tan seguro de que le gustaba de ese modo.

Al final hice que se corriera en la ducha, con todos esos patos, conejitos y monos observándome mientras tenía la cabeza apretada contra sus nalgas. ¿Me equivocaba al creer que le gustaba? Lo parecía.

El novio de la madre era un sinvergüenza. Cualquiera se habría dado cuenta enseguida. Todo en él te ponía la piel de gallina. Esa comida de Navidad fue una tortura. Compadecí un montón a la madre de Isabel por conocer siquiera a un tío así. Por no hablar de todas las molestias que se había tomado para prepararle una bonita comida de Navidad.

No parecía tener sentido que, después de tantos años sola, empezara a salir con hombres, y ese cerdo fuera el afortunado que ella había escogido. Tal vez tenía algo que no se veía a simple vista. Algún encanto secreto que yo (o Isabel, eso era evidente) no era capaz de ver. O tal vez solo era la respuesta de su madre al hecho de que Isabel se hubiera marchado finalmente de casa, dejándola sola con sus recuerdos. Quizá la casa estaba demasiado silenciosa sin su hija.

Yo sabía que había algo raro en el nuevo novio de la madre, algo sospechoso y muy repulsivo. Aun así, cuando Isabel explotó contra él diciendo que le había metido mano en el instituto, me puse paranoico. Me recordó demasiado a cuando insistió en que había visto a Val espiándonos desde la puerta mientras yo le comía el coño en la cama de él y de Heidi. Y de nuevo se me ocurrió que tal vez estaba loca, como tantas otras mujeres con las que había salido. Había empezado a convencerme de que estaba cuerda y de que todo el incidente con Val había sido una aberración, pero ahora me lo volvía a cuestionar.

Cuando el señor Chambers se marchó, Isabel se retiró. Dijo que había bebido demasiado y que quería echarse.

—Échate y descansa, cariño —le dijo su madre—. Matthew y yo lavaremos los platos.

Su madre tenía los ojos enrojecidos de llorar. ¡Pobre mujer! Era evidente que no había sido la Navidad que había imaginado, todos felices y relajados alrededor del ponche, sirviéndonos nosotros mismos el pavo, el puré y la salsa. La pobre había tenido que lidiar con muchas cosas en un solo día. Con el señor Chambers contando la verdad sobre el accidente del padre de Isabel, y con Isabel delatando al señor Chambers. No era de extrañar que la mayoría de la gente odiara la Navidad con la familia. ¡Solo había que ver lo que podía pasar!

La madre de Isabel se levantó y yo hice lo mismo para ayudarla a amontonar los platos y llevarlos a la cocina. Me alegré de que hubiera mucho que hacer. Eso significaba que no tendríamos que hablar en un rato. No sabía por dónde empezar, después de todo lo que había ocurrido en las últimas horas.

—Lo siento tanto por Isabel... —dije por fin.

—Siempre quise decírselo. Pero nunca encontré el momento adecuado. Y cada vez era más difícil. No quería que se sintiera responsable por la muerte de su padre, cuando no lo era. Solo era una cría. ¿Cómo iba a saber lo que pasaría? Solo quería su conejo favorito que se le había caído al suelo del coche. Y mi marido intentaba ayudarla...

—Lo siento por todos. Aunque debe de haber sido horrible para Isabel enterarse de la verdad por un tipo que... —Me interrumpí. ¿Qué había dicho? Ese tipo había sido el novio de la madre de Isabel. Debía de haberle gustado mucho y confiado en él. Tal vez hasta lo quería. Lo último que quería en el mundo era hacerla sentir aún peor—. ¿Crees que... Isabel podría haberse confundido? —Intentaba dar marcha atrás como un loco, soltando lo primero que me vino a la cabeza, pero al mismo tiempo sabía que solo estaba empeorando las cosas—.

Podría haberlo recordado mal o haberse equivocado, quizá tenía algo de celos, o quizá, quizá...

La madre de Isabel percibió en mi voz algo que ni siquiera yo sabía que estaba allí. Se volvió y me miró a la cara directamente, desafiante.

—Mi hija jamás haría una cosa semejante —replicó—. Mi hija nunca se confundiría con algo así, ni lo diría si no fuera cierto. Mi hija no imagina cosas, no miente. Nunca ha dicho mentiras. Lo sé. Y lo juraría por mi vida y la de todos.

Se quedó mirándome con ojos tristes y enrojecidos. Y no sé exactamente por qué, pero la creí. Sabía, evidentemente, que era la madre de Isabel y solo quería ver lo mejor en ella. Pero aun así la creí.

Isabel no mentía.

¿Podía haber visto realmente a Val plantado en el umbral? ¿Por qué haría él algo así, jugando conmigo de ese modo? Le gustaba escenificar pequeños dramas. Lo repetía continuamente. Su ambición era dirigir. Pero yo había creído llevar la batuta. ¿Había dirigido él la pequeña película porno de acción en vivo en la que el voyeur entrado en años observa a la pareja más joven y a continuación lo niega?

—Mi hija nunca miente —repitió la madre de Isabel—. Nunca lo ha hecho y nunca lo hará. Si dice que Jim Chambers hizo eso, lo hizo. Estoy segura de que lo hizo. No comprendo cómo no vi indicios, cómo pude equivocarme tanto con él. Imagínate que crees conocer a alguien muy bien y en realidad no tienes ni idea de quién es.

Vi la cara de Val tan claramente como si estuviera en la cocina con nosotros.

—Puedo imaginármelo, demasiado bien.

Isabel

Me desperté con un fuerte dolor de cabeza y un sentimiento de vergüenza aún más doloroso. Y de pronto recordé. Me había bebido yo sola más de una botella de vino durante la cena y había insultado al novio de mi madre. Bueno, se lo merecía. Entonces acudió a mi mente la razón que me había impulsado a hacerlo. Me había dicho que yo estaba en el coche cuando mi padre había tenido el accidente en que había perdido la vida, que mi madre me había mentido durante todos esos años, supongo que para evitar que me sintiera responsable de su muerte. Aunque lo *era*. Pero no estaba bien culpar a una niña pequeña por llorar por algo que quería. Yo no había querido que sucediera ese desastre. Solo quería que me dieran lo que se había caído al suelo.

Una espesa niebla de depresión y tristeza se instaló sobre mí. ¿Qué estaba haciendo con mi vida? ¿Qué clase de vida llevaba en Nueva York, trabajando en una tienda de colchones casi en quiebra para un jefe patético? ¿Teniendo una especie de relación con un hombre que implicaba sexo ardiente, pero sin el acto sexual en sí, y que era evidente que no iba a ninguna parte? Y allí estaba mi madre sola en nuestra vieja casa, tan desesperada de compañía que había acabado con un pervertido y abusador de menores.

Eran demasiadas cosas que procesar. Yo sabía que mi madre tenía somníferos en el cuarto de baño. Los había visto el otro día. Por desgracia, yo había dejado el Euforazil en la ciudad. Había estado demasiado paranoica para subirme al avión sin una receta. ¿Y si me detenían en el control de seguridad? ¡Menuda cobarde! En ese momento me habría sentado de maravilla.

Estaba reuniendo fuerzas para levantarme e ir a buscar los somníferos de mi madre cuando oí que alguien llamaba a mi puerta.

—¿Isabel? —Era Matthew—. ¿Estás despierta?

¡Santo cielo! ¿Quería sexo ahora? ¿Acaso pensaba que eso me alegraría? Por primera vez desde que lo había conocido no quería. Me pregunté si ver de nuevo al señor Chambers me había quitado las ganas para siempre. Luego pensé: A lo mejor enrollarme con él es justo lo que necesito. Podría ser una gran distracción. Estaría pensando en algo que no fuera mi triste vida, y mi pobre madre y su novio pervertido, y mi responsabilidad en la muerte de mi padre.

Mejor aún, el sexo me impediría pensar siquiera.

Abrí la puerta. Matthew estaba totalmente vestido. Hasta llevaba puesta la cazadora y los guantes que le había regalado mi madre. Lo único que se me ocurrió es que se había hartado y se marchaba esa misma noche. Se iba al aeropuerto y allí se quedaría hasta que pudiera subirse al primer avión que lo sacara de este lugar. Le había asqueado y horrorizado todo lo que había presenciado durante la comida de Navidad. No me extrañaba que quisiera irse. Si yo pudiera largarme, desaparecer sin más, también lo haría. Pero eso habría significado dejar a mamá, que probablemente no estaba en condiciones para quedarse sola.

—Vístete —me susurró—. Vamos a salir.

—¿Adónde? —¿Se creía que seguíamos en Nueva York? En ese pueblo estaba todo cerrado el día de Navidad por la noche.

—Es una sorpresa. ¿Tiene alguna linterna tu madre?

—Claro. Estás en un estado de tornados y ventiscas, ¿recuerdas? En todas las casas hay montones de linternas colocadas en lugares estratégicos.

—Estupendo. Te espero en la sala. Date prisa.

Me vestí rápidamente, luego me detuve en la cocina para servirme un gran vaso de agua fría que me bebí de golpe. Casi de inmediato me disminuyó el dolor de cabeza.

Cogí la linterna del cajón de debajo del fregadero, donde sabía que mamá la guardaba. Matthew estaba en la sala, sentado en la oscuridad.

—Vámonos.

Consideré dejar una nota a mi madre.

Hemos salido a dar una vuelta. Enseguida volvemos. No te preocupes.

Solo entonces miré el reloj. ¿Una vuelta en coche a las tres de la madrugada?

Mi madre siempre había tenido el sueño ligero, y confié en que no la despertáramos al salir. Me dije que si se levantaba y descubría que no estábamos, y no veía el coche de Matthew, se supondría que habíamos ido a dar una vuelta. Tal vez queríamos tener una conversación a solas. O quizá queríamos hacer el amor en el asiento trasero del coche, como ella probablemente hacía cuando era joven. Como hacen todos los adolescentes de nuestro pueblo...

No quería pensar en eso. No quería pensar en ella y en mi padre haciéndolo en el coche.

Quizá Matthew *había* previsto que tuviéramos relaciones sexuales a un lado de la carretera. Hacía un frío que pelaba. Puede que nos encontraran muertos por congelación, con mi boca alrededor de su pene. Prefería pensar en eso que en todo lo sucedido el día anterior.

Nos subimos al coche. Salió marcha atrás muy despacio en el camino del garaje, intentando hacer el menor ruido posible. Pero en cuanto salimos a la calle, tomó velocidad. Lo miré, sus facciones cinceladas iluminadas por las luces del salpicadero. Miraba al frente, muy concentrado. Parecía un hombre con una misión.

—¿Adónde vamos?

—Vamos a hacer una visita a tu viejo amigo, el señor Chambers.

—No quiero volver a verlo. No después de lo que ha sucedido hoy.

—No se trata de *verlo*, sino de acojonarlo. De hacerle pagar por lo que hizo.

Volví a mirarlo. ¡Mi héroe! Conduciendo en mitad de una noche helada para vengar algo que había ocurrido hacía tanto tiempo. Y lo que imaginaba que había ocurrido más recientemente: el señor Chambers haciendo lo que fuera para intimar con mi inocente y confiada madre. En cierto modo supongo que era un poco raro que Matthew quisiera castigar al tipo que me había tocado cuando él mismo se había pasado la mayor parte del tiempo desde que nos conocíamos con una mano debajo de mi falda. Pero él lo había entendido; en nuestro caso, ninguno había hecho nada que el otro no quisiera hacer, mientras que yo no había querido que el señor Chambers me hiciera lo que me había hecho.

—¿Cómo sabes dónde vive?

—Hay algo que se llama internet. Incluso aquí, en Iowa. He tardado tres segundos en localizarlo.

—Entiendo —respondí—. Y me apunto.

—Sabía que lo harías. Así me gusta.

Oírle decir eso me puso tan contenta que casi me sentí bien por primera vez desde que había visto entrar por la puerta de mi casa al señor Chambers.

Matthew tecleó una dirección en su GPS y recorrimos las oscuras calles hasta que llegamos a las afueras del pueblo, un barrio donde las casas estaban más distanciadas entre sí y bordeadas de trigales cubiertos de nieve. Yo temblaba, porque pese a que la calefacción estaba al máximo, hacía mucho frío, pero también porque saber que el señor Chambers vivía en medio de la nada multiplicó por dos mi aprensión y mis recelos. Lo imaginé mudándose allí a propósito, llevándose a chicas inocentes a su casa... donde nadie pudiera oírlas gritar.

—Un lugar perfecto para un asesino psicópata.

—Eso es exactamente lo que estaba pensando. —Matthew se rio—. Pero no des rienda suelta a la imaginación. Probablemente no es un asesino. Solo una variedad de orientador académico abusador de menores.

Por fin llegamos a la calle donde vivía el señor Chambers. Matthew aparcó al final de la manzana.

—Coge la linterna.

—Sí, señor —respondí.

Recorrimos la calle oscura y desierta hasta que localizamos la casa. Todas las luces estaban apagadas y ni siquiera había un farol en el porche. Pero la luna iluminaba lo suficiente para ver que la casa de una sola planta necesitaba serios cuidados. Por debajo de las ventanas colgaban volutas de pintura desconchada, y un olor a moho parecía llegar del sótano.

—Te lo he dicho. ¿No lo hueles? Esconde cadáveres allá abajo.

—Chisss —dijo Matthew—. No hagas bromas.

Rodeamos la casa de puntillas hasta que estuvimos seguros de haber localizado el dormitorio del señor Chambers.

—Agáchate —me ordenó Matthew.

Se acercó a la ventana y dio unos golpecitos en el cristal. Tres golpes cortos, tres largos y otros tres cortos.

SOS.

Nadie respondió. No pasó nada.

—Puede que no esté —dije, esperando a medias que fuera cierto.

—He visto el coche en el camino de entrada. —Matthew dio unos golpecitos más y de nuevo no pasó nada—. Bien, ¿preparada para la segunda fase?

—¡Preparada!

Me sentía mareada como una niña en mitad de un emocionante juego de simulación. Eso era muy distinto del juego de roles que acostumbraba a jugar con Matthew, pero me encantó desde el primer momento. Era casi como si hubiera olvidado de quién era la casa y qué estábamos haciendo allí.

Matthew puso la linterna al máximo de potencia y la apuntó hacia la ventana mientras golpeaba el cristal con todas sus fuerzas.

Las luces se encendieron de golpe, asustándome. Me eché hacia atrás. La cara gruesa y soñolienta del señor Chambers apareció en la ventana. Hinchado y abotargado de sueño, estaba un millón de veces más feo de como lo habíamos visto en la comida.

—¿Quién anda ahí? —preguntó.

—La policía —respondió Matthew—. Abra. Sabemos lo que ha estado haciendo aquí.

Quise reír, pero estaba demasiado asustada. Demasiado asustada y excitada.

—Las chicas —gritó Matthew—. Hemos venido a rescatarlas.

—¿Qué chicas, gilipollas?

Era evidente que el señor Chambers nos había tomado por colegiales que le estaban gastando una broma, intentando asustarlo. ¿Le había sucedido antes?

Oímos un ruido en el interior de la casa seguido de pasos corriendo hacia la puerta principal.

Rodeamos la casa y nos detuvimos delante. Yo no sabía

qué íbamos a decirle al señor Chambers si salía y nos plantaba cara, pero supuse que Matthew tenía un plan.

Al cabo de un momento apareció el señor Chambers, apuntándonos con un rifle.

—Está cargado, os lo advierto.

Encendió el farol del porche y nos quedamos inmóviles en el ancho círculo de luz.

Él entornó los ojos intentando ver en la oscuridad y alzó aún más el rifle. Pareció transcurrir una eternidad hasta que reconoció quiénes éramos.

—Isabel, ¿qué coño estás haciendo aquí?

—Esa boca, por favor —dijo Matthew.

—¡Cierra tú tu puta boca! —gritó el señor Chambers.

—Feliz Navidad.

—Cabrón de mierda. Debería llamar a la policía.

—Adelante —respondió Matthew—. Y les contaremos lo que ha estado haciendo a esas chicas de las que es... *mentor*. —Percibí la burla en su voz al pronunciar la última palabra.

—Sí, adelante, llámelos —intervine yo—. Y me aseguraré de que toda la junta del colegio se entere de lo que me hizo. Apuesto a que encuentro a montones de chicas que pasaron por lo mismo que yo. ¿No es así siempre?

—¡Largaos de aquí! —El señor Chambers nos apuntaba con el arma—. Nadie podrá culparme de haber disparado a dos intrusos que se presentan en mi casa en mitad de la noche. La noche de Navidad. La gente sale impune continuamente de casos como estos. ¡Lo siento! —Amartilló el rifle.

Matthew me cogió la mano. Noté que temblaba. Quería decirle que el señor Chambers no iba a dispararnos, que seguramente era un farol. Pero él estaba muy agitado. Aterrado, diría. Y de pronto tuve el presentimiento claro de que su pánico no se debía solo al señor Chambers. Recordaba haberle oído decir que le atemorizaban las armas, que no había querido ir al campo de tiro con Val...

—Vamos, larguémonos de aquí. —Y regresamos corriendo al coche.

Fue entonces cuando me habló de lo que había ocurrido en su adolescencia. Sentado en el coche, aparcado en las afueras de una ciudad de Iowa, en mitad de una noche de invierno, me contó cómo él y su hermano menor, Ansel, habían salido a dar una vuelta para divertirse y él le había disparado sin querer. Evidentemente no había sido su intención. Lo quería mucho.

Desde entonces tenía fobia a las armas.

—Cada vez que veo una pistola, incluso en una película, me vuelven los recuerdos de esa noche —me dijo. No paraba de volverse y de mirar por la ventanilla.

Le cogí la mano y nos quedamos allí sentados largo rato en silencio. Me sentí más unida a él que en todos los meses que hacía que lo conocía. Por primera vez lo vi como algo más que una especie de dios del sexo que me hacía todas esas cosas que me excitaban y me asustaban. Por primera vez entendí que era un ser humano de carne y hueso, con una historia, un pasado y sus propios demonios y pesadillas.

—Volvamos a casa de mi madre —le dije—. Ha sido un día intenso. ¿Quieres que conduzca yo?

Matthew no contestó. Encendió el motor y no dijimos una palabra en todo el trayecto de vuelta.

Yo me sentía feliz y al mismo tiempo muy rara. Había visto un nuevo lado de Matthew: tierno, vulnerable y asustado. Y él había corrido peligro y se había tomado muchas molestias para escarmentar a un hombre por algo que me había hecho a mí hacía muchos años.

Estoy preparada para volver a Nueva York, pensé. Mi vida ya no está aquí.

Está allí, en Nueva York. Con o sin Matthew.

De nuevo en casa de mi madre nos dimos un beso de buenas noches, otro dulce y casto beso en la mejilla.

—Gracias —le dije.

—Gracias *a ti* —respondió él.

Creo que ninguno de los dos estaba muy seguro de qué agradecíamos. Pero era agradecimiento lo que yo sentía. Y si bien no era exactamente paz lo que notaba, podía confiar en que algún día lograría hallar algo que se le pareciera.

—Buenas noches.

—Buenas noches —respondió él.

Nos fuimos a nuestras respectivas habitaciones. Yo me tumbé en la cama donde había dormido de niña y adolescente. Y dormí como un bebé.

Matthew se fue al día siguiente. Me alegré de que tuviera coche y no hiciera falta acompañarlo al aeropuerto. No creo que ninguno de los dos pudiésemos procesarlo todo —o realmente nada—, de lo que sucedió durante su visita. No estábamos preparados para estar solos.

Algo había cambiado. El equilibrio en nuestra relación ya no era el mismo. Tal vez volveríamos a las andadas al regresar a Nueva York. Olvidaríamos la intimidad —o lo que fuera— que nos había unido en Iowa. En cuanto Matthew se hallara de nuevo bajo el hechizo de Val Morton —una influencia que yo había empezado a ver cada vez más perniciosa—, volvería a ser el de siempre, el frío seductor que había entrado en Doctor Sleep y que se mostraba tan hermético acerca de su vida que me había inducido a creer que vivía en el apartamento de Brooklyn Heights de su jefe.

Entretanto, yo tenía cosas que hacer para intentar arreglar y reparar el daño que había causado a mi relación con mi madre. Los siguientes días las dos nos mostramos prudentes, incluso cautas. Mi madre tenía muchos recados que hacer en la ciudad, pero viendo su aspecto y su forma de vestir al salir de casa, tuve la clara impresión de que ninguno estaba relacionado con el señor Chambers. Al menos me alegré de eso. Pero ¿se alegraba mi madre?

Para Nochevieja mi madre llegó a casa con dos botellas de un champán excelente y nos bebimos las dos. Abrieron las compuertas. Mi madre se disculpó por haberme ocultado la verdad acerca de la muerte de mi padre. No había querido que me sintiera culpable, y luego le pareció que había dejado pasar demasiado tiempo y era demasiado difícil cambiar la historia que me había contado.

—No sabía qué hacer —me dijo mientras se secaba las lágrimas—. No quería reabrir la vieja herida, hacerte responsable de algo tan horrible que no había sido realmente culpa tuya.

Yo asentí. También lloraba. No sabía qué decir. No quería preguntarle por qué se lo había contado al señor Chambers. No quería saber cuánto habían intimado.

Él no había vuelto a dar señales desde el día de Navidad, no había telefoneado ni enviado ningún mensaje. Mi madre dejó que la casa se desordenara un poco, y yo me alegré cuando vi que volvía a haber periódicos y revistas amontonados como siempre por la sala. Ella también reemplazó el nuevo e incómodo vestuario por ropa vieja y cómoda, y aunque no me gustaba visualizarla de nuevo sola, parecía preferible a que estuviera con un tipo sórdido y sospechoso como el señor Chambers.

Ya entrada la Nochevieja mi madre podía reírse de todo lo que había pasado, así como de su más reciente «fiasco de novio».

—No sé qué vi en él. Supongo que solo estaba agradecida de conocer a un hombre de mi edad que no fuera tras una treintañera.

—¿Treintañera? Seguro que treinta es demasiado para él. Probablemente ha tenido a todas las adolescentes que ha querido. Como *mentor*.

—Oh, calla. No soporto pensar en eso. Lo siento tanto, cariño...

Nos abrazamos, nos reímos y volvimos a abrazarnos.

Cuando me marché en Año Nuevo (los vuelos eran más baratos ese día), nadie habría sospechado que había habido la menor aspereza en mi amorosa y poco conflictiva relación con mi madre. Pero yo lo sabía. Por mucho que ella se había esforzado en tranquilizarme, la información sobre la muerte de mi padre me había conmocionado. No podía evitar sentirme responsable y culpable como una delincuente. Sentía que toda mi personalidad —la buena chica, la chica encantadora y compasiva— solo era una pantomima, una fachada que pretendía ocultar algo más oscuro. Quizás esa era la razón por la que siempre me había gustado tanto la interpretación. Quizá por eso me gustaba el «papel» que me hacía interpretar Matthew. Matthew había contribuido a sacar a la luz esa oscuridad, pero no se trataba solo de él. Había empezado a una edad temprana, cuando maté a mi padre.

Y por más que me repitiera que eso no tenía sentido, que no podía culpabilizar a una niña de cuatro años de un accidente mortal, que pese a todo era la buena persona que siempre había creído ser, no logré persuadirme de ello.

Nevaba ligeramente cuando regresé a Nueva York. Además del cheque del día de Navidad, mi madre me había puesto en la mano cinco billetes de veinte cuando me acompañó en coche al aeropuerto, y utilicé la mitad en coger un taxi que me llevara a casa.

Esperé a que Matthew llamara, pues sabía cuándo regresaba yo. Pero no lo hizo.

Aunque yo había averiguado algo más sobre él en Iowa, y él había averiguado mucho más sobre mí, seguíamos siendo desconocidos en algunos aspectos muy importantes, y quizá siempre lo seríamos.

Matthew

Cuando volví de Iowa dormí durante días. No sé muy bien por qué el viaje había resultado ser tan estresante, quizá porque el pequeño encuentro con ese pervertido y el rifle me trajo a la memoria recuerdos de ese incidente con mi hermano ocurrido hacía tanto tiempo que habían permanecido enterrados. Siempre me habían intimidado las armas y había preferido mantenerme bien lejos de ellas. O quizá no tenía nada que ver con eso. Quizás había sido simplemente estar con Isabel y su madre en una casa normal, viendo cómo era vivir con un progenitor afectuoso y normal. Dormí seguido durante toda la Nochevieja y me desperté en Año Nuevo con un mensaje de Val Morton en el contestador. Regresaba el día 2 y quería verme a las nueve de la noche.

Año nuevo, vida nueva, no paraba de repetirme mientras cruzaba el parque hacia el apartamento de Val. Quizá toda esa extraña tensión que había ido percibiendo entre él y yo habría desaparecido, llevada por el mar, el sol y el relax de las vacaciones. Quizá podríamos volver a estar relajados, bebiendo brandy mientras él fumaba puros y despotricaba contra todas las personas que lo habían traicionado, y lo que le gustaría hacerles y cómo le gustaría que pagaran por ello.

El nuevo mayordomo de Val, Manuel, abrió la puerta y

me indicó que subiera al gabinete. Lo encontré tumbado en el sofá, con la cara cubierta con una toallita. Me sorprendió cuando se la quitó y le vi la piel roja, cubierta de ampollas y pelándose.

«¿Qué te ha pasado?», quería preguntar, pero me contuve. ¿Debía fingir que no pasaba nada? ¿Que siempre había tenido el aspecto de un crustáceo hervido en una cazuela?

—No finjas que no te has dado cuenta de que parezco un maldito langostino —soltó—. Prefiero que me peguen un tiro antes de volver a ir a una de esas putas islas. No me importan los ruegos y las súplicas de Heidi, o las mamadas que prometa hacerme si vamos. Noche tras noche sentado con los mismos farsantes soporíferos, las celebridades esas que sabes que conducen Priuses cuando mira alguien y Lincoln Navigators cuando no hay nadie mirando. A la mitad no los reconocí, pero ellos sabían quién era yo, y mantenían delante de mis narices esas aburridas y ridículas conversaciones sobre lo increíble que era Nueva York antes de que los promotores inmobiliarios se apoderaran de ella y la destrozaran. ¡Como si yo no estuviera allí! ¡Como si la mitad de ellos no viviera en nuevos bloques de pisos, muchos construidos por mí!

—Suena deprimente.

—«Deprimente» no es la palabra. La única manera de sobrellevarlo era beber hasta que sus voces se fundían en un solo murmullo. Y puestos a beber toda la noche, por qué no sacarles ventaja y empezar a beber por la mañana. Y por la tarde.

»Lo que no es una gran idea si estás tumbado al sol en la playa y bebes demasiados cócteles con paraguas y chupitos de tequila y sabe Dios qué más hasta perder el conocimiento, y para cuando te das cuenta, estás despierto con la cara en llamas. ¿Me rescató Heidi? ¿Se enteró siquiera de lo que pasaba? Heidi estaba en no sé dónde haciendo un tratamiento de yoga ayurvédico y pagando una fortuna para que un tipo le pusiera piedras calientes sobre el culo. O en el culo, por lo que yo sé. Me moría por salir de ese infierno y reservé un avión privado para que me trajera antes de vuelta. ¡Como un rescate de emergencia! Me costó otra fortuna, pero si me hubiera quedado allí un día más me habría pegado un tiro, y te habrías quedado sin trabajo, amigo.

—Me alegro de que salieras vivo de allí. Dios mío, Val...

—Dios no tiene nada que ver con esto. Esta puta cara que me ves es la prueba de que no existe.

Pensé en la madre de Isabel. ¿Cómo podían existir dos personas tan distintas en el mismo planeta?

—Pásame ese tubo de pringue —me pidió Val, y lo observé mientras se aplicaba pomada en la piel quemada.

Al cabo de un rato volvió a hablar:

—Bueno, ¿qué novedades hay entre tú y... la chica?

—¿Isabel?

—No, Marilyn Monroe. Sí, Isabel.

—Fui a su casa de Iowa a pasar la Navidad.

—¿Cómo?

—Me fui con ella. Para pasar las vacaciones.

—No me jodas —respondió Val—. ¿Te has prometido, joder? ¿Estás a punto de comprarle un puto anillo? Porque esto no estaba en el guion. ¿Le has pedido su mano a su padre?

—Su padre está muerto. Y no, no va por ahí la cosa. No ha cambiado nada.

¿Notó Val que esa última parte era mentira? Enseguida pillaba esas cosas, pero me pareció salir bien librado. Algo había cambiado entre Isabel y yo, aunque no sabía qué era.

—¿Hiciste algo... divertido? —preguntó Val.

Con «divertido» se refería a «guarro», lo sabía. Pensé un momento. ¿Qué quería contarle y qué quería guardar para mí?

—Me la tiré en la ducha de la casa de su madre. Las paredes están cubiertas de calcomanías de animalitos de cuando era pequeña, patitos y demás. Y su madre estaba en la habitación de al lado, oyéndola gritar mientras se corría.

Añadí lo de la madre en la habitación contigua para poner emoción. Cuando le hablaba de Isabel y de mí, a menudo tenía la sensación de que lo veía en su cabeza como una película porno protagonizada por los dos. Y me pareció que una pareja enrollándose en la ducha de una casa perdida en el Medio Oeste no era el porno que él quería ver.

—Sigo dando vueltas a lo que necesitaré que hagáis los dos —dijo—. A cuándo y cómo quiero exactamente utilizaros como mi arma secreta. —Se rio para sí—. Mientras tanto se me ocurre otra idea. Algo que podría ser divertido.

Isabel

Al cabo de una semana más o menos de regresar de Iowa, una semana entera esperando angustiada y preocupada, telefoneó Matthew.

Había intentado no caer en ese enloquecedor estado de espera. Ese era mi propósito de Año Nuevo. Me dije que tenía muchas cosas en que pensar y resolver por mí misma. Lo que había averiguado sobre la muerte de mi padre, lo que había sucedido entre mi madre y yo, el reencuentro con el señor Chambers y los cambios que se habían producido en mi relación con Matthew. Pensar en él y en lo ocurrido, sobre todo, me ayudaba a no obsesionarme con dónde estaba o qué hacía, por qué no me había llamado o si volvería a llamar algún día.

Pero el hecho era que estaba totalmente obsesionada. No podía parar de pensar en él. Y sentí una sensación casi abrumadora de alivio cuando apareció en mi móvil «fuera de área» y supe que era él.

Me preguntó si me había recobrado y le respondí que me parecía que sí. No tuve que preguntar: «¿Recobrado de qué?».

—¿Y tú? —le pregunté.

—Sí. Me ha llevado tiempo, algo más de lo que esperaba. He dormido mucho.

—Yo también.

El silencio duró tanto que temí que hubiera colgado.

—Escucha, ¿por qué no quedamos... el sábado por la noche, a las diez? En la esquina de Hancock con Wilson.

—¿Dónde está eso?

—En Bushwick.

—No tengo ni idea de cómo llegar.

—Utiliza el GPS, Isabel. Vives en Brooklyn. No me vengas con juegos.

Me pareció un comentario raro viniendo del jugador más grande del mundo. Pero me faltó coraje para señalárselo.

Llegué a la esquina, que resultó estar perdida en medio de la nada. Me vi rodeada de enormes edificios industriales y almacenes bajos de hormigón. Había llegado quince minutos tarde con la esperanza de que Matthew ya estuviera allí. Pero no había nadie. Casi supliqué al conductor de Lyft que se quedara y esperara en el coche. Le pagaría de más. Pero un vestigio de orgullo —y coraje— se impuso. Le di las gracias y me bajé del coche.

Una ráfaga de viento frío sopló a través de la calle oscura. Levantados por el viento, los escombros se estrellaban contra una pared. Una persona se acercó corriendo a mí, aullando como un lobo. Sentí cómo me ponía rígida. El corazón me martilleaba en el pecho. Estupendo, aquí o me asesinan, o me violan o solo me roban, o no me pasa nada, me dije. ¿Por qué no ser valiente y mantenerme firme?

El hombre que corría gritaba algo que no pude entender. Al pasar por mi lado, le oí decir: «Me han robado los pies. Los he perdido». ¿Cómo podía Matthew dejarme tirada en un lugar como ese? ¿No le importaba nada? Creía que lo ocurrido en Iowa había demostrado que sentía algo por mí. Pero debía de haberme confundido. En el fondo había sabido que no duraría una vez que estuviéramos de nuevo en Nueva York.

Por fin apareció el coche de Matthew. «Sube», me dijo.

Qué sádico era. ¿No podía haberme ido a buscar a un lugar más habitado? ¿Menos espeluznante? ¿Por qué no había ido a recogerme a mi piso como un novio de verdad? ¿Por qué? Porque no era mi novio, por eso. Y porque quería que estuviera agitada e inquieta cuando me subiera al coche.

—¿Adónde vamos? —Mi voz sonó aguda y aflautada.

—Conozco un bar increíble. Te encantará.

Para ir al bar había que internarse aún más en Bushwick, pero al menos la calle estaba algo más transitada. Cuando nos acercamos vi que un alto porcentaje de las personas que caminaban hacia la entrada iluminada eran mujeres, en pareja, cogidas del brazo, y en grupos de amigas, todas riendo y charlando.

Desaparecían en el interior de una en una o por parejas. En el rótulo que había sobre la puerta se leía NELL. Sentada fuera en un taburete alto, una mujer corpulenta y hombruna, con muchos tatuajes y un cepillo amarillo por pelo que dividía en dos partes iguales su cuero cabelludo, sometía a examen a los que llegaban.

—Oh, es un bar de lesbianas —le dije a Matthew.

—Brillante deducción, Sherlock.

—¿Y eso no es un problema para ti...? Me refiero a si admiten a hombres.

—Son tolerantes con el género —respondió él—. Siempre que dejes tus prejuicios en la puerta.

No me imaginaba dejando mis prejuicios con esa portera hombruna. No me imaginaba haciéndole saber que tenía alguno. Aunque en realidad no tenía. Estaba intrigada por saber en qué estaba pensando Matthew para llevarme a un lugar así. Sabía que iba a ser más complicado que su simple deseo de pasar un buen rato en un lugar divertido.

Matthew y yo nos vimos arrastrados a través de la puerta, pasando por delante de la portera, por una multitud de chicas altas, guapas y negras.

El local estaba oscuro y mis ojos tardaron un rato en acostumbrarse a la escasa luz. Estaba decorado como un burdel victoriano, con las paredes de papel flocado rojo, y reservados con sofás de terciopelo azul oscuro y pequeñas mesas en el centro. En la parte delantera, junto a la barra del bar, había un pequeño escenario. La música sonaba a todo volumen, villancicos de Navidad en versión disco, y en el escenario dos chicas con chaquetas y gorros de Papá Noel, y nada de cintura para abajo aparte de un tanga de cuero, bailaban al ritmo gogó, a veces solas, otras poniéndose una de frente y otra de espaldas, dobladas y agarrándose con fuerza, como dos Santa Claus lesbianas follando al estilo perruno.

—Genial —dijo Matthew.

—Es como un desfile de Papás Noel sin pantalones rojos.

—Un sueño húmedo con Papás Noel.

Vi unas pocas parejas hetero desperdigadas por la sala. También había mucha gente cuyo género era casi imposible descifrar. Me parecía fascinante y emocionante ver tantas variaciones de hombre o mujer en un mismo lugar, y necesité mucho autocontrol para no quedarme mirando mientras decidía qué o quiénes eran. Vi una persona que parecía literalmente dividida en dos, una mitad con el pelo largo y maquillaje y la otra calva y con una pequeña perilla. O más bien media perilla.

El público era en su mayoría femenino, con bigotillos y gorras de béisbol, cazadoras de cuero y vestidos de diseño, pelo azul, melena larga o corte al rape. Algunas iban muy maquilladas, con mucho rímel y barra de labios rojo intenso. Había una mujer vestida de Betty Boop y otra con traje de gato. En todas partes había parejas charlando, exhalando el vapor de un cigarrillo electrónico (estaba prohibido fumar) o peleándose por acceder a la barra, donde una camarera con una camiseta blanca de manga corta que dejaba ver unos brazos musculosos totalmente cubiertos de tatuajes servía copas.

Sus manos volaban de botella en botella, echando largos chorros de alcohol y agitando las cocteleras con teatrales despliegues de energía.

Camareras vestidas con un uniforme corto negro, un pequeño delantal blanco y medias de rejilla, como doncellas en un prostíbulo del siglo XIX, se abrían paso entre la multitud con pequeñas bandejas sostenidas en alto. Entre la decoración y la clientela había siglos de diferencia, pero todo el mundo parecía encantado de estar allí. Por todas partes había parejas espatarradas en los reservados, apiñadas alrededor de las mesas, bailando lento o apoyadas contra las paredes. Se respiraba felicidad.

Nadie nos miraba ni a Matthew ni a mí. Era como si supieran que éramos turistas y estábamos de visita en su mundo. Aun así, me cortaba estar allí con un tío.

—¿Quieres tomar algo? —me preguntó Matthew.

—Me encantaría.

—Bueno, a ti te harán más caso que a mí en la barra —me dijo, dándome dinero. Tuve que acercar la mano a los ojos para ver que era un billete de cien dólares—. Abre una cuenta —me gritó al oído.

—Muy bien —respondí moviendo los labios. La música estaba demasiado alta para que me oyera.

—Puede que tenga que irme —me susurró al oído, inclinándose—. De hecho, estoy casi seguro de que tendré que irme.

—¿Cómo?

—Es muy posible que tenga que dejarte aquí.

—Eso me ha parecido entender.

—Es una de esas noches —continuó Matthew—. Tengo el presentimiento de que Val está a punto de escribirme un mensaje o llamarme.

—¿No puedes dejarme en la estación? ¿O esperar a que llame a un Lyft?

—No adelantemos acontecimientos.

Yo estaba cada vez más segura de que Matthew tenía algo en mente, que quería que me quedara allí sin él. Pero no porque Val fuera a necesitarlo.

Más bien se trataba de algo sexual.

—Te espero aquí —me dijo.

Ahora sí que necesitaba una copa.

—¿Dónde te encontraré? —No soportaba lo insegura y cobarde que parecía.

—No me muevo de aquí.

Estábamos muy lejos de la barra. Me abrí paso a través de la masa de mujeres. Olía a perfume y sudor, oía risas y me llegaban fragmentos sueltos de conversación. De vez en cuando notaba una mirada que se prolongaba un poco más de la cuenta. O alguna se volvía para verme pasar. Intenté parecer relajada, abierta y simpática, pero sin entretenerme ni comunicar nada que pudiera interpretarse —o malinterpretarse— como una muestra de interés sexual.

Subió al escenario una negra muy alta y atractiva, o quizás era un gay travestido, no podía saberlo. La iluminación era aún más escasa cerca de la barra.

—Damas y gentiles —anunció con voz débil y susurrante—, voy a cantar una serie de canciones compuestas por la gran cantante del último siglo o de cualquier otro, Dionne Warwick.

Reconocí los primeros acordes de *Anyone Who Had a Heart*. Mi madre siempre la ponía, y yo sabía que expresaba toda su tristeza y soledad. No quería pensar en mi madre, sola en Iowa, donde probablemente me echaba de menos y ni siquiera tenía ya el pequeño consuelo que parecía haber encontrado en ese horrible señor Chambers. Intenté pensar en algo, cualquier cosa, y al cabo de un rato cerré simplemente los ojos y me concentré en la música y en la atractiva persona —hombre, mujer o lo que fuera— que cantaba. Podría haber sido yo la que cantaba esa canción a Matthew, pensé. Cualquiera que tuviera corazón y me mirara, comprendería... que no se trataba solo de sexo, no se trataba de hacer cosas raras en nuevos lugares solo por la emoción o el desafío de «actuar». Estaba cada vez más encariñada, y quería que me cuidara y me quisiera tanto como yo a él. Cualquiera que tuviera corazón...

—¿Qué te sirvo? —preguntó la camarera, devolviéndome bruscamente a la realidad.

—Un whisky con hielo y un martini Grey Goose extra seco con aceitunas.

—¿Whisky?

—Sí.

—¿De qué marca? —La camarera empezaba a impacientarse.

—No lo sé. —¿Cómo podía no haberme fijado en la marca que Matthew bebía? Ni siquiera sabía eso de él—. Uno bueno. —Le enseñé el billete de cien dólares.

—Entiendo. Ningún problema. —La camarera se mostró mucho más amistosa.

Mientras esperaba a que me sirviera las copas, me fijé que a mi lado en la barra había una mujer delgada y alta con el pelo largo y pelirrojo. Cuando se volvió hacia mí vi que era un belleza. Y tuve la sensación de haberla visto antes en alguna parte. Pero no podía ubicarla, no sabía dónde...

Me miró y le correspondí. Ella me miraba fijamente ahora. Sentí que surgía una chispa inconfundible entre las dos. Era tan guapa... Yo no era lesbiana. Pero ¿no éramos todos un poco gais? Aparté la mirada y me concentré en la camarera que vaciaba una coctelera en un gran vaso de martini.

Sentí cómo un dedo me recorría lenta y seductoramente el brazo, de la muñeca al hombro. Era la mujer que tenía al lado, la pelirroja. ¿Me estaba sucediendo realmente? Estaba confusa, desorientada. No sabía qué hacer ni cómo responder.

En ese momento la camarera me dio las copas.

—¿Lo pongo en tu cuenta?

—Por favor.

La pelirroja vio cómo cogía las dos copas. Era evidente que una era para otra persona. Pareció tomarlo como una señal de que no estaba libre y volvió a concentrarse en la suya, una especie de combinado tropical espeso y blanco, con una pequeña sombrilla rosa irónicamente inclinada contra el cristal.

Cuando me reuní con Matthew, la cantante había seguido con *Walk on by*. Le di la copa.

—Gracias. ¿Cómo sabías qué marca bebo?

Sonreí.

Bebimos escuchando a la cantante. Su voz era afectada y dulce, y la letra parecía describir lo que yo sentiría cuando Matthew me dejara —lo que, por alguna razón, parecía cada vez más inevitable— y me lo encontrara por la calle.

Pasaría de largo.

La cantante le decía a Matthew que siguiera andando, que no se detuviera, que fingiera no haber visto lo destrozada que estaría yo al verlo. Deseé apoyarme contra él, sentir su calor, su cercanía. Aunque solo fuera un momento.

—Bonita voz —comentó él.

—Preciosa.

Acabé mi copa sin darme cuenta siquiera de que bebía.

Matthew miró mi copa vacía.

—Bien. Empecemos. ¿Estás preparada?

—¿Para qué?

—No pensarás que te he traído aquí para escuchar los grandes éxitos de Dionne Warwick, ¿verdad?

—Entonces ¿qué...?

—Ve al aseo, quítate las medias y las bragas, y tráemelas.

—De acuerdo. Lo que digas.

No era la primera vez que me pedía que me quitara la ropa interior, pero, como él decía, nunca había querido que me devolviera el dinero. Esta vez era invierno. Fuera hacía frío. No tenía ningunas ganas de salir básicamente desprotegida de cintura para abajo. Pero Matthew nunca me había decepcionado. Sexualmente, quiero decir. Y una vez más yo le seguí el juego para averiguar adónde quería ir, qué papel debía interpretar.

Había dos aseos para señoras y ninguno para caballeros. ¿Dónde se suponía que meaban los tíos? ¿Era una muestra de que no eran del todo bien recibidos, pese a la política oficial del local?

Una de las puertas de los cubículos estaba cerrada, y cuando oí ruidos me agaché para mirar por debajo. Vi cuatro pies, o más bien dos pares de zapatos. Gruesas suelas de bota vueltas hacia la puerta y, a cada lado, tacones altos con las puntas mirando al frente. Por los sonidos que hacían, una mujer le estaba comiendo el coño a otra dentro.

Me deslicé en el cubículo de al lado, y me quité mis bragas de encaje y las medias. Un aire frío me subió por las piernas. Del cubículo contiguo todavía llegaban ruidos excitantes que se unieron a las expectativas de lo que Matthew quería de mí, lo que estaba a punto de suceder. Por un momento se me pasó por la cabeza que me haría subir al escenario y hacer algo en público. Esperaba que no. Esa no era la clase de actuación que yo tenía en mente.

Al salir me levanté la falda y me miré en el espejo. Luego me volví y me miré el culo por encima del hombro. Fuera lo que fuese, podía hacerlo. Afortunadamente, no entró nadie, y las mujeres del cubículo estaban demasiado ocupadas para enterarse de lo que yo hacía, o para que les importara. Y eso es lo que me dije mientras regresaba junto a Matthew. Nadie sabe que por debajo de la falda estoy desnuda. Nadie sabe que llevo las medias y las bragas dobladas en el bolso.

Cuando volví a su lado, él parecía haberse pedido otra copa. Se la bebió de un trago.

Me tendió una mano. Las medias abultaban y le costó metérselas en el bolsillo, pero al final lo consiguió.

—Mmm. Bien, allá vamos. Tengo que irme, pero estaré de vuelta exactamente en noventa minutos.

—¿Exactamente?

—Sí.

Entonces no tenía necesidad de reunirse con Val. Era nuestra próxima actuación.

—¿Adónde puedes ir desde aquí para estar de vuelta en noventa minutos? ¿Qué está pasando? —le pregunté.

—Es algo relacionado con Val —respondió él.

Quizá quería tranquilizarme —no tenía que ver conmigo ni con nosotros—, pero en cierto modo era lo peor que podía haber dicho. Una vez más tuve la sensación de estar bajo el control de Val, como si él manejara los hilos que controlaban todos los aspectos de mi vida con Matthew. ¿Le había dicho Val que me llevara allí? ¿Había decidido él lo que se suponía que tenía que pasar después de que Matthew me dejara en el bar?

—Espérame.

Algo en su forma de decir «espérame» me hizo comprender que, contra toda sensatez, aun sabiendo que era contrario al sentido común, lo esperaría eternamente.

—Ah, casi me olvido. Estas son las condiciones para la escena.

Con Matthew, condiciones era sinónimo de sexo. Fui más consciente que nunca de no llevar nada debajo de la falda. La cantante había abandonado el escenario, dejando en su lugar a una disc-jockey que ponía música tecno. A mi lado una pareja bailaba un lento rápido y sexy, cada una con las manos en el culo de la otra.

—En noventa minutos tienes tiempo de sobra. Busca a una chica. Flirtea con ella, cautívala, sedúcela.

Tomé aire.

—Noventa minutos —continuó él—. En otras palabras,

un revolcón. Hay un callejón que empieza hacia la mitad de la siguiente manzana. Te esperaré en la manzana del callejón. —Miró el reloj—. A las doce y media exactamente.

—¿Quieres que te espere en un callejón? ¿A medianoche? ¿Estás de broma?

—Tienes que confiar en mí, *Isabel*.

Pasaba a ser suya cuando pronunciaba mi nombre. Había perdido toda mi autoestima. No me reconocía. En Iowa había creído volver a ser la que era, pero era evidente que no.

—Ah, espera. Una condición más. Casi me olvido.

Me preparé. Allá iba.

—Quiero probarla en tus dedos —dijo Matthew.

Respiré hondo.

—De acuerdo. Pero ¿cómo sabes que no...?

Me leyó el pensamiento.

—Sé cómo sabes. Si no eres tú lo notaré.

Se me aceleró el pulso.

—Nunca he estado con una chica.

—Eso ya lo sé.

—¿Cómo lo sabes? Nunca hemos hablado de ello.

—Lo sé —repitió—. Ah, una cosa más.

—¿Qué?

—La pelirroja de la barra.

—No sabía que mirabas. Estabas en el otro extremo.

—Lo he visto. Le gustas. Será fácil.

—¿Cómo sabes que sigue allí?

Me puse de puntillas, pero no vi nada. Había demasiadas parejas bailando entre nosotros y la barra.

Matthew estiró el cuello para ver por encima de las cabezas. Era lo bastante alto para hacerlo.

—Está allí. Esperándote a ti. A nadie más.

Me dio el resguardo del guardarropa para el abrigo y otro billete de cien dólares.

—Noventa minutos. —Y se despidió de mí con un beso.

Me abrí paso hasta la barra. Ni después de un martini parecía más fácil. Estaba medio mareada de nervios y excitación, y al borde del deseo.

La pelirroja seguía sentada en la barra. Me acerqué a ella y me quedé de pie a su lado. Ella levantó la vista hacia mí, titubeó y volvió a concentrarse en su copa.

La camarera estaba tan ocupada que esta vez tardó más en atenderme. Pero al menos bajó el volumen de la música, aunque solo fuera por unos minutos. Podía pensar.

Y lo que pensé fue: una hora y media.

Me acerqué más a la pelirroja. Apreté el hombro contra el suyo.

—Otro martini —pedí.

—Cárgalo a mi cuenta. Y otra piña colada. Una bebida tronchante, ¿no te parece? Solo en un país como este te servirían algo así. —Tenía acento extranjero. Francés, pensé—. Así que has vuelto.

Me puso una mano en el antebrazo. Tenía las uñas largas y muy bien cuidadas, de un rojo casi morado. De pronto estuve segura de haberla visto antes. En una película. Una producción francesa. Hacía el papel de una candidata ambiciosa y sexy a la que asesinaban en mitad de la trama. Estaba bastante segura de que la había visto con Luke poco después de llegar a Nueva York. No quería pensar en Luke y en Marcy. ¿Desaprobarían lo que estaba haciendo? Pero ¿por qué era tan distinto de ir a audiciones? Supuse que porque la francesa pelirroja no estaría en el guion.

—Me llamo Clemence Marceau.

Exacto. Ese era el nombre de la actriz. Ahora lo recordaba con claridad. No me habría dado su nombre real si ocultara el hecho de que frecuentaba bares de lesbianas.

—Eres actriz. —Le gustó que lo supiera—. Yo soy Isabel.

—Un nombre francés.

—Mi madre es una gran admiradora de Henry James.

—Entonces tuviste suerte de que no tuviera un hijo.

Me reí. No había esperado hacerlo. No había esperado que ella hubiera leído a Henry James. No había esperado que me gustara ella. Eso lo hacía más fácil y más difícil.

Noventa minutos.

—Me han dicho muchas cosas de mi nombre, pero eso nunca.

Una estrella de cine francesa que probablemente era más inteligente, más rica y más interesante que Matthew. No era de extrañar que me sintiera atraída por ella. Lo extraño era que yo la atrajera. Sentí que parte de mi viejo poder y encanto regresaban a mí. Tal vez no sería tan distinto a mi juego con las citas de Tinder y Bumble. Me sorprendió la facilidad con que volvía a adaptarme a las reglas. Podía ser quien ella quisiera que fuera o quien yo decidiera ser para ella. Durante noventa minutos, incluso menos.

—Creía que estabas con alguien. Dos copas.

—Se ha ido. —Al menos eso era cierto.

—Ya veo.

—¿Vives en Nueva York?

Me dijo que había venido para intentar conseguir un papel en una película dirigida por un conocido director de cine indie cuyo nombre me sonaría. Aunque probablemente no se lo darían, ya que buscaban a alguien más joven. Habría resultado ridículo decirle que yo quería ser actriz.

Además, en esos momentos actuaba. ¿Quién de las dos era la actriz?

—Los directores son unos cabrones —dijo ella.

Alcé la copa para brindar por eso.

Pedimos otra ronda. Ella se pasó de una bebida con ron al ron solo.

Esta vez intenté pagar yo, enseñándole el billete.

—Invita el tío que se ha ido. El que ha huido, ja, ja.

—Guárdate el dinero. ¿Era tu novio?

—No. —Una vez más no mentía. También sabía que era lo que ella quería oír.

—Bien. No me gustan las chicas con novios.

Después de otra ronda de copas, todo empezó a ser muy divertido. Por un instante aterrador pensé que era así como uno se sentía cuando alguien le echaba algo en la copa. Pero Clemence no me había dado ninguna droga. Solo era el vodka mezclado con el miedo, la extrañeza y la lujuria.

—¿Por qué miras tanto el reloj? —le oí decir en medio de la bruma.

—No lo sé —dije, y me reí. Pero lo sabía. Una hora y media. Tenía una misión. Esa idea permanecía clara y firme en mi mente pese a esa sensación de fundirme que no me abandonaba—. Soy nueva en esto. —Era una apuesta. ¿Aquello la excitaría o la echaría para atrás?

Clemence se encogió de hombros a la manera francesa.

—Todo el mundo es virgen una vez. Hasta que deja de serlo.

Algo volvía a ser gracioso, y en medio de una carcajada ella se inclinó y me besó, y yo le devolví el beso.

Tenía los labios suaves, y empezó a besarme cada vez con mayor intensidad. Por un momento no pude respirar. Me aparté y oculté el rostro en su cuello, donde inhalé su perfume: caro, almizclado, francés.

Pidió otra ronda, y alternamos sorbos y besos. Yo estaba excitada y borracha. Pero no estaba lo bastante borracha ni excitada para no estar al tanto de la hora. No podía perder la noción del tiempo, por mucho que me dejara llevar.

—Necesito ir al lavabo —dije al cabo de un rato.

—Te acompaño. No quiero perderte en la multitud.

Cogidas de la mano, nos abrimos paso a través del bar. Vi que algunas mujeres la reconocían. Quizá frecuentaba ese local cuando estaba en nuestro país, y me miraban a mí para ver quién era la afortunada que había acabado con la cachonda estrella de cine francesa.

Las dos sabíamos dónde estaba el lavabo. Matthew ya me había mandado allí. Quería que supiera dónde estaba. Quería que supiera que las chicas iban allí para enrollarse en los cubículos. Quería que fuera allí con Clemence y que ocurriera eso mismo, pero yo estaba demasiado excitada para considerar las implicaciones de ello. La deseaba y quería lo que fuera que pasaba en los aseos del bar de lesbianas de Bushwick, y quería reunirme luego con Matthew. Y él quería probarla a ella en mis dedos.

Los aseos estaban vacíos.

—Tú primero —me dijo, aunque los dos cubículos estaban vacíos. Sabía qué iba a ocurrir.

—No, tú primero —respondí, y nos echamos a reír.

Nos apretujamos en el cubículo y cerramos la puerta. Ella me empujó contra la pared y volvió a besarme. Me tocó los pechos, y yo deslicé las manos por debajo de su suave jersey de cachemira. Ella me puso las manos sobre las nalgas para atraerme más, luego me palpó por debajo de la falda.

—*Mon dieu* —exclamó al darse cuenta de que no llevaba ropa interior—. Has venido preparada.

Sus manos me recorrían arriba y abajo. Yo ya no sabía lo que hacía. Era una sensación tan increíble... Deslicé una mano por debajo de su falda. Casi me corrí cuando le toqué el muslo, pero me obligué a contenerme y desplacé la mano hasta la ingle. Deslicé dos dedos por debajo del borde de encaje de sus bragas y los hundí dentro de ella. La noté suave y húmeda, y fui delicada, tan delicada como me gustaría que fueran conmigo. Era como si al tocarla me tocara a mí misma. La acaricié con suavidad pero con insistencia hasta que ella echó la cabeza hacia atrás, con los ojos cerrados, y gimió. No supe si se había corrido. Tampoco se lo pregunté.

—¿Ahora tú? —dijo ella después de un momento—. Dime lo que quieres.

Me reí.

—Creo que necesito un poco de aire. Me está haciendo falta el inhalador de asma. —Improvisaba. No tenía ninguno. Y si lo tuviera, estaría en el bolso que llevaba encima. Ella tampoco debía de pensar con claridad—. Volvamos a la barra.

—¿Estás segura?

—Sí. Esperemos. Tenemos todo el tiempo del mundo. —Yo solo era ligeramente consciente de estar citando a Matthew. ¡Matthew! Miré el reloj. Había pasado una hora y veinte minutos.

Clemence se sentó y meó, y yo hice lo mismo. Cuando salimos del cubículo, se lavó las manos. Yo no, evidentemente.

—Vente conmigo —dijo ella—. Me alojo en el Pierre. Tengo un coche esperándome fuera.

Por un momento me sentí tentada. Una bonita habitación de hotel, seguro. Un coche. Tenía que estar loca para rechazarlo. Pero de algún modo sabía que, si me iba con ella y dejaba plantado a Matthew, sería el fin de mi relación con él. Nunca me lo perdonaría.

¿Por qué no lo haces?, me pregunté. Es mejor que Matthew en muchos aspectos. Te pone cachonda. Pasar la noche con ella seguro que es increíble, y Matthew solo jugará contigo y te decepcionará, y en el mejor de los casos te llevará de vuelta a tu pequeño piso de Greenpoint.

No sé por qué, no hice lo sensato.

—No puedo.

—¿Tu novio?

No respondí.

—Lo sabía. Mierda, odio a las heteros. No soporto que vengáis a ligar aquí buscando un poco de emoción. Algo que contar a vuestros novios. Para dar un poco de color a vuestra vida sexual. —Clemence soltó toda esa retahíla con su acento sexy. Y tenía razón. Casi cambié de opinión.

—Lo siento. De verdad. Pero tengo que irme.

—Ya —dijo—. Vete a la mierda. —Y dijo algo más que

sonó como «vete a la mierda» en francés. No había forma de disculparme o de hacérselo entender. No lo entendía ni yo. ¿Qué clase de poder tenía Matthew sobre mí? ¿Por qué estaba siempre tan predispuesta a hacer lo que me pidiera?

Mientras salía del bar me sentí fatal. Sabía que había actuado erróneamente, y sabía que lo que me pidiera Matthew sería cada vez peor. Cada vez más terrible. Eso era peor que irse de una cafetería sin pagar, peor que ver a mis amigos darlo todo en una obra de Shakespeare con un vibrador zumbando dentro de mí. Era peor que intentar asustar al orientador profesional que había traicionado mi confianza y que probablemente traicionaba a mi madre. Nuestras actuaciones tenían consecuencias: los otros jugadores eran personas de carne y hueso. Lo que le había hecho a Clemence era una especie de violación. Me había comportado como uno de esos universitarios de fraternidad que se enrollaban con una chica solo para contárselo luego a sus colegas. No tenía nada que ver con ella. Pero a mí me había gustado Clemence, me había sentido atraída por ella, me...

Recogí mi abrigo del guardarropa y salí corriendo por la puerta del bar. La misma portera me miró con mala cara y, aunque sabía que era imposible, tuve la sensación de que sabía lo que había hecho.

Las calles estaban vacías. Respiré hondo y eché a andar. ¿Y si no veía a Matthew?

Encontré el callejón exactamente donde él había dicho que estaría. Me esperaba. Tal como había dicho. A la hora exacta.

La alegría de verlo alivió toda la mala conciencia en un instante, lo que solo hizo que me sintiera más culpable que nunca.

Me empujó contra la pared, con delicadeza y brusquedad al mismo tiempo. Yo todavía pensaba en Clemence en el aseo, el tacto de sus manos en mi piel, lo que había sentido al tocarla.

—¿Con qué mano? —me preguntó él.

—La derecha —respondí con voz ronca.

Él me tomó la mano y se llevó tres dedos a la boca, y los chupó. Sentí la familiar sensación de calor entre las piernas. Lamenté no haber dejado que Clemence me hiciera correr, tal vez me habría protegido ahora de algún modo contra Matthew. Pero al mismo tiempo me alegraba de no haberme corrido y de no tener defensas.

Yo era su...

Un grupo de mujeres, supongo que del bar, pasaron junto al callejón riéndose y hablando. Miraron en nuestra dirección y nos vieron a Matthew y a mí, apretados y retorciéndonos el uno contra el otro.

—Heteros... —soltó una—, a-bu-rri-do.

Las demás se rieron. Si supieran... Pero me alegré de que no lo supieran, que no supieran que me había portado tan mal con una mujer que acababa de conocer en el bar, una hermana, alguien que no había hecho nada para merecer ser víctima de mi horrible e imperdonable conducta.

Las mujeres que pasaron probablemente pensaron que íbamos a llegar hasta el final, contra la pared del callejón. Pero yo sabía que no.

Matthew se sacó mi mano de la boca. Tenía los dedos mojados. Con mi mano en la suya, me la deslizó por debajo de la falda y me frotó hasta que me corrí. Grité cuando el orgasmo me recorrió. Pero ya no podía oírme nadie.

—Así me gusta —dijo él—. Me había olvidado de decirte que no te corrieras cuando estuvieras con ella. Era la última condición. Pero imagino que no ha hecho falta que te lo dijera.

—No, no ha hecho falta.

—Volvamos a casa. —«Cada uno a su casa», quería decir.

Me dejó en mi piso, se despidió con un beso y se alejó en su coche.

Mi trabajo en Doctor Sleep se había vuelto casi insoportable. Todo lo relacionado con él me deprimía, y todo lo que antes me parecía gracioso —la decoración, las batas médicas, cómo Steve casi se echaba encima de mí cuando hablaba conmigo— dejó de hacerme gracia. Cada día que iba a trabajar me sentía una fracasada. Una mujer que no era capaz de actuar, que no era capaz de conseguir un empleo de verdad, que no era capaz de encontrar un novio que le importara algo más que el sexo en situaciones raras. Una mujer que haría lo que le pidiera un tipo al que, después de todo ese tiempo, apenas conocía.

Una mañana, poco después de la noche del bar de Bushwick, entré en la tienda y encontré a Steve con una sonrisa en la cara, una misteriosa y taimada sonrisa de divertida complicidad. Mi madre habría dicho que parecía un niño con zapatos nuevos.

—Ha venido alguien preguntando por ti.

—Matthew.

Hacía días que no lo veía, y la última vez que se había presentado en la tienda había dejado el vibrador que debía llevar a la obra de Shakespeare. En otro momento la idea de que hubiera estado allí, y me hubiera dejado un mensaje o un regalo, me habría emocionado. Pero ahora solo sentí hastío.

—Inténtalo de nuevo —dijo Steve—. Alguien superfamoso. Un nombre muy conocido. ¿En qué mundo te mueves, Isabel? ¿Cómo es que no me has hablado de tus famosos y elegantes amigos?

Sabía lo que Steve iba a decir antes de que lo dijera.

—Val Morton.

Me sentí ligeramente asqueada, con un gusto extraño en la boca.

—¿Qué quería?

—Solo quería saludarte y decirte que ha estado pensando

en ti. ¿Te importa si te pregunto exactamente por qué Val Morton podría haber estado pensando en ti?

Algo en el modo en que Steve puso el énfasis en «ti» me hizo sentir tan desesperada y furiosa que de pronto me trajo sin cuidado si me despedía o no. Prefería estar en el paro, prefería morir de hambre a someterme un día más a sus insinuaciones, a su repulsividad, a su aliento en mi cara cuando me hacía preguntas que rayaban, mejor dicho, que cruzaban la barrera de la indiscreción y el fisgoneo.

—Steve, ¿le importa si le hago una pregunta?

Él retrocedió un paso, y recordé que mi vida fuera de la tienda —mi vida con Matthew y ahora, al parecer, mi vida con Val Morton— me daba poder. La clase de poder que ninguna persona sensata querría, pero poder, al fin y al cabo. Al menos sobre Steve.

—Pregunta lo que quieras.

—¿Adónde va cada día al mediodía? Se va y vuelve, y nunca dice nada.

Steve tragó saliva. Estaba segura de que iba a callarse lo de la dominatriz con la que quedaba.

—Voy a ver a mi madre. Vive a dos manzanas de aquí. Está postrada en cama, y le llevo comida y me siento a hablar con ella. —Sacó el móvil y me enseñó una foto de una anciana encantadora envuelta en una manta de ganchillo rosa sobre una silla de ruedas, y añadió con orgullo—: Ahí la tienes. No sé dónde estaría si no fuera por mí. En un asilo, supongo. Pero quiere vivir sola e independiente. Así que mientras que los dos podamos, la ayudo a serlo.

Supe que me decía la verdad. Estaba segura: era imposible que me mintiera. Yo todavía conservaba algo del don de percibir lo que la gente pensaba y sentía, y supe que Steve era sincero. Y me avergoncé de haber pensado que llevaba una doble vida sospechosa. Una vida sexual secreta. Era yo y no Steve quien tenía una vida sexual secreta y sospechosa. Y la culpabilidad y la vergüenza habían hecho que lo proyectara todo sobre él.

—Eso es precioso —dije sin convicción—. Es usted un buen hijo.

El hombre al que había imaginado actuando de forma turbia en realidad obraba con rectitud. Me había equivocado por completo. Yo era la turbia, la culpable, la que nunca podría contar a nadie lo que había hecho y lo que me había sucedido. La que tenía que ocultar incluso a sí misma lo que era en realidad.

Steve se encogió de hombros. Vi que se arrepentía de haberme dado siquiera la más mínima información de su vida fuera de la tienda.

—Uno hace lo que tiene que hacer.

O lo que Val Morton le dice que haga, pensé. Usted, Matthew, yo..., todos hacemos lo que Val Morton nos dice que hagamos. Y me estremecí, aunque la calefacción estaba a tope, como siempre.

Matthew

Val Morton estaba jugando conmigo. No sé por qué o cómo empezó, si se había cansado de mí o tenía algo en mente. Pero yo no era tan necio ni tan ingenuo como para pasar por alto las señales que decían que alguien intentaba confundirme.

Poco después de que llevara a Isabel al bar de Bushwick, una noche que me sentía algo perdido, como a la deriva, esperando nuevas instrucciones, me hizo ir a su casa. Lo encontré, como siempre, en su gabinete, bebiendo brandy y fumándose un puro.

Pero había algo distinto en la escena, un cambio sutil. Tardé un poco en detectar qué era, como se suele tardar en advertir algo perturbador en un entorno familiar. ¿Qué estaba pasando?

Lo que pasaba era lo siguiente: en la mesa de centro había un arma de fuego. Un revólver.

Val me vio mirarlo y vio el miedo en mis ojos, vio que en todos los años que habían transcurrido desde que había disparado sin querer a mi hermano Ansel no habían dejado de asustarme las armas. De hecho, el miedo había ido a más desde que el orientador profesional pervertido de Iowa nos había echado a Isabel y a mí de su casa con un rifle.

Val vio que estaba asustado y le gustó. Disfrutó viendo el miedo en mis ojos.

—Lo siento. Olvidé que las armas *no son lo tuyo*. —Me pareció que me imitaba—. Esta tarde he ido a un campo de tiro y al llegar a casa me he olvidado de guardarla.

Pero yo sabía que no se había olvidado. Quería que yo la viera y observar mi reacción. Pero ¿por qué? ¿Qué había hecho yo?

Sin dejar de chupar el puro, se levantó, cogió el revólver y me apuntó con él, riéndose.

—No está cargado, por supuesto. Curso básico sobre seguridad con las armas de fuego.

Cruzó la habitación hasta el escritorio, lo metió en un cajón y lo cerró. Regresó al sofá y cogió su brandy. Dio un largo trago y dejó el vaso para servirme uno pequeño, luego bebió dos sorbos más del suyo y suspiró satisfecho.

—¿Cómo te fue con tu amiguita entre las grandes y feroces lesbianas de Brooklyn?

—Creo que a Isabel le gustó.

—Mejor que mejor. —Alzó la copa—. ¿Por... qué? ¿Por qué se te ocurre que podríamos brindar, Matthew?

—No lo sé —tartamudeé.

Noté que me ponía colorado y me desprecié por ello.

—Un momento. ¿Te importa si lo grabo? Es la clase de conversación que a Heidi y a mí nos gusta escuchar... en la cama. Es como nuestro pequeño *podcasting*, por así decirlo. Creo que allí hay un gran mercado esperando ser descubierto, ¿sabes? *Podcast* porno o porno *pod*... Hay que pensar en qué nombre podríamos ponerle.

—Creo que ya existe.

No soportaba la idea de que me grabara hablando sobre Isabel. ¿Y si ella se enteraba? ¿Me perdonaría algún día? Pero me pareció que no podía negarme. Pese a todo, todavía me gustaba mi trabajo. Sobre todo mi sueldo en efectivo, mi piso, mi coche. Y no podía imaginar (aunque había estado pensando en ello) a qué podía dedicarme después de eso. Val ya me había advertido que no quedaría registrado, no habría carta de recomendación ni evidencia de que había trabajado para él o de que mi empleo había existido siquiera. Además, ¿cómo podría describir mi puesto en un currículum? ¿Asistente personal? ¿Chico de los recados? ¿Encargado de mantenimiento? ¿Qué... sexual?

Le conté cómo, al volver de Bushwick, le había pedido a Isabel que me explicara todo lo que había hecho en el bar de lesbianas.

—Fabuloso —no paraba de decir él—. Me encanta. A Heidi le va a encantar.

Algo en la forma en que lo decía hizo saltar una pequeña alarma, la más insignificante señal de alerta. ¿Había descubierto que Heidi había estado en mi casa? ¿Era ese el problema? Todo era demasiado extraño. Fuera lo que fuese, no me gustaba que hubiera convertido mi vida en una especie de telenovela porno solo para divertirse con Heidi. Al mismo tiempo, no tenía la energía para mentir o inventar algo que no fuera lo que había sucedido realmente.

De modo que le conté a Val cómo había hecho que Isabel se corriera en el callejón de detrás del bar. Le conté exactamente lo que hicimos. Tuve la sensación de renunciar a algo mientras lo hacía, pero no me detuve.

—Y eso fue todo.

Apagó la grabadora y se recostó.

—¿Sabes? —dijo al cabo de un rato—, creo que tu amiguita está lista. Creo que ha llegado el momento de hacer la pequeña... travesura o broma que tengo en mente desde hace tiempo.

Entonces ese era el verdadero propósito, la misión secreta a la que Val Morton había estado refiriéndose desde el principio.

—Bien —respondí. Quería saberlo y al mismo tiempo temía averiguarlo.

Val regresó al escritorio donde había guardado el revólver. Me puse tenso. ¿Iba a apuntarme con un arma? ¿A pegarme un tiro? ¿Por qué se me pasaba siquiera por la cabeza? Porque de repente todo parecía posible, pensé.

Tal vez era yo. Toda la culpa era mía. Tal vez estaba siendo un paranoico. Pero Val no ayudaba. Me bebí el brandy de unos cuantos tragos y me serví más.

En lugar del revólver, Val sacó una fotografía en blanco y negro. Un hombre muy corriente, con una gran cabeza redonda y calva ligeramente bulbosa, gafas de montura metálica, una nariz y una boca pequeñas y apretujadas, y papada. Parecía la clase de actor que podía hacer de cajero o de presidente de un banco en una película de los años treinta o cuarenta.

—¿Quién es?

—No te hace falta saberlo. Tú solo memoriza su cara. Lo único que tienes que hacer es distinguirlo entre la gente, digamos que en el bar de un hotel, aunque mi intuición me dice que la clase de local que frecuenta un tipo así no estará muy lleno. No será lo que se dice un lugar concurrido. —Se rio sin alegría—. Y solo tienes que fotografiarlo con el móvil.

—¿Solo tengo que fotografiar a este tipo en el bar de un hotel?

—Bueno, no exactamente en el bar. Cuando le hagas la foto ya no estará en el bar sino en su habitación.

—Más despacio, Val, por favor. Vayamos por pasos.

—Irás al bar a la hora y el día que te diga con tu amiguita, que irá vestida como una puta cara. Una chica de alterne de clase alta. Ella se lo ligará y quedará en subir a su habitación. Tú los dejarás solos en la habitación el tiempo suficiente para que... se animen las cosas, como suele decirse. Entonces solo tendrás que llamar a la puerta diciendo «servicio de habitaciones», entrar y disculparte por haberte confundido de habitación. Los fotografiarás y te largarás de allí. Está gordo y en baja forma, y no llevará los calzoncillos puestos.

»Y a partir de entonces me ocupo yo. ¿Crees que puedes hacerlo, Matthew? No es pedir demasiado, ¿verdad?

No me gustó el tono de esas últimas preguntas, pero asentí. En realidad, no parecía muy difícil. El tipo parecía un bicho raro inofensivo al que le asustaba su propia sombra. Todo lo que tenía que hacer era mandar a Isabel por delante para que lo metiera en una situación comprometedora, y entonces entrar y hacer las fotos con las que suponía que Val querría hacerle chantaje. No le pregunté qué pensaba hacer con ellas. No me hacía falta.

—Un momento —dije—. Solo quiero estar seguro de algo. El tipo parece memo, pero... dime si no es un gángster, un ruso mafioso o alguien peligroso que nos pueda costar manejar a Isabel y a mí.

—Míralo. ¿Parece un ruso mafioso? ¿Parece un gángster? Ya que insistes en saberlo, es un reportero especializado en ciencias, ¿de acuerdo?. ¡Un reportero! Y por lo que sé, entre los reporteros y los asesinos a sueldo todavía hay una gran diferencia. Bueno, tal vez no tan grande. Digamos que hay suficiente diferencia para que tu amiguita y tú no tengáis que preocuparos demasiado. Confía en mí, este tipo es un corderito. Un gatito. Tiene una mujer mucho más joven y bastante sexy, y tres hijos, y... ¡sorpresa!, el matrimonio está en las últimas. En cuanto sepa que hay una foto de él con una prostituta, una prostituta cara, tendrás que persuadirlo para que no se tire por la ventana. Así que todo el peligro que supone es para sí mismo.

»Por cierto, me he asegurado de que te den la habitación contigua a la de nuestro forastero calvo. Para que puedas entrar y salir de escena. Ahora estás, ahora no estás. Puede que corra hasta la puerta y salga a buscarte, pero tú ya te habrás esfumado. O estarás en la habitación contigua.

—¿Qué hay de Isabel?

—Se disculpa y se va. Las cámaras ponen nerviosas a las chicas como ella. Y el tipo no intentará retenerla. No después de lo sucedido, créeme. Y no empezará a atar cabos hasta que sea demasiado tarde.

Reflexioné unos minutos, o más bien hice como que reflexionaba. Porque no había nada que reflexionar en realidad. O quería trabajar para Val el tiempo que durara ese empleo, o no quería.

—Es una pequeña broma —añadió Val. Pero la palabra que acudió a mi mente era «chantaje».

No se lo contaría a Isabel. Fingiría que todo iba de sexo: la consumación a la que habían conducido todos los otros actos.

Pensé en ello un poco preocupado, pero no durante mucho rato. No me gustaba cómo me hacía sentir. Pero las cosas eran como eran.

A fin de cuentas, supongo que había puesto el empleo por delante de ella.

—De acuerdo. Tendré que hablar con Isabel.

—No tendrás que hablar mucho. Por lo que deduzco de tu idilio ardiente, solo tienes que decirle lo que pasará. Cómo tiene que actuar. Para eso hemos esperado tanto. Para eso nos lo hemos tomado con calma y le has hecho pasar por todo esto, que yo sepa. Queríamos estar seguros de que aceptaría cualquier cosa.

—Supongo... —Al oír a Val expresarlo sin rodeos, tomé conciencia de lo horrible que era.

Yo me lo había planteado de otro modo, diciéndome que a Isabel le gustaba, que sabía en qué se estaba metiendo, que no era una víctima inocente, que... No sabía lo que me decía. Solo intentaba ocultarme a mí mismo que había sacado a una chica inocente de una tienda de colchones y la había comprado como a una de sus modelos más baratas, solo que no me había hecho falta pagar. La había comprado con sexo e incertidumbre, con seducción y apelando a una parte oscura de su psique que ella no sospechaba siquiera que tenía. Solo había tenido que decirle que no era una fracasada, que todavía estaba a tiempo de ser actriz algún día, de una forma diferente. Y ahora era mía, como un muñeco o un títere, mía para lo que quisiera hacer con ella.

Casi deseé no haber empezado nunca ese juego. Pero no podía detenerlo, al menos de momento. Realmente necesitaba conservar el empleo.

Entró Manuel, el mayordomo.

—Señor Morton, el señor Frazier desea verle. ¿Le digo que espere?

¿El señor Frazier? *Yo* era el señor Frazier. ¿Era un desliz de Manuel? No llevaba tanto tiempo al servicio de Val. Quizá todavía se confundía con los nombres. Pero nadie que trabajara para Val se confundía..., o, si lo hacía, no duraba mucho en su puesto. Además, Val nunca citaba a dos personas a la vez. Nadie había interrumpido una de nuestras reuniones antes.

—No, no. Hágalo pasar, Manuel.

Entró en la habitación un tipo alto y bien parecido, unos años más joven que yo y con un traje mucho más caro de lo que yo podía permitirme pagar. Se parecía tanto a mí que era como mirarme al espejo... rejuvenecido. Tardé curiosamente mucho tiempo en reconocer a mi propio hermano. Ansel no se había parecido mucho a mí de niño, pero era como si con los años nos hubiéramos acercado y cada vez nos pareciéramos más. Y hacía tanto que no lo veía... No tenía ni idea.

—Ansel. Caramba... Me alegro de verte, tío.

—Me alegro de verte, Matthew.

Ninguno de los dos parecíamos pensarlo realmente. No creo que ninguno de los dos supiéramos qué debíamos sentir ni qué sentíamos. La cabeza me daba vueltas y noté un dolor en el pecho. Pensé en todas las veces que había intentado ponerme en contacto con Ansel y en cómo él siempre se había negado a responder mis llamadas. Había probado en su oficina; el teléfono de su casa no estaba registrado y no sabía su móvil. Él nunca había hecho acuse de recibo de las felicitaciones de Navidad que solía enviarle cuando éramos jóvenes.

¿Por qué estaba tan enfadado conmigo? ¿Qué le había hecho?

Me di cuenta de que lo había echado de menos, y no me había permitido pensar siquiera en él durante largos períodos de tiempo. Todo había sido demasiado doloroso.

Val se rio sin alegría.

—Creo que os conocéis.

Mi hermano y yo nos abrazamos torpemente y nos dimos palmadas en la espalda, para contentar a Val.

—Eh, ¿qué coño está pasando aquí, Val?

—Pues que he decidido que siempre es mejor mantenerlo todo en familia. Así que voy a contratar a tu hermano, que, por si no lo sabes, está prosperando mucho como arquitecto en el extremo este de Long Island. Supongo que sabes a qué extremo me refiero, Matthew.

—Por supuesto que lo sé. —Val nunca había sido perverso de ese modo antes.

—Voy a contratar a tu hermano para que diseñe los apartamentos de lujo del nuevo bloque de pisos que estoy construyendo en Long Island City. Cuando esos cabrones del ayuntamiento y de la EPA entren en razón y den el visto bueno.

—Si lo dan —no pude evitar decir.

Era la respuesta más rebelde que había dado nunca a Val, y vi cómo le brillaban los ojos de cólera. No estaba acostumbrado a que le llevaran la contraria, ni a oír una palabra que se pareciera remotamente a una réplica. Bueno, que me despidiera. De cualquier modo podía ver que todo avanzaba en esa dirección, y estaba seguro de que mi hermano tenía que ver con ello. Y si Val me despedía, no tendría que hacer lo que me había pedido que hiciera con Isabel y el desconocido en el hotel.

—Debes de haberlo oído mal, Matthew. He dicho «cuando». Cuando den el visto bueno. En cuanto lo den. Está bien, chicarrón. Ya he acabado contigo. Puedes irte. Necesito hablar con tu hermano.

Me estaba diciendo que me fuera.

—A ver si nos vemos y nos ponemos al día —le dije a mi hermano—. Más pronto que tarde.

—Claro —respondió en un tono tan inexpresivo que supe que nunca lo haríamos.

Por un momento se me pasó por la cabeza que Val y mi hermano habían estado conspirando contra mí desde el principio, pero enseguida lo descarté. Me estaba comportando como un paranoico.

Cuando salía, oí decir a Val:

—Ansel, ¿has conocido a la novia de tu hermano, Isabel? Es muy atractiva. Deja que te cuente algo divertido. Pillé a tu hermano y a su novia en mi cama. No me importó. Más bien me dio morbo. Se lo conté todo a Heidi.

Ansel sonrió incómodo. A cualquiera le habría incomodado. Desde luego, me incomodó a mí.

Mi hermano y yo llevábamos quince años sin hablarnos. ¿Y ese iba a ser nuestro reencuentro? ¿En la casa de un rico poderoso al que le parecía gracioso contarle que me había espiado teniendo relaciones sexuales en su cama?

Val lo hacía porque podía. Podía salir bien librado de ello. Era rico y poderoso.

Mi hermano y yo trabajábamos para él.

Val era como el vecino al que le robamos el coche, que volvía años después para vengarse. Era peor que nuestro vecino, el que guardaba un revólver en el coche. Val era mucho, muchísimo peor.

Era demasiado que procesar de golpe, y solo entonces tomé conciencia de todas las implicaciones de lo que Val había hecho y dicho. Él sabía que me asustaban las armas de fuego. Pero no había parado de invitarme a ir con él a un campo de tiro. ¡Y había dejado un revólver en la mesa donde sabía que yo lo vería! Ahora parecía saber también la razón por la que me horrorizaban tanto las armas de fuego.

Ansel debía de habérselo contado. Aunque no había hecho falta que se lo contara él. Val sabía cosas. Tenía sus fuentes. Siempre las había tenido...

Luego pensé en Isabel. No la había creído cuando me contó que Val nos espiaba desde la puerta. No había sido cosa de su imaginación. Ella no había mentido. Su madre había tenido razón al decir que no mentía. Era Val quien mentía, y me había mentido a mí. Me había hecho creer otra cosa. Una oleada de vergüenza y pesar me invadió.

Y lo más sorprendente: experimenté un sentimiento de ternura totalmente nuevo hacia Isabel. Y de afecto, o al menos de deseo de protegerla. Quería estar con ella. Quería tratarla con más amabilidad de como la había tratado nunca, quería compensarla. Hablar con ella. Estrecharla en mis brazos. Quería decirle que lo sentía. Que sentía no haberla creído, no haber confiado en ella.

Pero no le iba a decir nada de todo eso. No iba a suceder. No podía volverme tan vulnerable. Tan débil. Me estaba engañando.

Tuve todos esos sentimientos confusos mientras me preparaba para decirle a Isabel que quería que se hiciera pasar por una prostituta y se metiera en una situación probablemente peligrosa, de la que yo la salvaría.

O eso esperaba.

Isabel

Me asusté cuando Matthew me explicó lo que quería que hiciéramos. Pretendía que ligara con un desconocido en el bar de un hotel y que subiera a su habitación. Tenía que conseguir que se empalmara y se bajara los calzoncillos, o incluso que se desnudara, y entonces él irrumpiría en la habitación y me salvaría.

—¿Recuerdas cuando me dijiste que harías cualquier papel que te diera, Isabel? Pues aquí lo tienes. A él han ido conduciéndonos todos los demás papeles. Creo que estás preparada para él. Creo que los dos lo estamos.

De nuevo hablaba en plural. Eso me bastaba. No hacía falta que se refiriera a la «carrera» que se suponía que nos estábamos forjando. Era alarmante lo poco que me importaba en esos momentos ser actriz. Quería a Matthew antes que cualquier carrera. Y haría el papel que fuera para conseguirlo.

Era, con diferencia, lo más peligroso, lo único realmente peligroso que íbamos a hacer juntos. Habíamos hecho cosas un tanto arriesgadas, pero el nivel de peligrosidad del nuevo plan era totalmente distinto al de jugar en una tienda de colchones. Sin duda muy superior a enrollarnos en la cama de Val Morton o en la ducha de la casa de mi madre. Sabía que implicaría sexo. Matthew no había dicho de qué se trataría esta vez. Pero yo iba a quedarme para averiguarlo.

Además, las locuras que hacíamos Matthew y yo nos unían. Me había sentido más cerca de él que nunca después del incidente en la casa del señor Chambers en Iowa. Desde entonces habíamos... retrocedido. Esa noche en el bar de Bushwick me pareció que volvíamos a las andadas. Pero yo quería creer que, en algún momento en el futuro, volveríamos a sentirnos tan unidos como en Iowa.

Y quizás esa fuera la ocasión. Matthew lo pintó como algo tan divertido, emocionante y arriesgado que logró que me sintiera de nuevo como una adolescente. Una adolescente a la que le traen sin cuidado las consecuencias, que no quiere pensar en ellas. Una adolescente que no protesta cuando sus amigos conducen bebidos. Una adolescente que ha tenido la suerte de salir bien librada. Hasta la fecha.

La noche que Matthew me habló de ello quedamos en la esquina de Doctor Sleep, en un bar donde habíamos estado antes. Me esperaba cuando llegué. Su vaso de whisky estaba vacío. Pidió otro y un martini con vodka para mí.

Luego me contó el plan.

Tomé aire. Titubeé. Luego me oí responder en alto:

—Está bien.

—Estupendo —dijo Matthew—. Y pongámonos otro reto. Cuando te ligues a ese tío, ¿por qué no te pasas por rusa? Una prostituta rusa muy cotizada que se ofrece a hacerle precio especial por una noche.

—¿Por qué haría eso?

—Eso es cosa tuya. Igual porque te gusta.

Cogí la mano de Matthew, pero él me la apartó.

—Aquí la actriz de verdad eres tú, Isabel. Estoy seguro de que puedes hablar con un increíble acento ruso.

Me encantó que me llamara «actriz». Por supuesto que podía imitar el acento ruso. Habíamos representado *La gaviota* en el instituto con acentos rusos, e incluso la profesora de arte dramático confesó luego que había sido una idea estúpida. Pero yo no había estado mal. Había visto vídeos en ruso en YouTube y había practicado.

—Otra idea. Salgamos de compras. Te llevaré de tiendas como en *Pretty Woman*, solo que al revés. Richard Gere llevaba a la guapa prostituta a comprar ropa respetable y yo llevaré a la guapa respetable a comprar ropa de prostituta.

Matthew me había llamado «guapa». Por un momento eso fue todo lo que oí, todo lo que quería oír. Luego pensé: «Parece tan nervioso como yo».

Eso estaba relacionado con Val. Me preocupó que le hubiera pedido —ordenado— él que lo hiciera. Que nos lo hubiera ordenado *a los dos*. Me preocupó que no tuviera nada que ver con una «oportunidad» en el teatro inmersivo. Algo me decía que el proyecto de teatro inmersivo había sido una farsa desde el principio.

Lo sabía y no lo sabía. No quería saberlo. Así era desde que había conocido a Matthew. ¿Había sido idea de Val que se apuntara a Bumble? ¿Le había pedido que buscara a una joven actriz sin futuro para jugar con ella a ese juego de teatro? Pero solo Matthew podía saber que yo haría lo que me pidiera. Solo él podía saber que me prestaría a hacer todo lo que me pidiera.

—¿Por qué querría hacer algo así a un desconocido que no me ha hecho nada? —dije.

Matthew me había presionado, pero nunca tanto. Timar a una camarera y enrollarme con una mujer con quien no tenía intención de irme a casa no parecía ni la mitad de malo que seducir, engañar y humillar a un completo desconocido. Tal vez era algo que Val quería. Pero aparté ese pensamiento.

—Porque he hecho averiguaciones sobre este tipo —respondió—. Es como tu señor Chambers, solo que peor. Fue entrenador de baloncesto en un instituto donde abusó sexualmente de muchas estudiantes, pero salió impune. Ahora ha cambiado legalmente de nombre y se hace pasar por otra persona. Pero conozco a alguien que conoce a alguien que lo ha localizado.

—¿No será Val Morton ese alguien?

Vi que Matthew se estremecía, lo que me preocupó. Le había tocado la fibra sensible.

—La idea ha salido enteramente de mí. Val no tiene nada que ver con ella. Se me ocurrió cuando volvimos de Iowa. Comprendí que lo que habíamos hecho al señor Chambers no era suficiente ni mucho menos. Nos había ahuyentado, y ahora que nos habíamos marchado de la ciudad, probablemente había vuelto a las andadas.

»Pensé que ahí fuera había millones de tipos como él, y me dije: Busca uno y diviértete al menos con él. Un poco de diversión a su costa. Arregla algo que se ha roto y por lo que nadie piensa hacer nada.

»Esta es la historia del tipo. Se hace pasar por reportero de temas científicos, pero no lo es. Es... En realidad no sé qué es, aparte de un pervertido.

En su cara apareció una expresión extraña cuando dijo «reportero de temas científicos». Detrás de sus ojos pasaba algo, pero no supe descifrarlo.

—Y al final pensé que sería una oportunidad extraordinaria para ti... En Iowa no pudimos vengarnos del señor Chambers como es debido. Y merece que nos venguemos, Isabel. Así que me pregunté si no sería beneficioso para ti y para tu carrera interpretar la escena en la que finalmente puedes vengarte. En la que tienes poder para recuperar tu vida y destruir la suya.

Por alguna razón lo creí. Decidí creerlo, o simplemente quería creerlo. O quizá tenía razón él y una parte oscura de mí quería venganza. Siempre la había querido.

—Tengo una condición más —añadió él.

A esas alturas yo casi reaccionaba automáticamente ante la palabra «condición». Y esa reacción era lujuria.

—Después de conocer al hombre del bar y de quedar en que subirás a su habitación, le dirás que necesitas hacer algo antes y que estarás allí en una hora.

»Yo habré tomado la habitación contigua. Y antes de ir a su habitación, vendrás a la mía y pasarás esa hora en la cama conmigo.

—De acuerdo —contesté con cautela.

—Quiero follar contigo, Isabel. Ya hemos esperado suficiente.

Sentí un vuelco en el estómago.

—Vámonos de compras —respondí.

Matthew me llevó a una tienda de Bleecker Street. Decidí no preguntar por qué la conocía, si había estado antes con otra mujer o había comprado allí para otra mujer. La mayoría de los tíos se fijan en estas cosas, pensé, aunque no tengan pensado vestir de putas a sus novias.

La dependienta era joven y bastante guapa, con muchos tatuajes y *piercings*. Nos miró de arriba abajo. Tuve la sensación de que creía habernos calado. Una pareja hetero que se embarca en juegos de rol, tal vez intentando mantener viva la chispa en su relación. Pero no sabía nada de nosotros.

Matthew le preguntó si sabía calcular mi talla. Ella me miró con más detenimiento los pechos, las caderas, el culo.

—Sí —dijo—. Aunque con la talla de sujetador, a veces se necesita un pequeño ensayo y error.

Matthew me pidió que esperara en el vestidor. Me llevaría la ropa para que me la probara.

El vestidor era más grande que el de las tiendas corrientes, pero la luz era más suave, y había dos cómodas sillas y un espejo enorme. En el aire flotaba una especie de perfume. Pétalos de rosa, pensé.

Me senté en una de las sillas y esperé lo que me pareció

una eternidad hasta que Matthew apareció cargado de perchas con prendas de encaje de las que caían tiras y cintas.

Colgó todo en los colgadores y se sentó en la otra silla.

—Levántate —dijo—. Quítate la ropa. Esperaba encontrarte desnuda esperándome cuando volviera.

—Lo siento, yo...

—No importa. Date prisa. Quiero verte con todo esto puesto.

Me probé una prenda tras otra. Diminutas bragas de encaje con una abertura entre las piernas, fina ropa interior roja que se abría por detrás, sujetadores con orificios en los pezones, una especie de corsé hasta las caderas con varillas, corchetes y cintas.

Empecé probándome un sujetador de delicado encaje blanco, medias también de encaje hasta los muslos, un liguero blanco con cintas y un pequeño tanga debajo.

—Es difícil no tocarte —me dijo Matthew—. Una tortura. —Y me recorrió una oleada de calor.

Me pidió que me diera la vuelta mientras me miraba en el espejo. Por encima de mi hombro vi reflejada su cara desencajada de deseo. Las cintas del liguero me apretaban los muslos, pero era una sensación agradable. *Todo* era agradable. Estaba tan aturdida de excitación y deseo que por un momento logré olvidar para qué era todo eso. Es para Matthew, me dije. Es para mí y para Matthew.

Él descorrió la cortina y sacó la cabeza.

—Señorita, ¿le importa venir un momento?

Quería que me viera. Quería que una desconocida me viera y ver cómo reaccionaba yo. La dependienta de los tatuajes y los *piercings* entró en el vestidor. Me examinó con indiferencia. Me daba vergüenza que me viera, pero ella no parpadeó. Lo había visto antes.

—Estamos buscando algo muy parecido pero en negro... ¿y quizá con las cintas rojas?

—Imagino que saben lo que quieren —respondió ella.

Matthew me miró. Me sonrojé.

—Lo sé. Lo sabemos —contestó él.

Matthew no tuvo necesidad de explicarme que estaba pensando en la ropa interior que yo había llevado la noche que nos habíamos encerrado en el cuarto de baño de Val Morton. No soportaba que Val acudiera a mi mente en un momento como ese, pero me gustó la idea de que ambos tuviéramos una historia en común.

La dependienta regresó con el conjunto de encaje negro y cintas rojas. En cuanto se marchó, me desnudé y me lo puse, primero el tanga...

—Párate —dijo Matthew—. Quiero verte solo con eso.

Me quedé quieta solo con el tanga.

—Ahora el liguero. Deja que te lo abroche yo.

Sus manos me rozaban sin querer, y no tan sin querer, mientras me cerraba los corchetes.

Quiso que me detuviera en cada fase, hasta que me quedé ante él con el sujetador, el tanga, el liguero y las medias.

Suspiró.

—Quiero tenerte. Quiero tenerte ahora.

Sentí una descarga eléctrica por todo el cuerpo.

—Solo me consuela pensar que es lo que llevarás puesto cuando vengas a la habitación del hotel.

Envuelta en la bruma de prendas de seda brillante en el cubículo perfumado y caldeado, me había olvidado del hotel y del desconocido al que tenía que seducir en el bar haciéndome pasar por una prostituta rusa. Y fue como si hubiera tomado una píldora, un relajante muscular.

Lo que tenía que hacer ya no me asustaba tanto. Podía hacerlo si Matthew quería que lo hiciera. No habría peligro si él lo decía. Y dispondría de esa hora sola con él en una habitación de hotel.

Ya habíamos esperado suficiente.

No había visto a Luke y a Marcy desde que había vuelto de Iowa. Los domingos, que era el día que solíamos quedar en Cielito Lindo, yo fingía estar ocupada. Supongo que se pensaron que salía con Matthew. Pero no era cierto. Simplemente estaba demasiado abrumada y confusa para verlos. Sabía que querrían ayudarme a entender lo ocurrido, lo que había sentido viendo a Matthew y a mi madre juntos, y cómo había sido pasar con él las Navidades. Yo quería hablarles del señor Chambers, y de lo que Matthew y yo habíamos hecho. Pero aún no lo había asimilado. Y quería tener suficiente claridad, al menos en mi mente, para poder darles una idea de lo que pensaba y sentía.

Si antes podía adivinar el pensamiento o los sentimientos de los demás, ahora ni siquiera sabía lo que yo pensaba y sentía. Salvo cuando estaba con Matthew, que al menos sí sabía lo que sentía.

De todos modos, quería verlos por lo menos una vez antes de hacer... lo que Matthew quería. Antes de fingir que era una chica de alterne y... ¿Por qué me lo pedía? ¿Qué le iba a él en ello? ¿Por qué no podíamos tener una relación normal?

Me había ido poniendo nerviosa ante la perspectiva de ir a la habitación de hotel de un desconocido. ¿Y si todo se torcía? ¿Qué pasaría si se abalanzaba sobre mí antes de que Matthew llegara? ¿Y si llamaba a la policía? Tenía tantas fantasías oscuras que al final decidí que me ayudaría hablar de ello, o al menos de parte de ello, con Luke y Marcy.

Vi enseguida que ninguno de los dos estaba de buen humor. Quizá sus vacaciones habían sido tan raras como las mías. Parecieron un poco aburridos y distraídos cuando les conté que Matthew había pasado las Navidades en mi casa. No mostraron ningún interés en entrar en detalles. Era como si su idilio con Matthew se hubiera terminado y no entendieran que siguiera con él.

De modo que fui directa al grano.

Decidí no hablarles del señor Chambers. Necesitaba un oído compasivo para explicar esa historia, y en ese momento al menos ni Luke ni Marcy parecían capaces de ofrecérmelo.

—Escuchad. Sé que es una pregunta ingenua, pero... ¿alguna vez habéis ido a la casa de alguien que habéis conocido en un bar?

—A ver si lo entiendo —dijo Luke—. ¿Estás preguntando a un chico gay que vive en Nueva York si alguna vez se ha llevado a casa a un gay que ha conocido en un bar? A veces me parece que no he hecho nada más que enrollarme con desconocidos. Ostras, Isabel, acabas de salir de Iowa, pero...

Marcy se rio, me pareció que con poca amabilidad.

—¿Y tú, Marcy?

—Cariño, trabajo en un bar. ¿Dónde quieres que conozca a tíos? ¿Con quién quieres que me vaya a casa?

—¿Y qué hicisteis?

—¿Qué hicimos? —preguntaron Luke y Marcy al unísono.

—Me refiero a si es seguro. Si nunca os habéis metido en un lío. Me refiero a cómo...

—¿Cómo sabes que no te violarán y asesinarán? —dijo Marcy—. No lo sabes. Tienes que fiarte de tu instinto.

«Mi instinto no pinta nada aquí —pensé—. Voy a tener que confiar en el de Matthew. Y ¿lo hago? ¿Me fío de él?»

—¿Por qué nos lo preguntas? —quiso saber Marcy—. No sabía que Matthew y tú fuerais una pareja abierta...

—Y no lo somos. Pero tengo ganas de hacer alguna locura. Algo un poco arriesgado.

—Pues aquí va un consejo —intervino Luke—. Yo cuento con el amigo más fuerte, más corpulento y más leal en marcación rápida, de modo que, si algo se tuerce o la situación toma un cariz mínimamente peligroso, podré al menos llamarlo, y él me localizará, se presentará y, de algún modo, me sacará del lío. La verdad es que nunca se ha dado el caso, pero siempre cabe esa posibilidad. De hecho, no sé por qué quieres hacerlo, Isabel. Te aconsejaría que no lo hicieras.

—Yo también —dijo Marcy—. Estoy segura de que hay formas mejores y más seguras de conocer a tíos. Yo aún no he encontrado ninguno.

—Probablemente tenéis razón. No sé por qué se me ha ocurrido siquiera. Solo es una fantasía que he tenido.

Matthew era el tipo más fuerte y corpulento que conocía. Y la idea había salido de él.

El Atlantic Hotel estaba en la calle Cuarenta y cuatro Oeste con la Décima Avenida, y no era precisamente el Pierre. Ni siquiera el Marriot. Me pareció que era un superviviente, con solo una remodelación superficial, de los tiempos en que la vieja Times Square estaba llena de hoteles frecuentados por putas y chulos. Esa plaza había desaparecido mucho antes de que yo llegara a Nueva York, aunque sabía que formaba parte de la imagen que acudía a la mente de mi madre cuando me advertía de los peligros de la gran ciudad.

Pero en ese momento parecía que la vieja Times Square había cobrado vida —al menos algo de vida, no había muerto del todo— en el Atlantic Hotel.

Entré en el bar. Esperaba —más que eso— que el bar estuviera vacío y que el tipo calvo con gafas cuya foto había estudiado y memorizado no estuviera allí. Lo esperaría un rato tomando algo y luego volvería a casa y le diría a Matthew que lo había intentado.

Debería haber estado más alterada o asustada. Pero había tomado una pastilla de la felicidad. La última del frasco que había cogido del cuarto de baño de Val y Heidi. Sentía cómo me invadía poco a poco la conocida y bien recibida euforia. Todo era manejable y casi todo resultaba divertido.

Si tenía suerte, no habría nadie allí. Pero no la tuve. En el bar había gente. Dos mujeres de negocios hablaban en una esquina, un anciano chino con traje bebía solo.

Y allí estaba él. Lo vi.

Estaba sentado solo en un reservado. Cabeza calva con franja de pelo y gafas. Barbilla diminuta y nariz bulbosa. Era el tipo por el que yo estaba en ese bar, me habían dicho que lo encontraría en él. Y al mismo tiempo parecía extraño que estuviera allí.

¿No podría Matthew haber escogido a alguien más guapo para que yo lo sedujera? Tenía que haber por ahí algún abusador de menores un poco más atractivo al que escarmentar. ¿Por qué los pervertidos tenían que parecer pervertidos?

Isabel, pensé. Eso no es justo. Tú solías ser una buena persona. Eras el tipo de chica con la que una quería ir a tomar un café después de la clase de yoga o a la que llamaba para que le cuidaras los niños cuando en el último minuto le fallaba la canguro.

Seguía siendo esa chica. ¿O no?

Tal vez Matthew no quería que ligara con un hombre muy guapo. No quería competencia. O tenía celos. Ese pensamiento me puso contenta.

Pero ¿cómo podía saber Matthew que ese individuo estaría en ese bar ese día y a esa hora? ¿Qué estaba pasando realmente aquí? Quería saberlo y al mismo tiempo no quería.

Val, pensé. Esto está relacionado con él... Debería haberme ido a casa. Pero me quedé. Iba a reunirme con Matthew en su habitación. Me quedé.

Sentía el pellizco de los ligueros debajo de la falda. Matthew. Necesito confiar en él.

Me alegré de haberme tomado la última pastilla de Euforazil.

Encima de la ropa interior negra con cintas rojas llevaba una blusa de seda roja tan escotada que se me veía la parte superior de los pechos. También una falda negra muy corta y unas botas negras altas. Por un momento temí que el camarero me mirara y, viendo a una prostituta rusa, me pidiera que me marchara.

¿Qué me preocupaba? Estaba en un hotel de Nueva York. Las putas trabajaban en todos, caros y baratos.

Nadie del personal reparó en mí. Era como si no me vieran. No querían verme.

Fui derecha a la mesa del señor X.

Matthew no me había dado su nombre, aunque insistió en que cualquiera que me diera no sería el verdadero de todos modos.

—¿Puedo sentarme? —pregunté con mi mejor acento ruso.

No pareció extrañarle que una prostituta rusa se acercara a él en el bar de un hotel. Tal vez era la razón por la que se había alojado en ese hotel.

Me miró, luego me recorrió con la vista las piernas, las medias y las botas.

—Por supuesto. Siéntate, por favor.

Me senté delante de él en el reservado.

—¿Quieres tomar algo?

—Un martini Grey Goosse. Sin hielo y con extra de aceitunas.

—Enseguida. —X hizo señas al camarero—. Me gustan las chicas que saben lo que quieren.

Fingí que me parecía una respuesta seductora y genial. La pastilla de la felicidad me ayudaba a hacer ver que me divertía toda la situación. O tal vez estaba realmente divertida.

—Wilson —se presentó—. Wilson Pickett.

¿Bromeaba? Hasta una rusa boba sabría que era el nombre de un famoso cantante de soul estadounidense. Aunque tal vez yo lo sabía porque era otro cantante que le gustaba a mi madre. De cualquier modo, no era así como se llamaba en realidad.

Seguiría pensando en él como X. Era más fácil así. Aunque no quería pensar en lo bajo que había caído si habían dejado de importarme los nombres de las personas y solo pensaba en ellas como letras del abecedario.

Wilson Pickett seguro que no era el nombre que Matthew me había dado y que de pronto no podía recordar. Aunque también había dicho que utilizaba nombres falsos que cambiaba continuamente.

—¿Y tú?

—¿Yo qué?

—Cómo te llamas, querida.

—Anastasia Romanov.

—Es una broma. No te llamas Anastasia Romanov.

—Tú tampoco te llamas Wilson Pickett.

—Encantado de conocerte, Anastasia.

—Encantada, Wilson.

—¿De dónde eres?

—Vengo de un pequeño pueblo del norte del Volga. —Había preparado mi personaje, pero improvisaba—. Tan pequeño que no habrás oído hablar de él.

—He estado en Moscú.

—¿Qué hacías allí?

—Investigar.

No quise preguntar qué clase de investigación.

—Mi pueblo natal está a un millón de kilómetros de Moscú.

—¿Un millón?

—Estoy exagerando.

—Me gustas.

—Gracias.

—Me encanta tu inglés —dijo X.

—Gracias.

—Bueno, Anastasia, ¿qué te trae por aquí?

Las trivialidades habían acabado.

—Quiero divertirme.

No podía creer la conversación que estábamos teniendo, ni que alguien creyera que una chica guapa (o pasable) entraría en un hotel desolado, oscuro y vacío para divertirse. Era como si interpretara un guion de otra época.

—Suena bien. Y ¿sabes qué? Podríamos divertirnos más en mi habitación.

—Me encantaría —respondí—. Pero antes tengo que hacer algo... Ah, y necesito un préstamo. Tengo una hermana enferma en Florida que necesita atención médica... —Si hubiera tenido una hermana de verdad, una hermana con buena salud, jamás habría dicho eso. Era demasiado supersticiosa. Ser hija única me lo puso más fácil. Volvía a improvisar. Había decidido no darle muchas vueltas y decir lo primero que me viniera a la cabeza. Matthew no me había dicho que dijera eso. Estaba escribiendo el papel yo sola.

—¿Cuánto necesita tu hermana?

—Trescientos para la primera consulta. La atención médica es muy cara hoy en día. No tiene seguro médico. Y no hay *Obamacare* para las chicas rusas.

—Eso es mucho dinero.

—Los médicos suelen cobrar el doble. —Quería que pensara que era un chollo—. Mi hermana es una chica guapa.

—Como tú —respondió X, como si fuera una niña.

Pensé en el señor Chambers.

—Trescientos dólares la primera consulta.

—Creo que puedo ayudarte con eso.

—Eso sería estupendo. *Spassibo.* —Era la única palabra rusa que conocía—. Pero... antes tengo que ir a un sitio. ¿Puedo reunirme contigo en tu habitación dentro de una hora?

A X no le gustó. Mala suerte. Le habría gustado tenerme allí mismo, sin más preámbulos. Pero vio que no tenía elección.

Hice bien el papel de prostituta rusa. Sabía actuar. Todavía sabía actuar. Todo volvía a mí. Había estado actuando en el bar de Bushwick. En el supermercado y en la cafetería. Matthew había sacado a relucir mi talento.

—De acuerdo. Así podré asearme... —La forma espeluznante en que pronunció la palabra «asearme» me provocó náuseas, pero las combatí—. Estaré esperándote. Impaciente.

Escribió el número de su habitación en una servilleta. La cogí y me la guardé en el bolso. Pero yo ya sabía el número. Matthew había sobornado al botones con una propina.

Pedí otra copa para X y lo dejé con la cuenta, asegurándome de que seguía allí mientras subía a la habitación de Matthew.

¿Y si Matthew no estaba? ¿Y si me había gastado una broma? Él nunca me haría eso, me dije. Habíamos hecho muchas cosas juntos, habíamos compartido demasiado. Pero ¿qué exactamente?

Llamé a su puerta.

En la mirilla apareció un ojo. Abrió.

Tiró de mí para que entrara.

En todo el tiempo que lo conocía nunca me había alegrado tanto de verlo. Nunca había sentido un consuelo, un alivio y una emoción más grandes. Allí estaba esperándome, tal como había dicho que haría.

Él también pareció alegrarse de verme.

Algo había cambiado. Lo notaba. Él me *veía*.

Me di cuenta de que era casi como si nunca se hubiera fiado de mí. Desde esa comida en que le conté que había visto a Val espiándonos desde la puerta, Matthew siempre había estado intentando decidir si solo era otra chica pirada. Si jugaba con él como había jugado con todos los chicos de Tinder y Bumble antes de conocerlo.

Y de pronto era como pulsar un interruptor. Cuando Matthew me miró, me *vio*.

Lo noté enseguida. Me rodeó con los brazos y me besó con intensidad, luego con ternura y de nuevo con intensidad. Eso también fue diferente. Habíamos hecho muchas cosas, pero nunca nos habíamos besado como adolescentes. Nos quedamos de pie junto a la puerta, besándonos abrazados. Él temblaba cuando se inclinó para besarme la parte superior de mis pechos.

—Vaya conjunto —me dijo.

—Deberías reconocerlo. Lo escogiste tú.

Me desabrochó la blusa y él se quitó la camisa. Nos apretamos el uno contra el otro. Nos acercamos tambaleantes a la cama, riéndose por lo que nos costaba caminar. Luego caímos sobre ella, tocándonos y tirándonos de la ropa. Cuando me quitó la falda, se me quedó mirando con mi nueva ropa interior de prostituta.

—Es mucho más sexy aquí que en la tienda, y eso es mucho decir. Sabía que lo sería.

Me la había comprado para que la llevara cuando estuviera con él, ahora lo entendía.

—Gracias. —Y volvimos a reírnos. No podíamos estar más contentos de estar juntos.

Lo extraño era que, después de todo lo que habíamos hecho, era la primera vez que hacíamos el amor de verdad. Y la cosa no acababa de fluir. De hecho, era casi tan torpe como cualquier primera vez.

De vez en cuando él paraba y me miraba con tristeza.

—Perdóname, Isabel.

Yo no sabía exactamente por qué se disculpaba. Podría haber sido por tantas cosas... Parecía un poco raro que escogiera ese momento para hacerlo. Salvo por lo fácil que era desviar su atención de las disculpas al sexo.

Me hacía el amor como un hombre enamorado. Lo noté.

Mientras se quitaba los pantalones y los calzoncillos, vi que estaba muy empalmado. Me deslizó una mano entre las piernas, pero yo estaba demasiado excitada para preliminares, y se la aparté y me apreté contra él. Me eché hacia atrás y abrí las piernas.

Gemí de puro placer cuando me penetró. Eso era lo que había estado esperando. Nunca había experimentado nada tan maravilloso.

Me alegré de haber tomado la pastilla de la felicidad. Lo volvía todo más intenso.

Matthew se detuvo.

—Chisss. Escucha.

Oímos una puerta cerrarse de golpe y alguien caminando en la habitación de al lado.

—Estas paredes son delgadísimas —dije—. Parecen de papel.

Era extraño tener una conversación casi normal con Matthew dentro de mí. Y sin embargo parecía tan natural..., como si hubiéramos sido amantes desde siempre. Podríamos empezar de nuevo, en cualquier momento.

Matthew señaló la pared de detrás de la cama.

—Ahí está. Depende de ti lo ruidosos que quieres que seamos. Lo pondrá más cachondo. Quizá no es lo que quieres.

Hasta que oímos el portazo, no había vuelto a acordarme, o casi, del tipo de la habitación contigua, y lo que había acordado hacer después de estar con Matthew.

Me distrajo hasta el punto de enfriarme. Pero Matthew se movió dentro de mí y la sensación regresó de golpe. No me importaba nada ni nadie, ni el pasado ni el futuro, solo quería que eso durara y ver qué pasaba a continuación.

Rodamos y me puse encima de él. Arqueé la espalda y le observé la cara, los ojos cerrados, los hombros tensos y encorvados. Casi parecía estar en otra parte, pero cuando titubeé, reteniendo solo la punta de su pene dentro de mí, me miró. Sabía que estaba allí, sabía quién era yo. Estaba allí conmigo. Era donde los dos queríamos estar.

No podíamos creerlo.

Pasó el tiempo, no sé cuánto. Nos corrimos. Yo quería gritar, pero me contuve.

Fue tan intenso el orgasmo que me reí porque me pareció que me había hecho daño en la mandíbula.

Para ser la primera vez, fue asombroso.

Y teníamos todo el tiempo del mundo para que fuera aún mejor.

Apoyé la cabeza en el pecho de Matthew y él me rodeó los hombros con un brazo. Todavía notábamos el cuerpo estremecido. De vez en cuando él me besaba en la coronilla.

¿Se debía a la pastilla de la felicidad? ¿O era así la felicidad? Aunque solo fuera por un momento, me sentí demasiado feliz para diferenciarlas. O para que me importara.

—Perdóname, Isabel.

—Deja de decir eso —logré responder esta vez—. No hay nada de qué disculparse —mentí.

¿A quién le importaba? Todos los problemas se habían resuelto con lo que acababa de ocurrir. Después de cómo me había hecho sentir. Cómo nos habíamos sentido los dos juntos.

Debí de quedarme dormida, porque abrí los ojos al oír que Matthew me llamaba.

—Isabel, tenemos algo pendiente. —Y señaló con la cabeza la pared detrás de la cual X esperaba.

Yo ya no veía razón para seguir con nuestros extraños juegos sexuales cuando acabábamos de disfrutar del mejor sexo que cabía imaginar, y eso me preocupó. ¿Tan raro era el sexo? Íbamos a volver a la vieja relación en la que Matthew me pedía que hiciera realidad sus fantasías y yo lo complacía. Porque me gustaba el reto. Porque era una sensación increíble. Porque era divertido y me intrigaba ver lo que pasaría a continuación.

No sé por qué, pero seguía pensando que era algo relacionado con Val Morton.

O quizá solo lo pensé más tarde. La memoria es algo extraño. Puede que me convenciera después de haber pensado eso en ese momento.

—Tengo que ducharme —dije—. Incluso con toda la ropa puesta... —Me daba vergüenza acabar la frase: olería a sexo.

—Buena idea —dijo Matthew—. Es una suerte que estemos en un hotel, porque es importante que no te mojes el pelo. Usa uno de esos estúpidos gorros y sécate bien. Si cree que acabas de ducharte, sospechará. Pensará que tenías una cita con otro tipo del hotel.

—¿Y no ha sido así?

—No del modo en que piensa él. Lo último que queremos es que llegue a la conclusión de que te has pasado la hora tirándote al tipo de la habitación de al lado.

—¿A quién se le ocurriría algo así?

—A él. Y no le gustará.

Me vestí. Sujetador, tanga, liguero, medias, falda y blusa. Se me había corrido el maquillaje y tardé un rato en retocarlo.

—No te preocupes —me dijo—. Te juro que no tendrás que follar con él. No tendrás que forcejear. Ni siquiera tendrás que tocarlo. Antes de eso estaré yo allí y te salvaré. Tu caballero de brillante armadura.

—¿Cómo sabrás cuándo entrar?

—Golpea la pared. Son de papel, como ya sabes.

—De acuerdo.

—Estás impresionante. Increíblemente sexy. Ese tío tiene suerte de mirarte siquiera. De estar en la misma habitación que tú. Acuérdate, golpea la pared cuando quieras que entre. O unos minutos antes.

—Quiero que entres ahora. Antes de que yo vaya.

—No es una opción.

Matthew y yo nos despedimos con un beso muy largo. Él parecía más triste que nunca. Quería consolarlo, pero ¿por qué? Había sido idea suya, ¿no?

Señaló el cuarto de baño y me hizo un gesto. Entré e hice gárgaras con el enjuague bucal que debía de haber llevado él.

Por apasionado que se mostrara, nunca perdería la cabeza. Yo debía saberlo y no sorprenderme. Ni decepcionarme.

Así era él. Podía escoger si quería estar o no con él. Y por el momento quería. Lo *deseaba*.

Me había convertido en su robot. Un robot sexual. Continuaría haciendo todo lo que me pidiera.

Sabía que no era del todo cierto. Sigues siendo la misma, me dije. Pero a veces era así como me sentía.

Me puse los zapatos de tacón y la cazadora corta de piel de imitación, y salí tambaleándome al pasillo. Cerré la puerta con mucha suavidad e intenté no hacer ruido al dirigirme a la puerta de la derecha.

Matthew

En cuanto abrí la puerta de la habitación de hotel y vi a Isabel allí de pie, supe que la quería. Siempre la había querido. Lo único que quería era estar con ella.

Me temblaban tanto las rodillas que apenas podía tenerme en pie, y me alegré cuando nos arrojamos sobre la cama. Pensé en nuestra salida de compras, en todas las prendas que se había probado, en las que sabía que llevaría. Pero habría estado igual de empalmado sin nada de todo eso. Era pensar en hacer el amor con ella lo que me excitaba de ese modo.

Quería decirle que lo sentía, aunque no sabía cómo empezar a explicar qué era lo que sentía. Sentía no haberla creído cuando me dijo que Val nos espiaba desde la puerta de su habitación. Sentía haberle mentido sobre la razón por la que jugábamos a ese juego de roles, o sobre la carrera que Val podía darle en ese teatro que no existía ni nunca existiría. O que, al menos, no era la clase de teatro del que ella quería formar parte. Pero aún no estaba preparado para hablarle de Val. Además, eso no era lo que ella quería oír. Solo quería tener relaciones sexuales conmigo, pero de una forma normal, cachonda, sin juegos raros ni condiciones. Y yo también quería. La deseaba más de lo que había deseado a nadie en toda mi vida.

Fue mejor de como me lo había imaginado cuando me hacía pajas, pensando en ella, durante todas esas semanas que la había puesto cachonda, había hecho que se corriera y la había dejado.

Al final, estar con ella fue dulce, apacible y apasionado. Nunca había disfrutado tanto follando. Cuando me corrí, un orgasmo abrumador y cegador me recorrió el cuerpo entero. Y a los pocos minutos estaba listo para empezar de nuevo.

Cuando terminó, quería contarle lo que estaba a punto de sucederle y por qué. Quería confesar: cuánto de lo que habíamos estado haciendo había sido orquestado por Val y cómo él seguía moviendo los hilos.

Al verla entrar en la ducha para prepararse antes de ir a la habitación del desconocido, quise seguirla y volverle a hacer lo que le había hecho en el cuarto de baño de su madre en Iowa. Pero me contuve. No había tiempo.

Luego cometí el error de recorrer con la mirada la sórdida habitación. Y recordé que, si perdía mi empleo con Val, si Isabel y yo no hacíamos lo que él quería, lo perdería todo: mi piso, mi coche, la vida que estaba disfrutando. Tendría suerte si podía permitirme alojarme en una habitación como esa.

Isabel reapareció en la habitación, se fue de nuevo y regresó. ¡Qué guapa estaba! Quería desesperadamente protegerla, hacerla feliz, darle una vida en la que pudiera tener todo lo que quisiera.

Pero para eso necesitábamos a Val. No podía hacerlo yo solo. Necesitaba su dinero, su poder. Necesitaba mi empleo.

—Estás impresionante —le dije—. Increíblemente sexy. Ese tío tiene suerte de mirarte siquiera. De estar en la misma habitación que tú. Acuérdate, golpea la pared cuando quieras que entre. O unos minutos antes.

Y la dejé ir.

Fue el error más grande que he cometido en mi vida.

Isabel

Al cabo de un rato el señor X abrió la puerta.

—A la hora exacta. Me gusta la puntualidad en una mujer. Tengo entendido que las mujeres rusas siempre llegáis tarde.

Me habría sentido insultada si hubiera sido realmente rusa. Pero me alegré, porque me recordó que debía poner de nuevo el acento ruso. Hacer el amor con Matthew me había ofuscado.

—Gracias. Muchas gracias.

X sonrió.

—Pasa. ¿Quieres algo del minibar?

Me habría bebido el minibar entero si hubiera creído que me ayudaría a calmarme. Por otra parte, necesitaba tener la cabeza despejada. Le pedí agua con gas.

—No quiero quedarme dormida.

—Eso es lo último que queremos.

Me sirvió el agua en un vaso.

—¿Hielo, Anastasia?

Asentí. Esa era yo. Anastasia.

Él bebía un líquido de color miel con hielo. No era su primera botellita. Y había empezado abajo en el bar.

Su habitación era más o menos como la de Matthew. No era la más cara, pero tampoco la más barata. El hotel era bastante modesto, pero no me había fijado en ello cuando estaba en la habitación contigua con Matthew.

X estaba sentado en el borde de la cama, y yo en la silla. Separé las rodillas para acelerar las cosas y saltarme la conversación aburrida.

Él no podía apartar la vista de la V de mi entrepierna. Dejé que mirara. Intentaba hacer un ejercicio como de yoga y abandonar de algún modo mi cuerpo. Si había un buen momento para disfrutar de una experiencia extracorporal, era ese.

Él estaba tan grueso y en baja forma que se levantó de la cama dándose impulso con las dos manos. Se acercó a mí y se inclinó torpemente para besarme.

Lo aparté pero con suavidad. Intenté hacerlo de forma juguetona y seductora en lugar de parecer horrorizada, que es como me sentía, a pesar de los efectos reconfortantes de la pastilla de la felicidad.

—Más tarde —dije—. Tenemos tiempo. Tenemos todo el tiempo del mundo.

—Me gusta tu actitud. Odio cuando una chica actúa como si tuviera un taxi esperándola abajo con el contador en marcha.

—No hay taxi ni contador. Siéntate y ponte cómodo. Quítate los pantalones. Déjame verte.

—Me encanta.

Volvió a sentarse en el borde de la cama, y se desbrochó el cinturón y se bajó la bragueta. No era agradable ver cómo se retorcía para quitarse los pantalones, sonriendo.

No soportaba hacer esto a otro ser humano. Pero había creído a Matthew cuando me aseguró que X era como el señor Chambers elevado a la enésima potencia y había salido impune, y me propuse hacerlo sufrir de esta forma vergonzosa, pero por lo demás inofensiva. No me atraía especialmente la idea de ser una justiciera sexual. Pero X no había pagado por sus crímenes, años de crímenes, y había que hacer algo. Y si era sincera, yo quería alguna clase de venganza.

Por alguna razón sabía que X llevaría uno de esos horribles calzoncillos blancos y finos de hombre mayor. Y calcetines negros. El perfecto pervertido raro. Si fuera actor, le iría pintiparado el papel de viejo pedófilo en *Ley y orden*.

—Ahora acércate —le dije.

Me levanté para abrazarlo. Necesité todo mi autocontrol para estrecharlo en mis brazos y bailar con él por la habitación. Dejé que pensara que era él quien me hacía caminar de espaldas hasta la pared, la pared que había entre Matthew y yo.

Golpeé la pared con el tacón, tres veces. Procuré que pareciera que retorcía la pierna de pasión. X debió de pensar que era algo que hacían las chicas rusas cuando se ponían cachondas.

A medida que su cara se acercaba a mí, parecía hacerse más grande. En apenas unos segundos sus labios se apretarían contra los míos. Me preparé para cerrar la boca con fuerza.

Llamaron a la puerta.

—¿Quién coño es? —murmuró X, y acto seguido gritó tembloroso en dirección a la puerta—: ¿Sí? —¿Se pensaba que era su mujer?

—Servicio de habitaciones —respondió una voz.

Era Matthew.

—¡Se equivoca! —gritó X—. No he pedido nada.

—Una cesta por cortesía de la dirección.

X no podía rechazar un regalo.

—¡Pase! —Y, volviéndose hacia mí, me preguntó—: ¿Te importa esperar en el cuarto de baño?

—En absoluto.

Entré en el cuarto de baño, pero dejé la puerta entreabierta. Lo justo para observar lo que pasaba en la habitación sin que X se diera cuenta. De todos modos, él tenía la vista fija en la puerta.

La abrió unos dedos y se echó hacia atrás cuando Matthew irrumpió en la habitación. Yo salí y me coloqué detrás de X, apretándome contra su espalda. Me cubrí toda yo con la falda levantada, volviendo el culo —el liguero, las medias y el tanga— hacia la cámara. Matthew se apartó para hacer una foto con su móvil, luego dio otro paso atrás y la repitió.

—Sonría a la cámara —dijo.

—¿Qué coño? Esto es un montaje. Debería haberme dado cuenta cuando dijo que se llamaba Anastasia Romanov. ¡Como una princesa rusa muerta! Mirad, chicos, si os soy sincero estoy casado. Y esto es lo último que necesito. ¿Qué queréis? ¿Dinero? Porque si es dinero, os pagaré para que borréis esas fotos del móvil. A no ser que ya las hayas descargado, claro. En ese caso, me ocuparé de meteros una jodida demanda.

—No, no las he descargado. Y no hay necesidad de que nos meta una demanda. En cuanto al dinero...

Vi que Matthew se preguntaba: ¿Por qué no cobrar al mismo tiempo que hacemos lo correcto y nos divertimos? Si el pervertido nos ofrece dinero, ¿por qué no quedárnoslo?

—Quinientos y le damos las fotos —tanteó.

—¡Hecho! Ahora mismo te pago. Deja que vaya a por el billetero.

Que X todavía estuviera en calzoncillos daba un cariz vergonzante a la conversación que debo reconocer que disfruté.

Metió una mano en el bolsillo de la americana. Tardé un poco en darme cuenta de que tenía una pistola y que apuntaba con ella a Matthew.

Quise interponerme entre los dos, pero no lo hice. Me pareció que no era prudente sobresaltar a un hombre con una pistola en la mano.

—¿Quién coño eres? —le preguntó apuntándolo.

Todavía me estaba convenciendo de que era un mal sueño. Sin duda lo parecía.

—Eh, relájese —dijo Matthew—. Solo es un disparatado juego sexual con el que mi novia y yo disfrutamos. Siento mucho que se haya visto usted entre dos fuegos. Daños colaterales o como se llame. Le aseguro que no hay amenaza. Lo que pase en esta habitación se quedará en esta habitación.

Matthew se rio. X no.

—¿Crees que tiene gracia? —replicó X, avanzando hacia él.

—¿Puede bajar el arma, por favor? No es un asunto de vida o muerte.

—¿Quién eres? —repitió X—. ¿Por qué estás haciendo esto? —Se refería a Matthew. Había olvidado por completo que yo estaba allí o lo que iba a hacer conmigo. Quizá debería haberme sentido ofendida, pero solo sentí un gran alivio. Y en realidad me fue útil que no me prestara atención.

Me acerqué a él por detrás y lo empujé con todas mis fuerzas. No sé por qué lo hice, pues no podría haber hecho nada peor. Era instinto, pero una clase de instinto equivocado. ¿En qué estaba pensando? Tenía una pistola en la mano.

Sonó un disparo. Matthew intentó arrebatársela, pero X la aferraba con sorprendente fuerza, teniendo en cuenta la diferencia de edad, la estatura y el físico. Al lado de Matthew, X estaba fofo y en baja forma.

La única ventaja que X tenía sobre Matthew era la aversión —y pavor— que este sentía hacia las armas de fuego. Y realmente no había nada que yo pudiera hacer para ayudar. Busqué algo para golpearlo en la cabeza, pero solo lograría que se volviera y se fijara en mí. ¿Podría aprovechar Matthew entonces para atacar? No se me ocurría ninguna salida. Todo era caótico y aterrador.

X se quedó inmóvil, lleno de perplejidad. Casi parecía haber olvidado que era él quien tenía la pistola en la mano, y cada vez se veía más claro que no iba a utilizarla. O al menos que no quería.

Matthew se precipitó de nuevo hacia él.

X salió de su trance. Tenía la cara de un rojo oscuro. Los dos hombres forcejearon.

Yo no paraba de pensar: Es como una obra de teatro.

Solo entonces comprendí la gran desventaja que tenía la pastilla de la felicidad. Me estaba costando mucho convencerme de que todo eso ocurría en realidad. Que esa pesadilla era real. Parecían estar representando una obra de teatro para entretenerme.

Los dos hombres intentaban hacerse con la pistola. Sonó un disparo, luego otro. Oí el impacto de las balas en la pared.

¿Nadie más lo había oído? ¿Qué clase de hotel era ese? ¿No iba a acudir nadie al oír los disparos? ¿Nadie había llamado a la policía?

Rodeé la cama a gatas y me escondí detrás. De vez en cuando levantaba la cabeza para ver la pelea. Otro disparo. Alguien gritó. ¿Era Matthew o X? ¿Por qué no lo sabía? Los gritos, la violencia y el movimiento cada vez eran más intensos, más rápidos y más aterradores. Descolgué el teléfono, pero volví a colgarlo. Grité, pero no me salió ningún sonido.

—¡Isabel, enciérrate en el cuarto de baño! —me gritó Matthew—. ¡Ahora mismo!

Pero me quedé donde estaba. Me daba miedo salir de detrás de la cama, donde me sentía más o menos segura.

Los dos hombres forcejeaban en el suelo, y al verlos rodar hacia la puerta, me levanté e hice lo que Matthew me había pedido. Entré corriendo en el cuarto de baño y eché el cerrojo.

Oí otro disparo, y luego uno más.

De nuevo me pregunté: ¿No hay nadie más en este hotel? ¿Cómo es que nadie más ha oído disparos en la habitación de X y los ha denunciado? ¿Era cierto lo que la gente de Iowa decía de Nueva York? ¿Nadie te ayudaba cuando estabas en un apuro? Porque estábamos en un buen apuro.

De pronto no oí nada. Ni disparos, ni ruido, ni voces, ni movimiento.

Y ese silencio fue el sonido más aterrador de todos.

Salí del cuarto de baño muy despacio y con mucha cautela. Matthew y X estaban tendidos en el suelo, muy cerca de la puerta. Había sangre por todas partes, en las paredes, en la moqueta, en la cama. Sobre todo en la moqueta.

Crucé con aprensión hasta la mesilla de noche. Descolgué el teléfono y llamé a la recepción.

—Ha habido un accidente.

Los paramédicos de urgencias no tardaron nada en llegar. Apenas el tiempo necesario para empezar a serenarme un poco y recuperar el aliento. El tiempo necesario para asegurarme de que tanto Matthew como X estaban vivos y me diera cuenta de que no tenía ni idea de qué más hacer. Era consciente de lo mal que pintaba la situación, yo vestida de prostituta y dos hombres heridos y cubiertos de sangre.

Los chicos de la ambulancia me informaron de que los dos estaban gravemente heridos. Los tiros los habían alcanzado a ambos. Pero cuando los presioné, me dijeron que probablemente uno y otro saldrían de esa. ¿Solo intentaban calmarme o realmente lo pensaban? ¿Qué querían decir con «probablemente»? No me gustó cómo sonó.

—¿Por qué debería creerles? —pregunté.

—De entrada, porque vamos a llevarlos al hospital y no al depósito de cadáveres. ¿Qué le parece? —dijo uno de los sanitarios.

Aunque hablaban con brusquedad e impaciencia, agradecí las palabras tranquilizadoras. Aun así, no podía dejar de temblar. Tenía una extraña sensación en el pecho, como si el corazón me funcionara a trompicones.

Era asombroso lo deprisa que se había agotado el efecto de la pastilla de la felicidad.

Recé por lo que sabía que algún día se me castigaría: «Si

uno de los dos tiene que morir, que sea X. No permitas que sea Matthew. Sálvalo a él. Por favor, deja que Matthew se ponga bien».

Yo ya no era la misma persona —y no me refiero a la buena chica, sino al ser humano decente— de cuando Matthew me conoció. Pero aun así quería estar con él.

Después de eso, los dos cambiaríamos. Ya no habría más juegos ni más riesgos. Solo una vida de serena alegría. Había aprendido la lección, y estaba segura de que él también.

Al poco de llegar los paramédicos lo hizo la policía. Dos agentes, hombres. En cuanto me vieron en medio de ese sangriento caos, pidieron refuerzos. Esta vez acudieron un hombre y una mujer, y ella me preguntó qué había ocurrido.

Primero me examiné por dentro. La Isabel que yo conocía. Luego vi cómo iba vestida y lo que debía de parecer ante ella. Isabel, la puta barata.

Le pregunté a la agente si podíamos hablar en privado, en el baño o en el pasillo. Señalé a sus compañeros. Me daba vergüenza hablar delante de ellos. Ella parecía amable y sensible, y por primera vez pensé que a lo mejor se arreglaba todo.

En cuanto salimos al pasillo, le conté cuánto sentía lo ocurrido. Lo avergonzada que estaba.

Noté que me ruborizaba mientras le explicaba que solo era un juego sexual entre mi novio y yo. Habíamos jugado a eso antes. Consistía en que yo fingía ser una prostituta. Él se hacía pasar por mi chulo e irrumpía en mi habitación justo antes de que empezara la acción. No se trataba de chantaje, solo de teatro.

El revólver no era nuestro. Era del tipo, un desconocido escogido al azar que yo ni siquiera sabía cómo se llamaba. Mi novio y yo habíamos jugado a eso un par de veces y nunca había habido problemas. De hecho, siempre nos habíamos reído un montón, y luego íbamos a casa y follábamos.

La única mentira era lo que uno menos esperaría que lo fuera: la parte de que íbamos a casa y follábamos.

Yo no era una prostituta. No había habido ni iba a haber transacción de dinero. Tampoco iba a haber sexo con un desconocido. Yo no pensaba llegar tan lejos. Tampoco era chantaje, solo una farsa. Diversión. Pura diversión.

¿Eran realmente delitos? Como mucho, delitos menores, pensé.

La mujer policía negó con la cabeza.

—Algunas personas tienen una idea muy rara de lo que es diversión.

Al oírla, vi los pasados meses desde fuera. ¿Qué habíamos hecho? ¿Cómo podía haber seguido el juego a Matthew, haciendo todo lo que me pedía? Luego recordé lo que había sucedido en la habitación de hotel antes de llamar a la puerta de al lado y supe por qué.

Había dejado que el sexo me trastornara y me engañara. Había dejado que la atracción y la emoción del sexo me hicieran ser alguien que no era. De verdad que no lo era.

De pronto volví a tomar conciencia de lo ocurrido. ¡Matthew! ¡X! ¿Se pondrían bien? Los dos pasaron rodando por mi lado, bien sujetos a sus respectivas camillas. Ninguno había vuelto en sí. Los dos seguían cubiertos de sangre.

Me eché a llorar. Lloré y lloré. No podía parar. Eran lágrimas que debería haber empezado a derramar meses atrás, el día que conocí a Matthew, el día que me di cuenta de que había renunciado a mi independencia y estaba dispuesta a hacer lo que fuera que me pidiera un hombre al que apenas conocía. ¿Y todo por qué? No por mi carrera, como me había repetido tantas veces. Sino por sexo.

—Dos personas han resultado gravemente heridas por su jueguecito —señaló la agente.

Fue entonces cuando me desmayé. Cuando volví en mí, estaba tumbada en el suelo del pasillo. Miré y vi a tres agentes y a unos paramédicos alrededor, mirándome. Mirándome a mí.

—Me siento tan humillada... —dije.

Vi que a la agente le parecía un comentario muy raro e inapropiado. Mi novio y un desconocido acababan de resultar heridos de bala, y yo solo podía pensar en mí misma y en mi vergüenza.

—Podría haber cargos contra usted —me dijo—. Pero todavía tenemos que decidir cuáles son. Así que por el momento... no salga de la ciudad, ¿de acuerdo? No se vaya lejos.

—Tengo un piso y un empleo. No hay peligro de fuga.

—Peligro de fuga. —La policía puso los ojos en blanco—. Todo el mundo ve las mismas series en la televisión.

—Trabajo en una tienda de colchones —me oí decir. Como si eso significara que era una ciudadana responsable y decente, bien colocada y con una vida. Como si eso significara algo. Como si fuera algo más que una chica vestida de puta que veía cómo se llevaban en camilla a su chulo.

Y me eché a llorar de nuevo.

Los dos hombres acabaron en el hospital, pero, por alguna razón, lo hicieron en centros diferentes. A Matthew lo llevaron al Presbyterian de Nueva York, y al otro —cuyo nombre resultó ser Randolph Blaine, y no X— al NYU.

Esa noche y la siguiente vi las noticias locales esperando que informaran sobre un altercado con doble disparo en un hotel de las afueras. Pero aquel día se habían producido varios asesinatos espectaculares y les dieron prioridad sobre la pelea entre Matthew y X, mejor dicho, Randolph Blaine. También había salido otra nueva droga recreacional ilegal que hacía que los que la consumían sufrieran sobredosis y se tambalearan por las calles como zombis. De modo que dos tíos rodando por el suelo de un hotel de las afueras no era noticia, aunque hubiera tiros de por medio.

Tardé un día más o menos en asimilar el horror de todo lo

ocurrido. ¡Matthew había resultado herido! Estaba en peligro. Todavía no estaba descartado que muriera. Lo echaba muchísimo de menos.

Yo había creído que teníamos todo el tiempo del mundo, como él siempre decía. Me pensaba que se refería a que tendríamos tiempo más allá de los juegos, para ser sinceros el uno con el otro. Para descubrir que nos queríamos. Para salir del oscuro hechizo de Val Morton.

Había creído que siempre estaríamos a tiempo para arreglarlo. Pero resultó que no. Algo trágico nos había sobrevenido cuando seguíamos sin entender nada.

Fui dolorosamente consciente de los pocos recuerdos que tenía de Matthew. Lo poco que sabía de él. Los pocos planes que habíamos hecho juntos como pareja. Él nunca había pasado una noche en mi piso, ni viceversa. Nunca se había dejado una camiseta o algo que yo pudiera atesorar ahora, llevarme a la cara y olerlo.

Me aferré a la pulsera que me había regalado en Navidad. Lo absurdo era que ya no la llevaba por miedo a perderla.

A esas alturas estaba más obsesionada con Matthew de lo que lo había estado cuando nos conocimos. Pensaba en él a todas horas. Lloraba todo el día de forma intermitente. Lo echaba de menos con toda mi alma. Creía que me moriría de dolor.

Hasta Steve se mostró comprensivo. Cuando empezaba a llorar, me sugería con suavidad que me retirara al cuarto de las escobas —la sala para el personal— para no tener que atender a los clientes. O él se había vuelto más amable o yo lo veía con otros ojos desde que había averiguado que iba a ver a su anciana madre a la hora de comer. Además, me daba más espacio, más espacio físico; ya no quería estar encima de una mujer desconsolada y afligida.

Yo iba a ver a Matthew al hospital, pero solo me hacía sentir peor. Y, desde luego, a él de poco le servía. Estaba totalmente entubado en un coma médicamente inducido. No me reconocía. No sabía que estaba allí.

Lo triste era que nadie más iba a verlo.

Solo una vez. Allí conocí a su hermano.

Se parecía a Matthew lo suficiente para que se me acelerara el pulso la primera vez que lo vi, y tardara un rato en calmarme y decirme: No es Matthew.

De hecho, su hermano era tan extraordinariamente atractivo como Matthew. Pero en cuanto se me pasó por la cabeza ese pensamiento desleal, lo aparté.

—Tú debes de ser Ansel.

—Sí, soy su hermano.

No me preguntó quién era yo ni qué hacía allí. Se mostró muy frío conmigo; era evidente que me hacía responsable de la trágica situación de Matthew. Pero ¿quién era él para juzgarme? Yo sabía que Matthew y él llevaban años sin tratarse. Por no decir algo más. Él se había negado a verlo, y todo por una travesura infantil con... una pistola. Tal vez pensaba en secreto que Matthew por fin había recibido su merecido por lo ocurrido entonces. Y ahora que estaba desahuciado, ¿decidía aparecer? ¿Qué clase de hermano era ese?

Nunca vi a Val Morton a la cabecera de la cama de Matthew. No encontré ninguna tarjeta, ni flores ni nada que llevara su nombre en la habitación del hombre al que yo había querido y que tal vez había perdido.

No tardé mucho en averiguar la razón.

Isabel

A los pocos días de que Matthew recibiera un disparo apareció un artículo en *The New York Times*.

Resultó que Randolph Blaine, el hombre al que yo había intentado seducir y a quien Matthew había disparado, no era un pervertido impenitente que se hacía pasar por reportero, sino un científico respetable que trabajaba para la EPA y había acudido a Nueva York para testificar ante el municipio sobre el impacto extraordinariamente negativo de un conjunto de rascacielos que la Prairie Foundation se proponía construir en el paseo marítimo de Long Island City.

Estaba casado y tenía hijos.

La Prairie Foundation. El paseo marítimo de Long Island City. Supe de quién estábamos hablando. Supe de qué iba el asunto.

Val Morton sabía quién era el señor X. Había sabido exactamente por qué se encontraba en la ciudad, y probablemente también que tenía debilidad por las prostitutas rusas.

No se trataba de sexo, ni de teatro, ni de una gran broma, sino de chantaje. Val tenía previsto utilizar las fotos de ese científico conmigo para persuadirlo de que no testificara contra su proyecto de construcción.

Según el periódico, la identidad y los motivos del otro

hombre involucrado en la pelea aún estaban por esclarecerse.

Matthew Frazier, de treinta y dos años, era descrito como «parado». Era evidente que no constaba como empleado en la base de datos de la Prairie Foundation, y no había nadie involucrado en el caso que estuviera dispuesto a informar de que trabajaba para el tipo contra quien Randolph Blaine tenía previsto testificar.

A nadie sorprendió más la noticia que a mí. Había sospechado a menudo que Val movía los hilos. Es decir, había estado cerca de la verdad y, al mismo tiempo, no tan cerca. Pues mil veces se me había pasado por la cabeza que el hombre que quería que me amara y me deseara solo era un títere de su jefe, y siempre había rechazado el pensamiento inmediatamente.

No podía culpar a nadie más que a mí misma. En mi obsesión por hacer el amor con Matthew —y soñar que tenía una historia romántica con él—, no había prestado atención a la inteligencia, el sentido común e incluso —tal como resultó ser— los instintos más básicos.

Estaba muy enfadada, con Matthew y con Val. Y conmigo misma. Me sentía traicionada. Me planteé acudir a la policía y contarles la verdad. Pero la parte sensata que había en mí me decía que solo empeoraría las cosas para Matthew y para mí. Un intento de chantaje era algo mucho más serio que un juego sexual que se torcía. Y Val contrataría a los mejores abogados para mantenerse al margen, limpiar su nombre o conseguir que todo pareciera haber sido idea de Matthew. El argumento sería el siguiente: un empleado bribón que sabía que estaba cayendo en desgracia con su poderoso jefe había concebido una última maniobra disparatada para intentar demostrar su lealtad. Para probar que era indispensable para la Prairie Foundation.

Pasaban los días y yo no podía evitar preguntarme: ¿había

habido algo real? ¿Me había deseado siquiera Matthew? ¿Algo de lo que me había dicho era cierto? ¿Había fingido todo el tiempo que había pasado con mi madre y conmigo en Iowa?

En su coma inducido, con vendas alrededor de la cabeza y tubos por todo el cuerpo, el pobre no estaba en condiciones de confesarme la verdad.

¿Todo lo que habíamos hecho juntos había sido un pequeño drama escrito y dirigido por Val Morton?

Una tarde que fui a ver a Matthew, alguien me llamó desde una larga limusina que había aparcada fuera del hospital.

—¡Isabel!

Supe quién era antes de que la ventanilla negra se bajara despacio.

Val Morton.

Volviendo la cabeza lo justo para mirar hacia fuera.

¿Me esperaba? ¿Cómo sabía que yo iba a estar allí? ¿Steve y él conspiraban ahora contra mí? Me repetí una vez más que me estaba comportando como una paranoica, pero tantas cosas habían resultado tener explicaciones siniestras que ya nada parecía paranoico.

Ni siquiera inverosímil.

—Sube —ordenó Val.

Una mampara de vidrio nos separaba del conductor. Todo lo que veía era la parte posterior de una cabeza rapada.

—A prueba de sonido, no te preocupes.

—No me preocupa en absoluto.

—Lo siento. Las circunstancias escaparon a mi control y demás.

La mirada que le lancé debió de ser de odio puro, porque se encogió ligeramente.

—Tomémonoslo con calma y hablemos. Hay más de lo que parece a simple vista, te lo aseguro.

—Me lo puedo imaginar —dije.

—Necesito hablar contigo. Es muy importante. Necesitamos tener una conversación más larga de la que se puede tener dando la vuelta a la manzana en medio del tráfico.

Por un lado, quería decirle que se fuera al infierno, que se apartara de mi vida —de la vida de Matthew— para siempre. Por otro, había muchas preguntas sin respuesta, muchos enigmas que sabía que solo Val Morton podía resolver.

—De acuerdo —accedí.

Sacó su móvil y me envió la dirección del Pierre y Menard de Brooklyn Heights. Tardé unos segundos en reconocer el restaurante francés al que me había llevado Matthew después de que nos enrolláramos en la cama de Val. Después de que él nos espiara desde la puerta. No demostraba mucho tacto. Pero tenía todo el poder, no necesitaba tacto.

—Mañana por la tarde. ¿A las siete te iría bien? Puedo enviar el chófer a recogerte a Doctor Sleep.

Me sorprendió oírle pronunciar el nombre de la tienda. Luego caí en la cuenta de que sabía dónde trabajaba. Había ido allí para hablar con Steve. Pero me dolió que me recordara toda la información que tenía. ¿Acaso lo sabía todo de mí? Eso era lo que yo quería averiguar.

El chófer me esperaba exactamente a la hora que había dicho Val. Se me ocurrió que lo único divertido de la situación sería la cara de Steve cuando me viera salir y subir a la limusina con chófer.

La ruta a través del Brooklyn Bridge era bonita, pero no pude disfrutar de ella. Me sentía ligeramente mareada, cerré los seguros y me recosté en el asiento, lo que solo aumentó el mareo. No podía quitarme de la cabeza lo débil e indefenso que se veía a Matthew solo en la cama de hospital con todos esos vendajes y conectado a todos esos tubos.

Y yo iba a tener una conversación civilizada con el hombre que lo había puesto allí.

Val estaba sentado solo. El restaurante estaba bastante lleno para lo temprano que era, pero las mesas de alrededor estaban vacías. Tuve el presentimiento de que era obra suya, que había pagado al restaurante para que nos dejaran mucho espacio.

Se levantó y me estrechó la mano. Directo al grano y con formalidad, no como un amigo o un seductor. Sin una pizca siquiera de flirteo.

—He pedido martinis Grey Goose, sin hielo y con extra de aceitunas para los dos. Espero que te parezca bien.

Hasta sabía lo que me gustaba beber. Era extraño estar sola con una estrella de cine famosa. Con el exgobernador de Nueva York. Pero no sentí ni un ápice de la excitación que se supone que uno siente cerca de alguna celebridad. No sentí nada de la emoción que había experimentado la primera vez que Matthew me presentó a Val y a Heidi en su piso. Y lo único que podía pensar era cuánto lo odiaba por lo que nos había hecho.

—Me parece bien —dije.

Después de un silencio, él me preguntó:

—¿Cómo lo llevas, Isabel?

Yo no soportaba que pronunciara mi nombre como si me conociera. Como si le perteneciera.

—Estoy bien —mentí.

En realidad, estaba hecha polvo. Había mañanas que me encontraba en el trabajo sin tener ni idea de cómo había llegado allí. A veces —de hecho, a menudo— me miraba en el espejo y no me reconocía. Tardaba mucho en deducir quién era la chica que se parecía tanto a mí y que me devolvía la mirada. La persona que era y que no parecía saber en quién me había convertido.

—Es una tragedia. Matthew era como un hijo para mí.

¿Lo era?, pensé. Entonces ¿por qué no ponía en el periódico que trabajaba para él? ¿Por qué había negado que lo conocía o había encubierto el hecho de que Matthew tenía tratos con él? ¿Un hijo? ¿En serio?

—¿Y el señor Blaine? —pregunté. Estaba tan fuera de mí que de pronto no recordaba el nombre de pila.

—Se espera que Randolph Blaine se recobre del todo —respondió Val—. Han pospuesto el juicio hasta entonces. Pero eso apenas importa ya. He decidido renunciar al proyecto de Long Island City. Por respeto. Aunque le costará una fortuna a la fundación.

—¿Respeto a quién?

—A Matthew. Que se recuperará..., pero tal vez no del todo.

Al oír esas palabras me eché a llorar de nuevo. Tenía las lágrimas fáciles últimamente. Val me ofreció un pañuelo con monograma, pero rehusé con la cabeza y me sequé los ojos con la servilleta. En un acto reflejo miré si la había manchado de rímel. Pero no me había maquillado. No para Val.

—Matthew te apreciaba mucho. Te aprecia mucho.

—¿Sí?

—Sí.

¿Cómo sabe lo que siente el hombre postrado en la cama del hospital?, pensé.

Él se acabó su copa y, con un ademán, pidió otra al camarero. Yo bebía la mía despacio. Necesitaba estar sobria, despejada y alerta.

—Cuando Matthew se recobre —dijo Val—, estoy dispuesto a hacerle una oferta generosa. Muy generosa. Creo que debes saber que la oferta implicará un importante... traslado.

—¿Adónde?

—A la República Dominicana —respondió Val—. Estoy pensando en diversificarme. Construir un centro turístico allí.

Sabía lo que seguía a continuación, pero tuve que preguntarlo de todos modos:

—¿Y yo estaré incluida en el traslado?

—Me temo que no.

—Matthew nunca aceptará —respondí, aunque no estaba tan segura como parecía. No estaba nada segura. No tenía ni idea de cómo reaccionaría Matthew. No lo conocía tan bien.

—Me temo que te equivocas. Creo que Matthew agradecerá la oportunidad de hacer tabla rasa.

—¿Trabajaba para usted?

—Por supuesto. Lo sabes muy bien. No entiendo por qué me lo preguntas.

—¿Trabajaba para usted cuando lo dispararon?

—Por supuesto.

Se agolpaban en mi cabeza los detalles de nuestra relación, todas las veces que Val había aparecido.

—Y ese proyecto de teatro inmersivo... ¿existió?

—Nunca —respondió Val, rechazando la idea de un manotazo antes de que yo pudiera acabar la frase siquiera—. *Eso* fue fruto del genio creativo de Matthew. Yo no tuve nada que ver con ese detalle en particular. Pero creo que tú también lo sabías, Isabel.

Val tenía razón. Yo lo sabía. Lo había sabido desde el principio. A menudo, demasiado a menudo, me sorprendía preguntándome cuándo Matthew obraba por su cuenta y cuándo seguía las órdenes de Val. Cuánto de lo que hacíamos era a sugerencia de él. Cuánto había guardado para nosotros y cuánto le había contado.

Yo había intentado convencerme de que estaba enloquecida y paranoica respecto a Val y su poder, pero de pronto comprendí que no solo estaba totalmente cuerda, sino que había tenido razón: el poder era el poder. Y para algunas personas —entre ellas Matthew, me daba cuenta ahora—, el poder lo era todo. Más que el afecto, el amor o incluso el sexo.

Por fin estaba siendo realista y sensata. La chica sensata que mi madre me había enseñado a ser. No quería pensar en mi madre ni en la chica que había sido, la persona que esperaba seguir siendo. Mejor dicho, la persona que *sabía* que todavía era en el fondo, fuera del alcance de Val, o incluso de Matthew.

Pero si repasaba los últimos meses, ya no estaba segura de nada. ¿Cuánto de lo ocurrido era obra de Val y cuánto de Matthew? ¿Yo le había importado algo a Matthew? ¿O él no era más que un títere y me había convertido a mí en otro?

Val movía los labios, pero no entendí lo que decía.

—¿Perdón? ¿Cómo dice?

—Quiero que trabajes para mí.

—¿Cómo? ¿Haciendo qué?

—Haciendo más o menos lo que hacía Matthew. Con el énfasis en el «más». Quiero que nos asesores sobre cómo vender los bloques de pisos de alto standing de Prairie Foundation a las mujeres, que son cada vez más las que toman las decisiones (de alto standing) sobre inmuebles, como tal vez sabes. Quiero que hagas todo lo que hacía Matthew y más.

—¿Asegurarme de que los mandos del gas están cerrados en su piso cuando usted y su mujer están fuera?

Era un desafío directo. Eso era lo que hacía Matthew el día en que Val nos sorprendió en su cama. O que fingió que nos sorprendía. ¿Había sabido Matthew que estaría allí?

Val aceptó el desafío. No parpadeó ni se encogió. Tampoco dio muestras de recordar lo ocurrido ese día.

—Puedo mandar a cualquiera a supervisar los mandos. A ti te necesito para cosas más importantes. Matthew me habló de los jueguecitos a los que te dedicabas con tus citas de Tinder Box o Buzzle o como coño se llame, antes de conocerlo a él. Tienes un talento especial y has estado malgastándolo. Eres capaz de descubrir en unos segundos lo que quiere la gente y darles exactamente eso. Necesito a más personas como tú. Serás bien recompensada, créeme. Estoy dispuesto a ofrecerte diez veces lo que ganas en Doctor Sleep. No, espera. Veinte veces. ¿Qué dices?

Estaba a punto de contestar que no y que no quería volver a verlo, y menos aún trabajar para él. Estaba a punto de decir un millón de cosas que acudieron en tropel a mi cabeza, cuando Val levantó una mano.

—Espera —dijo—. Antes de que tomes una decisión, quiero que veas algo que podría hacerte cambiar de opinión.

—No...

—Espera. Acércate a esa mesa.

Señaló el otro extremo de la habitación. Vi vagamente a tres mujeres sentadas allí.

—Ve a hablar con ellas. Te conocen. Te ayudarán a tomar una decisión.

¿Quiénes eran? ¿De qué me conocían? ¿Cómo podían ayudarme a decidir? No tenía ni idea, pero una vez más iba a quedarme el tiempo suficiente para averiguarlo.

Crucé la sala del restaurante. Tuve una sensación de lo más extraña. De miedo. De timidez. De haber pasado antes por eso.

Mientras me acercaba a su mesa no las miré directamente. Tenía la vista fija en el suelo, la alcé un momento pero enseguida volví a bajarla. No podía soportar mirar a más de una mujer a la vez.

Había visto en alguna parte a la primera, una latina corpulenta con el pelo muy corto y teñido de un amarillo llamativo. Pero ¿dónde?

—Hola, *chica*. ¿Qué tal el bebé que esperabas? ¿El que era un solomillo? ¿Te lo comiste para cenar? ¿Estaba rico?

De pronto recordé. Era la cajera de All Foods. A la que engañamos, o hizo ver que se dejaba engañar, cuando Matthew y yo robamos el paquete de carne.

—Lo siento. Yo...

—No te preocupes. Me alegro por ti. Espero que lo disfrutarais. No era mi dinero. Ni siquiera era mi empleo. Mis jefes fueron muy comprensivos.

Hizo un gesto vago hacia Val, que esperaba al otro lado de la sala.

—Ah, y siento lo de tu novio. Espero que se recobre pronto.

Era el tipo de comentario que en circunstancias normales me habría hecho llorar, pero estaba demasiado sorprendida para ello.

A su lado estaba sentada la camarera de la cafetería. Pelo negro teñido, ojos enrojecidos y la verruga en la nariz. Una actriz, como me pareció cuando la vi fugazmente en ese anuncio de seguros de coches.

—Todavía me debes veinticuatro dólares con treinta y seis centavos. Más el veinte por ciento de propina. Tú jamás te habrías ido sin pagar. Tu madre trabajó de camarera.

¿Cómo lo sabía?

—Lo siento —dije.

No podía parar de disculparme. Recordé cómo Matthew había intentado pedirme perdón mientras hacíamos el amor en el hotel, antes de que yo entrara en la habitación de al lado y que él recibiera un disparo. Le había hecho callar. ¡Si hubiera sabido todas las cosas por las que tenía que pedirme perdón!

Por primera vez me sentí realmente enfadada con Matthew. Furiosa. No era cierto que no había tenido elección. Por lo que yo sabía, Val nunca le había puesto una pistola en la cabeza y lo había obligado a hacer lo que me había hecho. *A mí*. Cómo manipuló mis sueños de hacer carrera como actriz para mantener su empleo ilegítimo y morboso con Val. Matthew había hecho lo que le había venido en gana para conservar su trabajo y su sueldo. Yo solo era un... objeto que utilizaba para congraciarse con Val. No sabía si algún día podría perdonarlo.

Pero a mí tampoco me había obligado nunca nadie a hacer lo que hice. Y nunca tuvo realmente nada que ver con buscar oportunidades como actriz. Había querido hacer lo que hacíamos juntos. Tenía tanta culpa como Val y Matthew.

Había sido totalmente... consentido.

Pero Matthew al menos sabía lo que hacía y lo que se pedía de él. No tenía por qué ir tan lejos... con semejante puesta en escena. Yo, en cambio, nunca lo supe ni tuve verdadera libertad de elección. Nunca conté con la información necesaria para elegir. Nadie se molestó en dármela. Nadie, ni siquiera Matthew, consideró que merecía saber.

Aun antes de que la mirara directamente a la cara, supe quién iba a ser la tercera mujer sentada a la mesa.

La francesa pelirroja del bar de lesbianas de Bushwick. Clemence.

Se inclinó por encima de la mesa y me cogió la mano. Me acerqué más y se la di. Tenía la mano fría y muy suave.

Me acarició la palma, íntima y seductoramente.

—Todo el mundo tiene un precio —murmuró.

No sé qué había esperado oír, pero eso no. Aparté la mano.

—Yo no. Yo no lo tengo. —Aunque en ese momento no estuve tan segura.

Regresé dando tumbos a la mesa donde Val me esperaba. Había pedido otro martini que también me esperaba. Frío, delicioso e invitador. Bebí un sorbo. Luego otro y otro más.

Por fin comprendía que lo que había tomado por una vida normal —o más o menos normal— era en realidad una atracción de feria y se representaba en la casa de los espejos. ¿Lo había concebido todo Val Morton? ¿El maestro titiritero había tirado de *todos* los hilos para que sucediera?

Debía de estar loca para creer que lo que me unía a

Matthew era una historia de amor. Desde el principio, los dos habíamos estado involucrados en una extraña asociación profesional con Val.

—¿Lo harás, Isabel? ¿Trabajarás para mí? —me preguntó.

¿Por qué me quería a *mí*? ¿Porque era alguien que haría todo lo que le dijeran? ¿O realmente creía que era capaz de intuir lo que querían los demás y de transformarme en la persona que querían que fuera? La Chica Perfecta para todos. Incluso para Val.

Debería haberle dicho: «Mi madre me educó para ser una mujer independiente. La clase de mujer que sabe cuándo decir que no. Una persona decente y compasiva. Una buena persona. Una mujer de principios. Una persona amable, reflexiva y generosa con una noción clara del bien y del mal».

Pero Matthew había cambiado todo eso de forma lenta, furtiva y resuelta. De pronto tenía la sensación de flotar muy por encima de la persona que había sido. Podía verla pero no tocarla. No sabía quién era. No tenía ni idea de qué pensaba o cómo respondería a lo que Val me estaba preguntando. ¿Por qué no podía transformarme en la Chica Perfecta para mí, la que yo quería ser?

Ya no era la misma persona. Había cambiado, cambiado para siempre. ¿O no?

Val se inclinó por encima de la mesa y me tomó la mano. Me acarició la palma con un dedo, como había hecho la actriz francesa pelirroja. ¿También le había dado instrucciones a ella para que hiciera eso?

Y entonces fue cuando lo supe. A eso había estado abocado todo, desde el principio. No le pregunté: «¿Y ahora qué?». No pregunté: «¿Por qué yo? ¿Qué esperas que haga? ¿Cómo de mala tendré que ser?».

Esperé a que hablara.

No tuvo que decir nada. Me acarició la palma con delicadeza. Su mano era suave y fría como la del diablo.

—Eres perfecta —dijo—. Perfecta.

—Deme unos días. Necesito pensarlo.

—Descubrirás que soy muy paciente. Hasta cierto punto.

Fue entonces cuando todo empezó a desmoronarse. No podía comer. No podía dormir. Me subía al metro para ir a trabajar y en la primera parada me bajaba, daba media vuelta y regresaba a casa. No podía soportar estar en mi piso. Miraba alrededor y pensaba en lo diferente que sería mi vida si aceptaba la oferta de Val. Pero yo no quería trabajar para él. Sería como trabajar para el diablo.

Mi madre no me había educado para trabajar para el diablo. Tal vez por eso había dejado de contestar sus llamadas. No quería preguntarle qué debía hacer. No quería oír su opinión. Ya sabía cuál sería.

Después de varios intentos de llamarme sin éxito, mi madre me escribió un mensaje: «Preocupada. ¿Estás bien?».

Le contesté: «Estoy bien. Ocupada. Te llamo pronto».

Pero no estaba bien. Y no estaba ocupada, como no fuera intentando no pensar en lo que se me ofrecía y en lo que estaría rechazando, y en lo que sabía que tenía que rechazar.

Una vez más, Steve se mostró inesperadamente comprensivo. Le dije que tenía problemas de salud y él lo entendió. Me dijo que había poco movimiento en la tienda, que podría arreglárselas sin mí durante un tiempo. Ese «arreglárselas» daba risa. En un momento de debilidad casi le había confesado que no podía dormir. Pero sabía lo que habría pasado entonces. Me habría enviado un colchón, probablemente un modelo expuesto que no había logrado vender. Obsequio de la casa, como una forma de probar sus teorías disparatadas sobre la relación entre tener dificultades para conciliar el sueño y dormir en un colchón poco apropiado. Yo no quería un colchón nuevo. Tenía la sensación de que algo tan aparatoso y pesado me ataría a mi piso, a mi vida, a mi lúgubre porvenir. Ni siquiera quería dormir. No quería soñar con Matthew.

Un par de días después me telefoneó una de las secretarias de Val para comunicarme que el señor Morton quería una respuesta a su pregunta en las próximas cuarenta y ocho horas. Casi le dije a la mujer (cuyo nombre no entendí) lo que podía hacer el señor Morton con su pregunta. Eso era lo que debería haber hecho. Pero no tuve valor. Me faltó coraje para cerrar la puerta al dinero, a la posición, a las comodidades, al poder... y me encontré de nuevo en el dormitorio de Greenpoint, donde ni siquiera había suficiente luz para que creciera una pequeña planta en él.

Solo entonces comprendí lo mucho que Matthew había significado para mí, ya no solo como amante, sino como distracción y promesa. Una promesa falsa quizá, pero promesa, al fin y al cabo. Si el sexo había actuado como una droga que me alejaba de la realidad, él había actuado como una droga que me prometía que toda mi realidad podía estar a punto de cambiar.

Pero nunca cambiaría. Matthew nunca dejaría de trabajar para Val, a no ser que este lo despidiera. Y mientras él trabajara, yo también lo haría. Más me valía aceptar su oferta; al menos el dinero iría directamente a mí.

Sin Matthew no tenía fantasías, ni sueños, ni evasiones. Mi vida era el aburrido callejón sin salida que tanto había temido.

No quería ponerme en contacto con Luke y Marcy. En el fondo sabía que me compadecerían. Mi novio había recibido un tiro. Probablemente había pasado por una experiencia traumática. Pero yo jamás podría explicar cómo había sucedido. Tendría que mentirles como había mentido a otras tantas personas.

Sobre todo, como me había mentido a mí misma.

¿Y qué dirían si les comentaba la oferta que me había hecho Val Morton y que no sabía si aceptar?

Algunas noches, despierta en la cama, me decía que tal vez no era tan malo aceptarla. Siempre estaría a tiempo de dejarlo. Si me obligaba a hacer algo que yo no aprobaba, siempre podría decirle que lo dejaba. Pero ¿cuándo empezar? Yo no aprobaba nada de lo que él hacía. Y eso lo sabía desde el principio. Estaría involucrándome con los ojos muy abiertos, viendo más de lo que quería ver.

Pensé en esas tres mujeres en el bar. Yo sería actriz, como ellas, y trabajaría para Val, interpretando el perverso papel que él me diera. En los primeros tiempos con Matthew me había convencido a mí misma de que Val podía ofrecerme una oportunidad en mi carrera, pero en un tipo de teatro para el que no habría audiciones: una obra escrita y dirigida por el diablo en persona.

La secretaria de Val telefoneó de nuevo. Tenía hasta el día siguiente para tomar una decisión. El reloj seguía en marcha. El tiempo se agotaba.

No sé por qué decidí ir a ver a Matthew por última vez. Todavía estaba en coma, o al menos eso era lo que me habían dicho cuando llamé al hospital. La enfermera que se puso al teléfono dijo que estaba mejorando, pero yo no sabía a qué se refería exactamente y no quise preguntar. Su tono era ligeramente desaprobador. ¿Por qué llamaba en lugar de ir a verlo? Simulé que era una conferencia y que estaba demasiado lejos para ir allí. Pero no engañaba a nadie más que a mí misma. Una vez más.

No sé qué esperaba que sucediera cuando volviera a verlo. O, como me dije, cuando lo viera por última vez. ¿Debía pedir consejo a un hombre inconsciente? ¿Debía quedarme con su empleo? ¿Debía ponerme a trabajar para su antiguo jefe? Para el hombre que lo había dejado en ese estado. Todavía vendado y conectado a tubos y máquinas.

Tengo que admitir que una parte supersticiosa y sentimental de mí había imaginado esa escena de la película: la amante acude a la cabecera de la cama de hospital del paciente comatoso, y la enfermera le dice: «Hable con él. Puede oírle». Y la chica le habla, y él por fin abre los ojos y... Parte de mí imaginaba a Matthew abriendo los ojos y diciéndome que siempre me había querido, que lo sentía profundamente, que nunca volvería a trabajar para Val Morton, que nos iríamos lejos de allí y empezaríamos una nueva vida juntos.

Imaginé esa escena en mil versiones diferentes. Pero, por supuesto, la imaginé equivocada. En ninguna de esas figuraciones en que iba a ver a Matthew me encontraba a Ansel allí, de pie al lado de la cama, mirando a su hermano.

—No sé si te acordarás de mí...

—Por supuesto que me acuerdo, Isabel. —Ansel pronunció mi nombre como Matthew, y por un momento quise dar media vuelta y salir corriendo de la habitación. Todo era demasiado intenso y doloroso—. Matthew probablemente se enfadaría al saber que he estado aquí —añadió.

—Estoy segura de que, si supiera que has venido, se alegraría.

—No lo sabe —respondió él.

—Entonces ¿por qué estás aquí?

—Por mí. Quiero mirarlo y asegurarme de que no me equivoqué. Quiero ser capaz de verlo sin que se despierte y me embauque, me engañe, se tire un farol y haga todo lo que está en su mano para convencerme de que él siempre fue el inocente y nada es culpa suya.

—¿Matthew?

—Mi hermano no era un buen tío —continuó Ansel—. No sé lo que pensabas o lo que te indujo a pensar. Pero no hay ninguna duda de que no era un buen tío.

Yo quería defender a Matthew, que parecía tan indefenso allí tumbado. Pero no sabía por dónde empezar... No se me ocurría qué decir para demostrar a Ansel que se equivocaba con él.

—No sé qué te contó a ti. Pero todo lo que te decía y lo que hacíais los dos también se lo contaba a Val Morton. No sé si lo sabías.

—Lo sospechaba. —Pero sospechar no era lo mismo que saber.

Me aferré a la baranda que rodeaba la cama de Matthew para sostenerme.

Me parecía extraño mantener esa conversación con el cuerpo comatoso de Matthew delante. Pero no era capaz de irme. No podía decirle a Ansel que no quería oírlo. De hecho, estaba desesperada por oír lo que tenía que decir.

—Pues tus sospechas eran ciertas. Siempre fue mentiroso, además de una especie de sociópata, y no me convencerás de que ha cambiado. Es así de nacimiento y siempre lo será. Val Morton vio algo en él. Algo frío y morboso. Era el tipo perfecto para trabajar para él.

Matthew también era sexy, pensé. Te olvidas de ese detalle. Pero no iba a decirle eso a su hermano. *Es* sexy, me corregí. Aunque, para ser exactos, no era del todo cierto. Un tipo con los ojos cerrados, la cara hinchada, la cabeza vendada y todo el cuerpo conectado a tubos y máquinas no es lo que se dice sexy. Si lo hubiera querido, lo querría aun en ese estado dañado y vulnerable. Pero ya no estaba segura de si lo quería de verdad. Y cada vez estaba más segura de que él nunca me había querido a mí.

Quería echarme a llorar. Quería protestar de lo dura que podía ser la vida, y lo injusta que era, y de por qué había tenido que conocer a un tío como Matthew. ¿Qué había hecho yo para merecerlo? ¿Tenía un problema? Pero no podía decir nada de todo eso a su hermano.

A su hermano increíblemente guapo. El hermano menor que parecía amable, decente y honesto. *Parecía*. Por lo que a mí respectaba, ya no me fiaba de mi capacidad para juzgar a los demás ni de mi don para saber lo que pensaban y sentían.

—Las personas cambian —dije.

¿Había cambiado Matthew? Tal vez un poco. Yo no lo había conocido tan bien como para saberlo. Seguía pensando en Iowa o en cómo me había estrechado en sus brazos en la habitación de hotel en lo que parecía otra vida. Había habido ternura y afecto sincero. Deseaba tan desesperadamente que fuera cierto...

—Mi hermano mayor no —replicó.

—¿Cómo lo sabes? ¿Cómo puedes estar tan seguro?

Ansel levantó la mano, con la palma vuelta hacia fuera. En el centro parecía haber un hoyo, como si le hubieran dado un punto gigante en carne viva y hubieran tirado del hilo.

Recordé que Matthew me contó que había disparado a su hermano sin querer.

—Se llama herida de defensa. Pero mi hermano me disparó a propósito.

—¿Estás seguro?

—Segurísimo. Yo era el hijo predilecto, y él me odiaba. Hizo todo lo que pudo para destruirme, para que yo pareciera el malo y meterme en líos. Y cuando todo eso dejó de ser suficiente, cuando vio que no lograba convencer a nuestros padres de que él era mejor que yo, que merecía ser el predilecto, intentó matarme. Mintió, embaucó, me acusó...

—Pero ¿cómo sabes que disparó a propósito?

—Si no quieres disparar a una persona, no la miras a los ojos y le dices «adiós» antes de apretar el gatillo.

Sentí una dolorosa punzada en el pecho, como si me hubieran disparado a mí.

Se me pasó por la cabeza que se lo inventaba, que quería vengarse de su hermano, que había sido un accidente como este me había explicado.

Pero creí a Ansel. No sabría explicar por qué. Lo creí más de lo que nunca había creído a Matthew. Apenas lo conoces, me dije. Pero era a Matthew a quien casi no conocía.

Ansel debió de notar mi cara sorprendida. Dejó que el shock se disipara y al cabo de un rato continuó:

—Val Morton y él estaban hechos el uno para el otro. Y Val es realmente el peor de los dos. ¿Sabías que está pagando él las facturas médicas de Matthew, pero ha sobornado al hospital para que no lo haga público? Les ha prometido hacer una gran donación si no divulgan quién lo está costeando. Y el hospital ha accedido a sus deseos.

—¿Cómo lo sabes?

—Val se jactó de eso, como se jacta de todo. ¿Qué es eso si no poder? El dinero todo lo puede. Prometes una donación y en la situación económica actual consigues lo que quieres.

No estaba bien tener esa conversación con Matthew allí postrado, pero tampoco podía irme. Creía a Ansel. Pero esperaba equivocarme al creerlo. Que Matthew se despertara y me dijera que nada de todo eso era verdad.

Muchas cosas no estaban bien. De pie al lado de Ansel, aun en ese entorno tan poco romántico que olía a desinfectante y enfermedad, e iluminado con una luz tan cruda que hería la vista, experimenté una curiosa descarga: la inconfundible y emocionante percatación de que hay un cuerpo atractivo cerca. Estaba mal, muy mal. Pero eso no impidió que lo sintiera.

Esto es obsceno, pensé. Peor que obsceno. El hermano de ese chico —es decir, mi amante— está inconsciente, en estado comatoso, justo delante de mí, y yo ya estoy pensando en reemplazar un hermano por otro. Pero no lo pensaba realmente.

Solo pensaba en cómo procesar todo lo que acababa de decir Ansel.

Matthew seguía con los ojos cerrados y la respiración estable. No parpadeó ni movió los dedos dando muestras de que se despertaba. Me acerqué a una de las sillas que había junto a la cama. Ansel cogió la silla del otro lado y la arrastró hasta la mía, dejando el espacio justo para que esa palpitante descarga entre nosotros se avivara. Parecía algo... ¿cómo describirlo? Normal. Cómodo. Nos sentíamos todo lo cómodos que pueden sentirse dos personas corrientes que resultan ser un hombre y una mujer, y que están sentados en un hospital, velando un cuerpo en coma.

Con Matthew nada había parecido normal o cómodo. Ni siquiera en mi casa de Iowa. Si no estaba cómoda allí, ¿dónde podría estarlo?

—Escucha —dije.

—Te estoy escuchando.

Y era cierto.

—Val Morton me ha ofrecido un empleo. El puesto de Matthew, creo, solo que por más dinero.

—Bienvenida al club —respondió Ansel—. A mí también me ha ofrecido trabajo.

—¿Para hacer qué?

—Para formar parte del equipo encargado de construir bloques de apartamentos en Long Island City.

—¿Lo sabía Matthew? Nunca me lo dijo.

—Matthew lo sabía, aunque no creo que le gustara. Imagino que esperaba que fuera un capricho pasajero de Val. Un mal sueño. Creo que esperaba que todo desapareciera.

Y ahora ha desaparecido él, pensé. Pero de un modo en el que nadie querría.

—Y ahora lo ha hecho —dijo Ansel—. Ha desaparecido.

Pareció muy triste de pronto. Después de todo, Matthew era su hermano. Pero ¿lo sentía por él? ¿O por el proyecto? Todavía no estaba segura de por qué Ansel se había puesto en contacto con el jefe de ese hermano con el que estaba tan distanciado.

Pero el pensamiento enseguida se disipó, ahogado por la sincera preocupación que percibí en su voz.

—Creo que Matthew se recobrará. Y creo que, si puede,

volverá a trabajar para Val. Se irá a donde decida mandarlo, por lejos que sea.

—Probablemente tengas razón. —No soportaba admitirlo, pero lo pensaba.

—El proyecto de Long Island City se ha ido al infierno.

—Me lo imaginaba. Al menos hemos conseguido eso. —Me refería a Matthew y a mí.

Me interrumpí. Todavía no había decidido si iba a trabajar para Val. Tampoco había decidido cuánto quería contarle al hermano de Matthew. No había decidido lo que le diría sobre lo que había hecho. Sobre por qué me encontraba en esa habitación de hotel con Matthew.

—Rechacé la oferta de Val poco después de que me la hiciera —dijo Ansel—. Al día siguiente, creo que fue. Dudo que Matthew se enterara. Ojalá se hubiera enterado. Podía hacerme una idea de lo que significaría trabajar para Val Morton. No hacía falta esperar a que el trato con Long Island City se hundiera. Podía predecir lo que pasaría. Aunque no que Blaine recibiría un tiro, evidentemente. Y Matthew...

—Y Matthew... —dije—. Fue una sorpresa total. Un shock horrible.

—Me lo imagino —respondió Ansel.

Volvimos a guardar silencio.

—En pocas palabras: no podía aceptar —continuó—. Val Morton iba a destruir el paseo marítimo para siempre y le traía sin cuidado. El tipo al que Matthew tenía órdenes de disparar iba a alertar sobre lo que probablemente sería el mayor desastre ecológico de la historia de Nueva York, y se ha elevado mucho el nivel de exigencia por ese motivo.

—Val no dio instrucciones a Matthew de dispararle —señalé—. La pistola pertenecía al otro tipo. Matthew no sabía que iba armado.

—Sigues defendiéndolo. Mi hermano debía de tener *algo* especial.

Me ruboricé.

—Pero no es suficiente, lo siento —prosiguió—. A mi hermano le falta una parte del cuerpo. El corazón. Nació sin él. Matthew habría disparado a Blaine si Val se lo hubiera pedido. Era un soldado de hielo.

Hubo un silencio incómodo.

—Matthew *es* un soldado de hielo —se corrigió—. De todos modos, no necesito el empleo. Tengo suficiente trabajo en Long Island para las personas que pueden permitirse comprarse lo que quieren.

—Son afortunados.

—Tengo previsto revertirlo más adelante —añadió él—. Construir casas para los pobres.

—Te creo —respondí, y aunque no era gracioso, nos reímos.

¿Era cosa de mi imaginación o había una nota de... afecto, de amistad o incluso de deseo vibrando en el aire entre los dos?

Me urgía salir de allí. Tenía demasiadas cosas que procesar para hacerlo delante de Ansel. Y de Matthew.

—Necesito tomarme un descanso. Creo que voy a ir a buscar un café a la sala de espera. ¿Te traigo algo?

—Entiendo. Me encantaría un café, si encuentras —respondió Ansel—. Gracias.

De pronto me di cuenta de que nunca había oído pronunciar esa última palabra a Matthew.

Recorrí el pasillo hasta la sala de espera familiar, donde solo había un joven —no mucho mayor que yo—, dormido sobre una pequeña almohada de hospital. Tenía las piernas dobladas en una postura imposible en la silla, con todo el cuerpo apoyado en un reposabrazos de metal, y la cabeza en perfecto ángulo recto sobre la almohada, que sujetaba entre sus rodillas huesudas y la oreja. Tenía el pelo graso y profundas ojeras, y llevaba más de un día sin afeitarse. Parecía agotado. Desconsolado. ¿Por quién estaba allí? ¿Qué noticia temía recibir?

Me acerqué a la máquina expendedora de café gentileza del hospital que había en la sala de espera, y saqué con cuidado las tazas desechables de las fundas de plástico para no despertarlo. Él apenas se movió. Pulsé el botón y, mientras esperaba a que cada una se llenara, no pude evitar mirarlo. Quería estar cerca de él, velar por él. Pero no era para consolarlo. Mientras escuchaba cómo la máquina de café escupía las últimas gotas de la segunda taza, comprendí por qué no podía apartar los ojos de él.

Quería que alguien sintiera lo mismo que él por mí.

Pero ¿lo sentiría Matthew? Si hubiera sucedido a la inversa y la pistola me hubiera alcanzado a mí en lugar de a él, ¿estaría pegado a la cabecera de mi cama o dormiría con el pelo grasiento en la sala de espera de algún hospital? ¿Estaría debatiéndose sobre si aceptar el nuevo empleo de Val? ¿O él siempre tendría prioridad? ¿Se volvería algún día hacia mí, como se suponía que se había vuelto hacia Ansel, y me diría «adiós»?

Aunque yo no conocía a Ansel. Y tampoco acababa de cuadrarme del todo su historia. Todavía no entendía por qué había estado en contacto con Val, para empezar. ¿Por qué sabía tanto de lo que Val y Matthew habían estado haciendo conmigo? ¿Estaba más involucrado en los planes de Val que el mismo Matthew? ¿Por qué se preocupaba por mí?

Yo ya no sabía en quién confiar. Tendría que empezar a confiar en mí misma.

El joven deshecho movió las rodillas hacia el otro brazo de la silla y apoyó la otra mejilla sobre la almohada.

Cogí los dos cafés y regresé a la habitación de Matthew, donde encontré a Ansel mirando fijamente la cama de su hermano. Se le iluminó la cara en cuanto me vio entrar en la habitación.

—Solo el mejor —le dije, tendiéndole su café.

Él sonrió. Al coger la taza desechable de mi mano, me rozó las puntas de los dedos con los suyos. El corazón me dio un vuelco.

—Gracias, Isabel. —Allí estaba de nuevo esa palabra.

Bebimos el café sin hablar. El silencio —y el café— me sosegó. Me sentí curiosamente en paz. Rechazaría la oferta de Val. No trabajaría para él, buscaría algo más. En cuanto reflexioné realmente sobre ello, supe que era la decisión acertada. ¿Cómo podía haberme planteado siquiera aceptar? Era agradable reconocerme de nuevo.

Tal vez se debía a la presencia de Ansel, que me alentaba a ser mejor persona. A diferencia de su hermano, que había hecho todo lo posible por volverme peor.

Quería explicarle a Ansel lo que acababa de decidir. Quería obtener su aprobación, ganarme su simpatía por ello. Quería que pensara que era buena persona. Tan buena como parecía serlo él.

Pero antes de que yo pudiera hablar, dijo:

—Oye, tengo una idea. Ya sé que en realidad no me conoces, pero yo tengo la sensación de conocerte. He soportado las tonterías de mi hermano muchas veces, pero no quiero ni pensar en todo lo que te ha hecho pasar a ti. Y, bueno, me siento responsable. Quiero compensarte de algún modo por su comportamiento.

»Vuelve a Long Island conmigo. Cenaremos y podrás alojarte en la casa de huéspedes. Sin ataduras. Llévate un libro. Relájate. Probablemente necesitarás algo de tiempo para reponerte. Después de haber visto a dos hombres disparándose. Y de haber creído que en cualquier momento mi hermano se transformaría de monstruo en ser humano de verdad. Como Frankenstein, pero al revés.

No pude evitarlo. Me eché a reír.

—Solo te pongo una condición —añadió Ansel.

Y todos los viejos recuerdos volvieron. Levanté la taza de café, no porque quisiera beber, sino para esconderme detrás de ella.

—¿Cuál?

—Dile a Val Morton que no trabajarás para él.

—Ya lo había decidido.

Se puso de pie y se acercó a la papelera que había junto a la puerta para tirar su taza.

—Dile que te han ofrecido algo mejor —continuó, tendiéndome una mano en actitud juguetona.

Su sonrisa era franca, amistosa, cálida. E increíblemente atractiva.

Yo quería aceptar la mano. Me estaba proponiendo que me fuera con él. Pero yo aún no me había levantado de la cabecera de Matthew. Le sonreí. ¿Qué me ofrecía? ¿Su oferta acabaría siendo como la de su hermano? Miré su mano y a continuación la de Matthew, que descansaba inerte a un lado de la cama.

Estaba cansada, así que quizá fue un engaño de la imaginación o el reflejo de la luz en mis ojos cuando parpadeé, pero puedo jurar que vi el meñique de Matthew moverse. El corazón me dio un vuelco.

—¿Isabel?